「単刀直入にお訊きしますが、
ザガンさまのお誕生日をご存じなのですか？」
崖から突き落とすかのごとく力の入った言葉に、
アルシエラは月の色の瞳をグルグルと回して狼狽する。
やがて観念したように口を開いた。
魔王の俺が奴隷エルフを嫁にしたんだが、どう愛でればいい？

ポンコツとポンコツは惹かれ合うものなのか。
出会うべくして、ふたりの少女は出会ったのだった。
「その、もしよければだが、
少し話さないか？
もちろん、あなたの時間が
許すならの話だが」

「……！　あ、ありがとう。
嬉しいわ。ちょうどアタシも、
誰かと話したかった……気がするの」

「おい……。こいつはいったい、
どういうことなんだ……？」
静かに目を閉じ、宙に浮かんではいるが、
その体自体に異変はないように思う。
ただ、その背には光でできた翼のようなものが浮かんでいた。
神々しくも禍々しい、八枚の翼が。

魔王の俺が奴隷エルフを嫁にしたんだが、どう愛でればいい？12

手島史詞

HJ文庫
916

口絵・本文イラスト　ＣＯＭＴＡ

Contents

魔王の俺が奴隷エルフを嫁にしたんだが、どう愛でればいい？
ザガン
本作の主人公。
幼いころとある魔術師に実験用として攫われ、逆に魔術師を暗殺してその財産と知識を手に入れた。
ネフィに一目惚れして買い取るが、初めて人に好意を持ったためにどう扱っていいのか悩んでいる。
ネフィ
白い髪を持つ珍しいエルフの少女。愛称はネフィ。魔力の高いエルフの中でも際立って魔力が高く、
“呪い子”として扱われていた。自分のことを「必要だ」と言ってくれたザガンに少しずつ好意を抱いていく。
ACTER

アルシエラ

夜の一族の少女。実は悠久の時を生きており、ザガンを<銀眼の王>と呼ぶ。 失われた歴史について把握しているが、何らかの理由で答えられない模様。

ビフロンス

少年にも少女にも見える性別不明の魔王。ザガンに撃破され呪いを受けた。

魔王シアカーンと共闘関係にあったが決裂。

ネフテロス

ネフィによく似た容姿の魔術師で、その正体は魔王ビフロンスに造られたホムンクルス。

ビフロンスから離反した後は教会に身を寄せている。

デクスィア＆アリステラ

シアカーンの配下の双子の少女たち。希少種狩りを続けるシアカーンの命を受けて黒花たちをつけ狙っていた。『泥』に呑まれたアリステラを救うため、デクスィアは一人で飛び出した。

シアカーン

魔王の一人で、黒花の故郷を滅ぼしたこともある希少種狩りの犯人。

先代魔王マルコシアスに粛清されたはずだが、生き残りビフロンスと共に暗躍している。

プロローグ

「――ネフィの……誕生日だとぉっ？」

早朝からザガン城は主《あるじ》の動揺《どうよう》の余波で激しく震《ふる》えた。

ある者はベッドから落ちて「ひいっ、ごめんなさい御方《おかた》……あれ？」と悲鳴を上げ、ある者は「ふむ、今日も騒《さわ》がしくなりそうだ」と家事のスケジュールを見直し、ある者は「ゴメリさんが出張中でよかったです」と胸をなで下ろした。

そんな衝撃《しょうげき》の中心にいるのは、この城の主ザガンである。

玉座の間にて、彼《かれ》と対面しているのは老婆《ろうば》の姿をしたハイエルフ――〈魔王《まおう》〉オリアスだった。ザガンの動揺に、仕方なさそうな苦笑《くしょう》を浮《う》かべる。

「その様子では、やはり知らなかったようだね」

「オリアスよ、ひとつ聞かせてほしい」

ザガンは額の汗《あせ》を拭《ぬぐ》い、恐《おそ》る恐る問い返す。

「もしや、世の中にはその誕生日を祝うような習慣が、あるのではないか……？」

〈魔王〉の苦笑が痛々しい渋面《じゅうめん》に染まる。

「……あ、うむ。そこから説明が必要だったようだね。すまない」

「いやまったく知らなかったわけではないぞ？　いま思い返せば確かに浮浪児《ふろうじ》時代、それらしい様子は見たことがある」

ときおり、なぜか特定の人物にパンの欠片《かけら》やそこそこの値段で売れるガラクタなんかを贈《おく》ったりしている光景があった。ザガンがなぜそんなことをするのかと聞いても『察しろよ』と言わんばかりの顔をされるだけで答えてもらえなかったが。

いまになって思えば、あれこそが〝誕生日〟だったに違《ちが》いない。

ただ、その〝誕生日〟とやらが明確な者ほど苦い思い出とセットらしく、祝いはしつつも複雑な心境だったのではないかと思う。

それゆえに、問題だった。

――その〝誕生日〟とやらは、どう祝うものなのだ？

ザガン自身、自分の誕生日というものを知らないため、祝われたこともなければ祝う機会もなかった。浮浪児どものやりとりもまったく参考にならない。せいぜい、なにか贈り物をするものだというのがわかるくらいだ。

オリアスは、そんなザガンの苦悩《くのう》を察したように頷《うなず》いた。

「なに、難しいことをする必要はないよ。ただ祝いの言葉と、もうひとつ贈り物などがあればなおよいくらいのものだ」

「そ、それだけでよいのか？　ネフィが生まれた日ということは、世界でもっとも祝福されるべき日ではないのか？」

確かめるようなザガンの言葉に、オリアスはなぜか微笑《ほほえ》ましいものを見たかのように目を細めた。

「そこまで想《おも》ってもらえているなら、娘《むすめ》は幸せだと思うよ」

「見くびるなよ〈魔王〉オリアス。俺《おれ》は貴様にネフィを幸せにすると約束したのだ。この程度ですませるつもりはないぞ」

〈魔王〉の威厳《いげん》さえ込めてそう宣言すると、なぜか不意にオリアスは両手で顔を覆《おお》った。心なしか、その尖《とが》った耳の先さえもほんのり赤く染まっているように見える。

「なぜ顔を背《そむ》ける……？」

「……いや、君たちが眩《まぶ》しすぎてだね」

トントンと気を落ち着けるように胸を叩《たた》いて、オリアスは改めて向き直る。

「娘の誕生日は羊の月、二十四日だ」

羊の月というのは一年で四番目の月のことである。いまは海の月――三番目の月の始めなので、ひと月以上の余裕《よゆう》があることになる。それだけの時間があれば相応の準備もできるだろう。

だが、その日付にザガンは目を丸くした。

「羊の月の、二十四日目……それは本当か？」

「どうかしたかね？」

ザガンはどう答えたものか戸惑《とまど》うように頭をかく。

「それは、俺がネフィと出会った日だ」


――出会ったというか、買ったというか……。

いまにして思えば、よく有り金全てはたいて自分を購入《こうにゅう》したような魔術師《まじゅつし》を、ネフィは愛してくれたものだ。

この答えに、オリアスも目を見開いた。

「なんと……。本当かね？」

「ああ」

　オリアスは穏《おだ》やかに微笑んだ。

「では君の先ほどの言葉は、すでに叶《かな》っているのではないかね」

「というと……？」

「娘にとっては、君と出会えたその日が、世界でもっとも喜ばしい日だったはずだよ」

　予期せぬ言葉に、ザガンも顔が熱くなるのを感じた。

「〈魔王〉ともあろうものがあまり恥《は》ずかしいことを言うな。その、なんだ……俺でも恥ずかしいと感じるときはあるのだぞ」

「え、あー……そうなのだね」

　なぜか『いまさらそこ？』とでも言うような顔をされたが、ザガンにそれを指摘《してき》する余裕はなかった。

　それから、オリアスはふと悩《なや》むように腕《うで》を組む。

「どうした？」

「……いや、娘の誕生日ではあるが、ネフテロスのことはどうしたものかと思ってだね」

　ネフテロス――ネフィの妹ということになっているダークエルフの少女だが、彼女《かのじょ》はネフィの複製《コピー》である。

ホムンクルスである彼女に、果たして誕生日というものは存在するのだろうか。

なのだが、ザガンはなんでもなさそうに頭を振《ふ》った。

「ネフィと同じ姿をした妹なのだ。同じ日が誕生日というのが筋ではないか？」

「そう、だね。うむ。そうしよう。羊の月二十四日目があの子の誕生日だ」

「ああ」

そう答えつつも、ザガンの胸には暗雲とした気持ちがこみ上げてきた。

――誕生日か……だが、ネフテロスに残された時間は……。

ふたりの誕生日までに解決しなければならない問題の困難さに、ザガンは珍《めずら》しく不安に似た気持ちを抱《いだ》いた。

それが、これから始まる事件の発端《ほったん》だった。

第一章 ✡ 嫁の誕生日は世界の危機より優先すべき一大事である

「見てくれザガンのアニキ！　俺、浮遊魔術《ふゆうまじゅつ》覚えたぞ！」

オリアスからネフィの誕生日《衝撃の情報》を知らされてから数刻後。朝食を終えた玉座の間に、元気な声が響《ひび》いていた。

玉座の間にはザガンと、その隣《となり》に報告をまとめてくれているキメリエス。ふたりと向き合って騒がしい少年――フルカスの三人がいる。

――ネフィの誕生日は、秘密で用意して驚《おどろ》かせたい。

それゆえ黙《だま》って準備をしようとしたのだが、そうすると普段《ふだん》の業務というものが発生してくる。具体的には配下からの要望だったり報告だったりだが、目の前のこれもそのうちのひとつだった。

床《ゆか》から数センチばかり浮かんで大騒《おおさわ》ぎしているのは、十五歳《さい》前後に見える少年だ。麻《あさ》のシャツにズボン、上着は古くさい外套《コート》という格好で〈魔王〉の城には似つかわしくない、まったく普通《ふつう》の少年である。

嘆《なげ》かわしいことに、これが〈魔王〉の一席を預かる魔術師フルカスである。その証拠《しょうこ》に、少年の右手にはいまも〈魔王の刻印〉が輝《かがや》いている。

ザガンは複雑な表情で頷く。

「そうか。よかったな」

「おう！　アニキの教えのおかげだぜ」

とある〝悪夢〟の中からこの少年を救出してから、三日が過ぎていた。あの中で失われた〈魔王〉の記憶《きおく》は一向に戻《もど》る様子がない。

とはいえ〈魔王の刻印〉を有し、超《ちょう》一級の魔力《まりょく》を持っていることに変わりはない。万が一記憶が戻れば敵対する可能性も高く、そうでなくとも他の〈魔王〉や魔術師に利用される理由が山ほどある少年なのだ。

――とっとと始末した方が手っ取り早い気もするんだがなあ……。

どういうわけか、向こうはザガンを『アニキ』と呼び懐《なつ》いてしまっている。犬獣人《コボルト》あたりなら千切れんばかりに尻尾《しっぽ》を振っていそうなこの有様を見ては、殺す気も失《う》せるというものである。

一応、ザガンが保護する形になっているため、城内に軟禁《なんきん》――外に出るときはザガンやキメリエスあたりが同伴《どうはん》すること――を条件に、簡単な魔術《まじゅつ》の手解《てほど》きをしてやった。まあ記憶が消えても体は覚えているのだろう。上達は恐ろしく早い。

　キメリエスが微笑ましそうに頷く。

「さすがフルカスさんですね。そんなに魔術の上達が早い方を、僕《ぼく》は他に知りません」

　優《やさ》しい声音《こわね》で語りかけつつも、キメリエスは長身だ。体躯《たいく》もしっかりとしており、その頭は雄々《おお》しい鬣《たてがみ》を持った獅子《しし》の顔である。

　玉座は床から数段登った位置にあり、そこでザガンの隣に立つキメリエスというのはなかなか威圧《いあつてき》的な姿ではあるが、フルカスは純真にも歓喜《かんき》の表情を浮かべる。

「ありがとうキメリ！　あんた顔は怖《こわ》いけど本当にいい人だよな」

「この城では普通ですよ」

　まあ、記憶はなくとも〈魔王〉なのだ。これはこれで、肝《きも》が据《す》わっているということなのかもしれない。

　――いっそ一般人《いっぱんじん》として生きてくれたら気にせんで済むんだが。

　そう思って、ザガンは問いかける。

「フルカスよ。お前、魔術なんぞ学んでどうするつもりだ？　言っておくが、普通に暮らすのなら特に必要のない力だぞ」

　余計な刺激《しげき》を与《あた》えたくないというのがザガンの立場だ。このまま普通に余生を送るなら、天寿《てんじゅ》を全《まっと》うするまでの間くらいは面倒《めんどう》を見てやってもいい。

その問いに、フルカスはきょとんとした顔をする。

「なんでって、強くならないとリリスを守れないじゃないか」

「言っておくがリリスも俺が庇護《ひご》している。俺の下にいる限り、やつが危険に晒《さら》されることはないぞ?」

しかし、フルカスは存外に呆《あき》れたような顔をした。

「わかってないよ、アニキ。リリスはこれからもきっと、アニキの役に立とうってがんばるんだぜ? リリスがすごい子なのは俺が一番よく知ってる。だから、リリスを守って、支えられるようになるためには、強くならなきゃいけないんだ」

ザガンは頭を抱《かか》えた。

――なんでこんなくそ真面目なやつが〈魔王〉なんてやってたんだ?

恐らくアルシエラが原因で道を踏《ふ》み外《はず》したのだとは思うが、いったいどうしたらあそこまで人生を狂《くる》わされるのか見当もつかない。

キメリエスも沈痛《ちんつう》な声音でつぶやく。

「これは、ゴメリさんが帰ってきたときが怖いですね……」

「やめろキメリエス。いまから頭が痛い」

あのおばあちゃんはいま遠征《えんせい》に出しているが、そろそろ任務を終えて戻ってくるころだろう。いまのフルカスとリリスを見たら、狂喜乱舞《きょうきらんぶ》して付きまとうのは目に見えている。きっとロクなことにならない。

面識のないフルカスはきょとんとしているが、ザガンは気を取り直すように頭を振る。

「あー、それで、ここでの生活はどうだ？　やっていけそうか？」

いまのフルカスは一般人である。となると、リリスやセルフィと同じ次元で考えてやる必要があるだろう。

そう問いかけると、フルカスは笑顔《えがお》で頷く。

「ああ！　みんな優しいし、特に困ったこともないぜ！　せいぜい少しだけリリスに避《さ》けられたり、リリスの友達の人魚からすげえ冷たい目で睨《にら》まれたりするくらいか？」

不意打ちで聞き捨てならない言葉を投げられ、ザガンは思わず目を丸くした。

――え、人魚ってセルフィのことだよな？　あいつが冷たい目をするって何事だ？

セルフィとリリス、そして現在遠方に出張中の黒花の三人は、リュカオーン出身の幼馴《おさなな》染《じ》みである。三人とも希少種ということもあり、城でも仲が良いのがわかる。

なにかと気苦労の多い夢魔《むま》のリリスとは対照的に、常に脳天気で徹底的《てっていてき》に空気を読まず、なんだかんだで周りを元気づけているのがセイレーンのセルフィである。

そのセルフィが冷たい態度を取るというだけでも想像がつかないのだが……。

まあ、当のフルカスはさして疑問を抱いていないようで脳天気な顔をしている。

そこで、フルカスは「あ」と声を上げる。

「……今度はなんだ？」

「あ、いや。そういえばアニキはなにと戦ってるんだい？　俺、この前の怪物《かいぶつ》がなんなのかも知らないんだけど」

言われてみれば確かに説明していなかったような気がする。

――まあ、黙っておくとビフロンスあたりに利用されそうな気もするし。

面倒だが、きちんと話しておいた方がいいのだろう。億劫《おっくう》そうにザガンは口を開く。

「俺の目下の敵はシアカーンという魔術師だ。俺と同じ〈魔王〉のひとりで、数か月前から小競《こぜ》り合いを続けている」

とはいえ、このひと月ばかりはまったく動きを見せていない。配下のシャックスたちからの報告を考えると、戦力を増強しているのだろう。次は向こうも勝負を賭《か》けてくることになる。そして、そのときはもうすぐそこまで来ているはずだ。

「………………」

このキメリエスもシアカーンとはただならぬ因縁《いんねん》がある。複雑そうな顔で沈黙《ちんもく》していた。

そう説明してやると、フルカスは身震《みぶる》いする。

「〈魔王〉って、アニキもそうなんだよな？　アニキみたいなやつが、他にもいるっていうのか？」

――お前もそのひとりなんだがなあ……。

ザガンとしてはさっさと〈魔王の刻印〉を取り上げてしまいたいところなのだが、あいにくとこれは神霊《しんれい》言語による恐ろしく高度な装置なのだ。剥奪《はくだつ》の儀式《ぎしき》にはザガンを含《ふく》めて十二人――要するに本人以外の〈魔王〉全員の同意が必要になる。

そんな面倒な儀式を行うくらいなら殺して奪《うば》った方が手っ取り早いので、実際に行われたことはないという。

他には、本人が譲渡《じょうと》するという方法もなくはないらしいが、フルカス自身がこの様ではそれも難しいという。

それもあって、ザガンはこの少年を手元に置いているわけである。

そんなザガンの苦悩を知る由もなく、フルカスは問い返す。

「そのシアカーンってやつは、いったいなにをしたんだ？」

「さて、いろいろやらかしてくれているわけだが……まずは黒花――お前は会ったことがないが――ラーファエルの娘の故郷を滅《ほろ》ぼしたり、アルシエラの命を狙《ねら》っていたり、他にもキメリエスか……とにかくうちの配下どもにこの上なく危害を及《およ》ぼしてくれている」

改めて枚挙してみれば怒《いか》りがこみ上げてきて、思わず剣呑《けんのん》な声になってしまう。

そんな声に気圧《けお》されたのか、フルカスもゴクリと喉《のど》を鳴らして言う。

「ご、極悪人《ごくあくにん》なんだな……」

基本的に魔術師自体が悪党の集まりなのだが、そんな一般《いっぱん》常識はいまさら語らなくともいいだろう。

だが、ザガンは首を横に振る。

「いや、それらも殺すには十分な理由だが、やつが許されん理由は他にある」

「他にもあるのか！　い、いったいどんな恐ろしいことをしたんだ？」

震える少年をビシッと指さすと、ザガンは毅然《きぜん》としてこう告げた。

「やつめは俺とネフィのデートをことごとく邪魔《じゃま》したのだ」

先日、ようやく落ち着いてデートできたものの、いったい何度邪魔されたことか。やつには万死《ばんし》でも生ぬるいくらいである。

ほとんどザガンの逆恨《さかうら》みというか被害妄想《ひがいもうそう》に近いのだが、ザガンは全てシアカーンの仕業と信じて疑わなかった。

これにはフルカスも唖然《あぜん》として口を開く。

「え……？　デ、デートって、あの恋人《こいびと》と過ごすアレ……だよな？」

「相違《そうい》ない」

なにやら助けを求めるようにキメリエスを見るが、有能な右腕《みぎうで》は『いつものことですよ』と言わんばかりに涼《すず》しい顔をしていた。

フルカスは信じられないように言う。

「そ、それって配下の人たちよりも大切なことなのか？」

至極《しごく》まっとうな指摘だったが、ザガンは〈魔王〉の威厳さえ込めてこう言った。

「貴様は、惚《ほ》れた女にその程度の筋も通せんのか？」

「――――ッツッ」

あたかも落雷《らくらい》に打たれたかのごとく、フルカスは胸を押《お》さえて仰《の》け反《ぞ》った。

「ア、アニキの言う通りだ。リリスを悲しませるやつがいたら、俺は命を懸《か》けて戦う。なのになんて馬鹿なことを言ってるんだ」

がっくりと膝《ひざ》をつく少年に、ザガンは慈父《じふ》のごとき微笑《びしょう》を返す。

「気にするな。無知は罪ではない。無知を知ったのなら学べばよいのだ。貴様の場合は、特にな」

「〜〜っ、俺、がんばって勉強するよ！」

まさにいま自分が道を踏み外したことなど露《つゆ》ほども知らず、少年は純真にも感涙《かんるい》にむせぶ。

フルカスは涙《なみだ》を拭って立ち上がる。

「じゃあ、そのシアカーンってやつをやっつけたら、全部解決するんだな！　俺、がんばるよ」

「あー……。貴様は……そうだな、リリスの傍《そば》にいてやれ。あいつを守るんだ」

「――っ、任せてくれ！」

この少年に余計なことをされると困る。ザガンは視線を逸《そ》らしながらそう言った。

――すまんリリス。あとでなにか褒美《ほうび》をやるから。

面倒事を押しつけてしまったことには、ザガンでも罪悪感を覚えるのだ。その隣では、キメリエスもゴメリが帰ってきたときの騒動《そうどう》を想像してしまったのか、胃が痛そうに腹部を押さえている。

それから、フルカスは首を傾《かし》げる。

「なら、この前の化け物もシアカーンってやつの手先なのか？」

「……いや。やつは違う。シアカーンが原因と言えなくもないが、別件だ。放っておくと俺の身の回りどころか世界ごと滅ぼされかねんかったからな」

出くわしてしまったのだから、なんとかしないと仕方がなかっただけである。

正直、アルシエラの結界の向こうに追い返しただけで、それもリリスたちの力あってのことだ。ザガンにできたのは時間稼《かせ》ぎくらいなので、対処というほどのこともしていないが。

現場に居合わせなかったキメリエスも、気にはなっているのだろう。鋭《するど》く視線を向けてくるが、ザガンはそれ以上答えられなかった。

――理解してはならないもの。話してはならないもの、か。

あれにとってこの世界は夢のようなものなのだ。

たまに見えたとしても夢のように曖昧《あいまい》で、つかみ取ろうとしてもすり抜《ぬ》けてしまうような存在に見えているから、この世界は守られているのだ。それが、アルシエラほどの者が人柱になってまで紡《つむ》いだ結界の正体である。

もしもあれが夢だと気付いてしまったら――明晰夢《めいせきむ》と呼ばれる、はっきりと自分の意志を持って動けるような段階になってしまったら、世界は造作もなく滅びる。

だから誰《だれ》もあれを理解してはならないし、名を呼ぶことすら禁忌《きんき》なのだ。

夢の中でザガンとネフィが出会ったとき、すぐにそれが夢だと気付いて明晰夢になってしまったのだから。

すでに半ば理解してしまったザガンは、これ以上考えないように努める必要がある。少なくとも、あれをどうにかできる手段を見つけるまでは。

そんな思考を振り払《はら》うように頭を振ると、少年は目頭《めがしら》を押さえて天井《てんじょう》を仰《あお》いでいた。

「やっぱりアニキはすげえよ。それって世界を守ったってことじゃねえか」

「え、いやそういう話ではないんだが……」

どちらかというと、割と世界を滅ぼそうと考えることの方が多いくらいだが。最近だとフォルに悪い虫がついたかもしれないと知ったときとか。

——にしても、こいつ大丈夫《だいじょうぶ》か？　そんなコロコロ感動して。

向こうの勝手ではあるが、なんでもかんでも良いように解釈《かいしゃく》されると、騙《だま》しているような気がして落ち着かない。最悪、それで勘違《かんちが》いに気付いて裏切られたみたいに逆恨みされても困る。一応、釘《くぎ》を刺《さ》しておいた方がいいかもしれない。

コホンと咳払《せきばら》いをして、ザガンは言う。

「はしゃぐのはかまわんが、なにが正しいのかくらいは自分で考えろ。俺が正しいなどと思うな。俺はネフィやフォルと天秤《てんびん》にかけられたら、間違《まちが》いなく貴様を切り捨てるぞ」

そう告げると、なぜかフルカスはきょとんとした。

「でも、アニキは自分が死にそうになってまで俺やリリスを助けてくれたじゃないか」

「いや、だからだな……」

それはあのときはネフィやフォルの命は懸かっていなかったし、そのままネフィのところに帰るのは恥ずべきことだと感じたからだ。前提を間違えている。

にも拘《かか》わらず、フルカスは全て納得《なっとく》したようにカラッと笑ってこう言った。

「もしアニキが俺を見捨てたら、そのときは俺がアニキを助ける番なんだって考えるよ」

純真無垢《じゅんしんむく》な瞳《ひとみ》に、ザガンは閉口した。

――ああ、駄目《だめ》だなこいつ。決定的に魔術師に向いてない。

この感じ、どこかで覚えがある。

そう、あれだ。少し前に聖都《ラジエル》で揉《も》めた聖騎士《せいきし》団長ギニアス二世だ。

――ステラあたりに話を通して、あっちで働かせた方がいいような気がするなあ。

ステラの下なら、元魔術師でも上手《うま》く誤魔化《ごまか》してくれるだろう。共生派のシャスティルでも同じことが言えるかもしれないが、あちらは教会でも難しい立ち位置にいる。元〈魔王〉はさすがに大きなトラブルになりかねない。

〈魔王の刻印〉という問題はあるが、次にステラと連絡《れんらく》を取ったときにでも話しておいた方がいいかもしれない。

頭を抱えていると、キメリエスはおかしそうに笑う。

「ふふふ、あなたは自分が他者からどう見えているのか、少し自覚した方がよいですよ、我《わ》が王」

「……ふん。手厳しいことを言ってくれるじゃないか」

ため息をもらしつつ、フルカスに視線を戻す。

「まあ、いい。それよりひとつ忠告がある。貴様の前に現れることはないと思うが、ビフロンスという魔術師に会ったら耳を塞《ふさ》いでなにも見ないようにして死ぬ気で逃《に》げろ」

「ビフロンス……？　そいつも、アニキの敵なのかい？」

「ああ。見た目はガキの姿をしているが、三百年は生きている〈魔王〉だ。人が苦しんでいるのを見るのが趣味《しゅみ》で、事態をややこしくすることに関しては天才的な腕の持ち主だ。関わるくらいなら死んだ方がマシだろう」

ザガンがここまで嫌悪《けんお》をむき出しにして語る相手など、それでいて未《いま》だに始末できていない者などあの〈魔王〉くらいのものである。

——ただ、ビフロンスがいまのフルカスに興味を示すことはないだろう。

あれはなんというか、自分がめちゃくちゃにした混沌《こんとん》の中で生き足掻《あが》く人間たちが見たいという、どこまでもはた迷惑《めいわく》な欲求のままに行動しているのだ。

〈魔王〉の力と記憶を失ったフルカスは〝ちょっとおもしろそうなおもちゃ〟にはなるかもしれないが、その性根《しょうね》はリリスに比肩《ひけん》する一般人のそれである。〈魔王〉としては意外な言動をするかもしれないが、ビフロンスが喜ぶような答えは持っていない。

だから、ビフロンスが利用することはあっても、興味を持つことはない。

万が一なにかの間違いで関わってしまっても、ネフテロスのように執着《しゅうちゃく》されることはないだろう。

——そう考えると、やつはアリステラには執着していたのかもしれんな。

初めて〈アザゼル〉と出くわしたときのことだ。

その依《よ》り代となった哀《あわ》れな少女がいたのだが、ビフロンスは本当にアリステラを助けようとしていた。向こうにしてみれば、持ち帰るのは死体でもよかっただろう。

生きているのかもわからないが、おかしなことに巻き込まれていなければいいが。

――あのときは助けてやれんかったからな。

次があるなら助けてやりたい、程度にはザガンも気に懸けていた。

と、そこでフルカスが青ざめたままであることに気づき、ザガンはなんでもなさそうに言う。

「そう身構えるな。そういうやつがいるというだけの話だ」

「で、でも、そいつがリリスに興味を持たないなんてことがあると思うか？　あんな魅力《みりょく》的《てき》な子なんだぜ？」

「あー……うん、まあ、やつには他に夢中な相手がいるから、大丈夫だろう」

そう諭《さと》して、しかしとザガンは思う。

――ビフロンスがシアカーンと組んで数か月が経《た》っているはずだ。となると……。

そろそろ、ザガンが仕掛《しか》けた〈天燐《てんりん》〉も破られるころかもしれない。

ビフロンス独りならもう少し保《も》つだろうが、あれが慈善《じぜん》でシアカーンに協力するわけがない。〈天燐〉を破る手助けなりなんなりを持ちかけたと考えるべきだろう。

〈魔王〉がふたりがかりとなると、そう長くは保たない。

――やはり、ネフテロスと話しておくべきか……。

あの少女はいま、ひとつの問題を抱えている。

まい。

ネフィとネフテロスの誕生日のこともあるのだ。問題はその前に片付けておかねばなる

そろそろ出かけたい気配が伝わったのか、フルカスも引き下がろうと一歩下がるが、そこでなにか思い出したように顔を上げる。

「そうだアニキ、最後にもうひとつだけ聞いてもいいかい？」

「なんだ？」

「アニキは〈魔王〉っていう偉《えら》い存在なんだよな？　じゃあ、あの子、アルシエラ……さんが言ってた〝銀眼の王〟ってなんのことだい？」

記憶がなくともなにか感じるものがあるのだろうか。アルシエラの名を口にするフルカスはどこか物憂《ものう》げな顔をしていた。

——銀眼の王……か。

ザガンは我知らず視線を逸らす。

「……そいつはリュカオーンという国の英雄《えいゆう》の名だ。気になるなら書庫を探してみろ。伝記の類いはひと通り揃《そろ》っている」

それが自分の父親の名らしいことは知っている。

ただ、それが何者なのかは、驚くほど情報が集まらなかった。

──少なくとも、その名で呼ばれる者は過去にふたりいたはずだ。

これを初代と二代目という呼び方をするなら、ザガンは三代目ということになるのだろうか。

ならばザガンの父親は二代目と考えるのが妥当《だとう》ではあるが、その二代目が果たしてリュカオーンの英雄なのか、それとは別の誰かなのか、そもそもいつの時代の人間なのか、まるで手がかりがない。

それにそのリュカオーンの伝説にしても、どこまで事実に沿っているかは疑わしいというのがザガンの見解だった。

──天使も〈アザゼル〉も魔神《まじん》も、アルシエラの名前すら出てこんからな。

せいぜい、いまと繋《つな》がる名前といえばオロバス──フォルの親竜《おやりゅう》の名くらいのものだ。

重要な情報が意図的に隠《かく》されているか、後世で創作されたものか、始めは事実に沿っていたとしても、のちに編纂《へんさん》されてしまった可能性もある。

一応、該当《がいとう》する書物は取り寄せてみたが、ザガンの求める情報には繋がらなかった。

フルカスは意外そうな顔をした。

「アニキは魔道《まどう》書以外の本も読むんだな」

「当たり前だ。過去から学ばん人間は同じ過《あやま》ちを犯《おか》す」

ザガンは〈魔王〉という王なのだ。人の上に立つ以上、学ぶべきものはなんでも学ぶ。特にリュカオーンの書物には、兵法や君子の心得に関するものも多い。教会が書を管理する大陸ではお目にかかれないものだ。銀眼の王の話がなくとも目を通す価値はある。

フルカスは感心しきった様子で頷くと、ふと思い出したように首を傾げる。

「それじゃあ、アニキはそのリュカオーンってとこの人間なのか？」

「さあな。俺は物心ついたころにはこの街でゴミを漁《あさ》っていた。出自なんぞ知らんし、興味もない」

それがザガンにとって余計な障害になる可能性が高いから調べているだけで、仮に正体を突《つ》き止《と》めたところでなにかの感情を抱けるとも思っていない。

ただ……。

――アルシエラの結界の中で、最後に見たあれは誰だ？

夢の終わり、結界から追い出される瞬間《しゅんかん》、ザガンは確かに見たのだ。

いまとは少し印象の異なるアルシエラ。ザガンの旧友であり、五年前まで教会の教皇だったというマルク。そして、銀色の瞳をした青年の幻影《げんえい》を。

とても銀眼の王などという仰々《ぎょうぎょう》しい名には似つかわしくない青年だった。

それに銀色の瞳というものも、珍しくはあっても他にいないわけではない。ひとつの街で探せばひとりかふたりはいるようなものだ。

にも拘わらず、ザガンはあの青年がそうなのだと直感してしまった。

――あれがそうだというなら、それは初代か二代目か……。

共に見えたのが揃いもそろって年齢《ねんれい》の当てにならない連中だったため、判断のしようがなかった。

ため息がもれる。

突き放《はな》すような口調になってしまったこともあって、フルカスは身を縮こませた。

「ごめん。聞いちゃ駄目なことだった、かい？」

「貴様が気にするようなことではない」

さて、とザガンは立ち上がる。

「俺は街に用がある。貴様は勉学に励《はげ》むがいい」

「ああ！」

〈魔王《まおう》〉だった少年は無邪気《むじゃき》に手を振って玉座の間を去っていった。

そうしてザガンも外に出ようとすると、そこには思わぬ顔が待っていた。

「ザガンさん。ちょっといいッスか？」

なにやら思《おも》い詰《つ》めた顔をした、人魚の少女がいた。

◇

そのころ、ネフィは厨房《ちゅうぼう》で朝食の後片付けをしていた。

最近は城の魔術師たちもまめに食事を摂《と》るようになったので、片付けも相応の時間がかかるようになった。とはいえ、みんな残さず綺麗《きれい》に食べてくれるので残飯の始末が必要なくて助かっているが。

炊事《すいじ》の最中ということもあり、純白の髪《かみ》は団子状にして束ねてある。最近はよくこうしているのだが、実は毎回リリスがやってくれている。服装は群青《ぐんじょう》のワンピースに真っ白なエプロン、魔術の加護を受けたブーツといういつも通りのものである。

厨房にいるのはネフィとラーファエル、フォル、リリス、アルシエラの五人だ。

と、何気なくそれを眺《なが》めて、ひとり足りないことに気付く。

「あら、セルフィさんはどちらに？」

「ザガンのところに行くって言ってた」

答えたのはフォルだ。

こちらは若草のような翠《みどり》の髪からは二本の角。琥珀色《こはくいろ》の瞳には縦割れの瞳孔《どうこう》を持ち、種族的には竜でもある。お気に入りの民族衣装《いしょう》のワンピースは袖《そで》をまくり、ネフィと同じくエプロンをして食器を洗っている。ネフィとザガンの大切な娘《むすめ》である。

この少女はこの城どころか、世界でもっとも優秀《ゆうしゅう》な魔術師のひとりである。食器の片付けなど魔術を使えば数秒で終わるのだが、滅多《めった》にそうはしない。彼女にとっては、みんなでおしゃべりしたり、笑ったり騒《さわ》いだりできるこの時間は大切なものなのだ。

だからネフィも魔術に頼《たよ》らず、他のみんなと同じように片付けをしている。

ネフィは小首を傾げる。

「珍しいですね。なにか相談ごとでしょうか……？」

「……そう、ね。たぶん、そうだと思う。あの子、最近なにか悩んでるみたいなのよ」

神妙《しんみょう》な面持《おもも》ちで答えたのはリリスである。

緋色《ひいろ》の髪からは捻《ねじ》れた黒い角が突き出し、腰《こし》の後ろからはコウモリのような二枚の翼《つばさ》と細長い尻尾。さらには月と同じ金色の瞳を持つ、愛らしい夢魔の少女である。

魔術師の城でありながら魔術を使えぬ普通の人だが、かといってなんの力もないわけではない。先日の事件で、ある意味もっとも守られなければならない者だと言えるようになってしまった。

複雑な立場に置かれたのはリリス本人のはずなのだが、暗い表情で少女はつぶやく。

「いつもは、悩んでもすぐアタシに相談してくれるのに……」

そんな胸中の吐露《とろ》に、ネフィは曖昧な微笑を返した。

――セルフィさんでも、悩んだりすることがあるのですね……。

〈魔王〉の城でなんの気後《きおく》れもなく脳天気に過ごしているのがあの少女である。ちょっと悩んでいる姿など想像できないが、あれでセルフィはひとつの分野の天才でもあるのだ。天才の悩みは凡人《ぼんじん》には理解できないだろうし、悩んでいることすらわからないものなのかもしれない。

「あれが悩むようなことなどあるものか？」

ネフィが賢明《けんめい》に察してあげようとしているのに、容赦《ようしゃ》なくそう問い返したのは執事《しつじ》のラーファエルだ。

見上げるほどの長身で、五十歳に差し掛《か》かったというのに背筋も真《ま》っ直《す》ぐ。左腕《ひだりうで》は甲冑《かっちゅう》を用いた義手なのだが、右腕も甲冑と遜色《そんしょく》のないほど太い。無骨で言動もわかりにくかったりもするのだが、こと料理や掃除《そうじ》に関しては非の打ち所のない人物である。

この初老の紳士《しんし》は元聖騎士長であり、左の義手にはいまも聖剣《せいけん》が格納されている。ザガンが魔術師《まじゅつし》として信頼《しんらい》を置くのがキメリエスとゴメリのふたりなら、ラーファエルは参謀《さんぼう》として無類の信頼を寄せる男である。

そんな執事の言葉に、リリスは心外そうに目を丸くする。

「結構あるのよ？　まあ、普段はわりとしょうもないことばかりだけど……」

「たとえばなんだ？」

「うぐ……っ」

なにやらリリスはへの字に口を曲げて呻《うめ》く。

「その……虫のアリっているじゃない？　あれってお菓子《かし》の小さな破片《はへん》とか持っていくけど、絶対全員は食べられないのにどうするのかとか、毎回分けてもらえなかったら自分なら巣を出ていくとか、出ていったアリはどうやって暮らすんだろうとか……」

「…………哲学的《てつがくてき》、であるな」

ラーファエルなりに、必死で空気を読んだ答えだった。

沈黙。

それから自然と視線が向いたのは、珍しく黙り込んでいるアルシエラだった。いや、黙り込むというより、上の空といった具合か。それでもきちんと食器を片付けているのだから大したものである。

リリスと同じ金色の瞳に、金色の髪。ふたつに束ねたその髪の下に、折れた角が隠されていることをネフィは知っている。青白い肌《はだ》に、薄《うす》い唇《くちびる》からはみ出すのは二本の牙《きば》。世界最強の吸血鬼《きゆうけつき》である。

いつも大事そうに抱えている不気味なぬいぐるみは、いまはすぐ傍の椅子《いす》の上に座《すわ》らされていた。

「アルシエラはどう思う?」

「え? ああ、聞いていませんでしたわ。なんですの?」

フォルの声でようやく我に返ったのか、アルシエラは首を傾げて返す。

ネフィたちは顔を見合わせた。

「あの、セルフィさんの様子がおかしいという話をしていたのですが、アルシエラさまは
なにかご存じないでしょうか」

「まあ……。あれであの子も年ごろの娘ではありますからね。あたくしにはちょっとわか
りませんけれど……」

そんな吸血鬼の少女を、フォルはじっと見つめる。

「アルシエラ、なにかあった?」

「……っ、いえ、少し考え事をしていただけなのですわ」

「……セルフィのことじゃないなら、朝のこと?」

朝方、ザガンがなにやら騒いでいたことは、城の住人なら誰でも気付いていることであ

る。玉座の間の結界を突き抜けるほどだから、相当なものである。

アルシエラは静かに視線を逸らした。

「銀眼の王さまも、年ごろの男の子ではありますものね」

「なにがあったの？　アルシエラなら盗《ぬす》み聞きできる」

ぐいぐいと攻《せ》めるフォルに、アルシエラは思わず身を仰け反らせる。

「人聞きの悪いことをおっしゃるのはやめてくださいませんっ？」

「でも聞いてたはず」

「………………」

盗み聞きをしていたのは事実らしい。アルシエラは雄弁《ゆうべん》に沈黙した。

ふむ、とネフィも腕《うで》を組んで考える。

――他人様《ひとさま》の秘密を探《さぐ》るのは不本意ですけど、ザガンさまに関係ありそうですね。

この少女がこんな風に口をつぐむのは、彼女《かのじょ》の役割――世界の敵のような強大な存在に関わることとか、そうでなければザガンのことだ。

前後の状況《じょうきょう》を思い返して、ネフィは鋭く告げる。

「ザガンさまとお話ししていたのは、お母さまのようでしたね」

「……ザガンとオリアス《グランマ》が内緒《ないしょ》で話したがること。ネフィのこと？」

「そうかもしれませんが、その場合、アルシエラさまはこういう反応をしません」

「……貴姉たち、人の顔色ひとつでそこまで読むのはやめていただきたいのですけれど」

ささやかな苦情から、どうやら当たらずとも遠からずなのだと確信する。

フォルがお皿を磨《みが》きながら見上げてくる。

「ネフィ、なにか思いつかない？」

「そうですね……。せいぜい、わたしとザガンさまが出会ってから、もうすぐ一年になるということくらいしか……」

「……っ」

またしてもアルシエラが視線を逸らしたことを、ネフィたちは見逃《みのが》さなかった。

と、そこでリリスが「あれ？」と声を上げて首を傾げた。

「近いみたい」

「どうかしましたか、リリスさん」

「いや、ネフィさんと王さまって、出会って一年になるのよね？」

「はい」

「誕生日とかって、いつだったのかなって……」

ビクリと、アルシエラが身を震《ふる》わせたのがわかった。

「……なるほど」

ネフィは穏《おだ》やかに微笑《ほほえ》むと、そのまま床《ゆか》を滑《すべ》るように後ろへ下がり、音もなく厨房の扉《とびら》を閉じる。

「どうして扉を閉めるんですのっ？」

とはいえ、そんなことで閉じ込められるアルシエラではない。

すぐさまその身を無数のコウモリに変えようとする吸血鬼に、しかしフォルがむんずと肩《かた》を掴《つか》んで止める。

最後に、ラーファエルが突然《とつぜん》手入れがしたくなったかのように、義手から聖剣を抜いて床に突き立てた。あとから聞いた話だと、聖騎士長のみが扱《あつか》える対不死者の結界を張っていたらしい。

神霊魔《しんれいま》法《ほう》はいつでも放てる。

いかに世界最強の吸血鬼と言えど、この包囲を突破《とっぱ》することは容易ではあるまい。突如《とつじょ》として緊迫《きんぱく》した空気に、ひとり非戦闘《せんとう》員のリリスが小さな悲鳴を上げていたが、まあ些細《ささい》な問題である。

ネフィはポンと手を叩《たた》いて頷《うなず》く。

「お手柄《てがら》ですリリスさん。わたしたちでは気付けないことでした」

「あう……あうぅ……これは、違《ちが》うの。アタシ、そんなつもりじゃなくて……」

なにやら涙ぐんでぷるぷる震える夢魔の少女を褒《ほ》めてあげてから、ネフィたちはアルシエラを囲んだ。

「さて、ではお話しをしましょうか？」

「あたくし、貴姉のことが怖《こわ》くなったのですけれどっ？」

吸血鬼の顔色というのもおかしな表現ではあるが、アルシエラもにわかに青ざめて床をじっと見つめた。発汗《はっかん》できたなら冷《ひ》や汗《あせ》でひどい顔になっているところだろう。

ザガンほどではないにしろ、ネフィとてそれなりにアルシエラとの付き合いも長くなって人となりくらいはわかってきたつもりだ。

彼女が本気で言いたくない、もしくは言えないことならこんな反応は示さない。そもそも囲まれる前に逃げているはずだ。となると、本人も伝えたい、ないし伝えるべきだとは思っている。

――でも〝自分の口からは言いにくい〟といったところでしょうか？

まあ、本人に話す意思があるなら、少しだけ背中を押してあげればいいだけだ。

ネフィは懇願《こんがん》するように胸の前で手を合わせると、笑顔のまま首を傾げた。

「単刀直入にお訊《き》きしますが、ザガンさまのお誕生日をご存じなのですか？」

崖《がけ》から突き落とすかのごとく力の入った言葉に、アルシエラは月の色の瞳をグルグルと回して狼狽《ろうばい》する。やがて観念したように口を開いた。

「……お答えしてもかまいませんけれど、条件がありますわ」

「はい、なんでしょう？」

「……どうしてあたくしが知っているのか、詮索《せんさく》も想像もしない。これが条件ですわ」

どうやらこれがさっさと話したくない理由のようだ。

――ザガンさまの不利益にならないのでしたら、わたしはかまいませんけれど……。

ネフィは他の三人と顔を見合わせる。

ラーファエルとフォルも察してくれたようで、頷き返す。リリスは……まあ、突発的《とっぱってき》な事態に頭が真っ白になっているようなので聞いても仕方がなさそうだ。

それらを確かめてから、ネフィは頷き返した。

「わかりました。お約束します。わたしたちはアルシエラさまのことを詮索しませんし、シエラはこう言った。

「銀眼の王さまの生まれた日は——海の月の九日——ですわ」

「海の月の、九日……？」

確かめるように、ネフィは繰《く》り返す。

海の月というのは、今月だったはずだ。それで今日は何日だったろうか……？

カッと目を見開いて、ネフィは悲鳴のような声を上げた。

「それって、一週間後じゃありませんか！」

間近に迫《せま》っていたから、アルシエラも伝えなければと、こんな下手を打ったのだろう。

動揺《どうよう》のあまり、足下《あしもと》の石畳《いしだたみ》から雑草が生《お》い茂《しげ》った。

「ネフィ、落ち着いて。草生えてる」

目眩《めまい》を覚えてふらりとしながら、ネフィはがしっとリリスの肩を掴んだ。

考えもしません」

「……感謝しますわ」

それから、小さく呼吸を整えて——呼吸などしていないはずではあるが——から、アル

「ひゅいっ？　な、なななななにっなんですかっ？」

「リリスさん！　教えてください。誕生日とはどのようなことをするものなんですか？」

「え、え、ええっ？」

困惑《こんわく》するリリスに、アルシエラが頭を抱《かか》える。

「ネフィ嬢《じょう》もご存じない口なんですの……？」

「あ、はい。エルフの里でそのような催《もよお》しがあるとは聞いたことがあるのですが、そういう日は決まって地下室から出してもらえなかったもので……」

当然、自分の誕生日だって知らない。

――あれ？　ということは、ザガンさまとお母さまが話していたことって……。

しかしアルシエラのことは詮索も想像もしないと約束したのだ。ザガンたちの会話だって詮索に繋がる可能性があるので、ネフィは意識してそこで考えるのを止めた。

それもあって困ったように苦笑《くしょう》すると、みんな絶句してしまった。

「……世知辛《せちがら》い」

呻くようなフォルの声で我に返ったのか、リリスが思い返すようにつぶやく。

「ええっと、アタシの場合はよく服とか装飾品《そうしょくひん》とかもらってたわね。ほら、この指輪とか五歳《さい》のときにアルシエラからもらったのよ？」

そう言ってリリスが見せてくれたのは精緻《せいち》な紋様《もんよう》が彫《ほ》られた金の指輪だった。

指輪を見て、ネフィとフォルは息を呑《の》む。

「これは……すごいですね。わたしでも迂闊《うかつ》に触《ふ》れられないような、強い加護を感じます」

魔術《まじゅつ》というより魔法《まほう》に近いだろうか？　具体的にどんな力が込められているのかまではわからないが、精霊《せいれい》たちでさえ悪意を向けられないような、強固な力が感じられた。

フォルが呆《あき》れたように言う。

「アルシエラ過保護」

「そ、そんな古い話、いまは関係ないでございましょう？」

吸血鬼にとってたかが十年前など昨日くらいの感覚のはずだが、まあ詮索するなと言われているしいまは放っておこう。

「アタシは毎年、ちゃんと誕生日を祝ってもらえてたけど、やっぱりこれが一番の宝物のような気がするわ」

「いいですね。そういえばリリスさんのお誕生日はいつなのですか？」

「アタシ？　天秤の月の三十一日よ」

「まあ……」

ネフィは申し訳なさそうな声を上げる。ちょうどネフィたちが海底都市アトラスティアにいたころだ。

「申し訳ありません。お祝いしていませんでしたね」

「えっ、いや、あのころはそれどころじゃなかったし、それに親からは普通《ふつう》に祝ってもらえたから気にしないでよ」

リリスは助けを求めるように、ラーファエルへ視線を向ける。

「ラ、ラーファエル殿《どの》はどうなの？」

確かにラーファエルもこの城では貴重な非魔術師である。誕生日を祝ってもらった経験があるかもしれない。

なのだが、ラーファエルが難しそうに言う。

「我の場合は、部下に労《ねぎら》われたことが何度かあるな。とはいえ酒場で馳走《ちそう》になるのが常だったゆえ、あまり参考にはならぬであろう」

と、それからふと思い出したように頷く。

「……ああ、だが人を祝ったことならあったな。黒花の誕生日に、あの杖《つえ》を贈《おく》った」

かつて猫妖精《ねこようせい》の黒花は目の光を失っていた。ラーファエルと出会ったときにはすでにそうだったらしい。

――なるほど、それで黒花さんはことさらあの杖を大切になさっていたんですね。

それから、フォルに目を向ける。

「フォルよ。貴様はどうなのだ？」

「私？　うん……と、生まれた日は、お父さまがご馳走を取ってきてくれた。魔眼族《イビルアイ》とか火蜥蜴《サラマンデル》とかがすごく美味《おい》しかった」

珍《めずら》しくきらきらと瞳を輝《かがや》かせる娘に、ネフィも微笑み返す。

――ああ、取るって狩《か》るって意味なんですね。

それらが並みの魔術師では手も足も出ないような魔獣《まじゅう》の手合いであることは、ネフィでも知っている。さすがは竜の生活である。

そこでネフィはハッとした。

――そういえばわたしたち、フォルの誕生日も知りません！

これで親を語るなど失笑《しっしょう》ものではないか。

怖《お》ず怖ずと、ネフィはフォルに問いかける。

「あの、フォルのお誕生日はいつなのですか？」

いまさらこんなことを聞いているあたり恥《は》ずべき無知ではあるが、ザガンの誕生日を知らなかったからいまこんなに焦《あせ》っているのだ。恥《はじ》を忍《しの》んで聞く必要がある。

フォルは少し考えてから、小さく頷いてこう言った。

「じゃあ、双子《ふたご》の月の六日がいい」

その言葉に、ネフィとラーファエルは目を丸くした。

「それは、我が王の執事となった日であったな」

「うん。私がザガンとネフィの子供になった日」

ネフィは困惑の声を漏《も》らす。

「でも、それでいいのですか？　フォルの生まれた日は別にあるのでしょう……？」

フォルはなんでもなさそうに首を横に振《ふ》る。

「だって、人間の暦《こよみ》で数えたことなかったから、実際にいつになるのかわからない。だから、その日がいい」

なるほど、確かに竜が人間のカレンダーに従って生きているはずもない。親竜であるオロバスはなにかしら具体的な日付を知っていたはずだが、フォル自身はあまりそういったことを考えなかったようだ。

ネフィはしゃがみ込んでフォルと視線の高さを合わせると、頭を撫《な》でて微笑んだ。

「わかりました。ではその日は素敵《すてき》なお祝いをしましょうね」

「……うん！　楽しみにしてる」

それから、じっとラーファエルを見上げる。

「それで、ラーファエルさんの誕生日はいつなのでしょう？」

自分が聞かれるとは思っていなかったらしい。ラーファエルはにわかに目を丸くした。

「乙女《おとめ》の月の二十一日だ」

こちらはネフテロスが教会に転がり込んだころの話だ。

――誕生日……どうしていままで気に懸《か》けなかったんでしょう。

そんな大切な機会をたくさん見逃してきた事実に、ネフィは己《おのれ》の無知を恥じた。

とはいえその誕生日の祝い方がわからなくて困っているのが現在の状況である。ネフィは次にアルシエラへ視線を向けた。

「話を元《もと》に戻しますが、アルシエラさまはご存じありませんか？　その、誕生日の祝い方のようなものを」

「えっ、あたくしですの？　ええっと……」

ぎくりと身を強張《こわば》らせ、それから頭痛を覚えたように額を押《お》さえる。

「……その、〈アーシエル・イメーラ〉がアレなものでしたし、それ以前となると一千年前のことになりますし、なにか特別なことをしたものでしたかしら？」

彼女の誕生日が〈アーシエル・イメーラ〉であることはネフィも知っているが、誕生日が祝いの日と重なると苦労があるのだろうか。教会と吸血鬼が敵対していることは、ザガンから聞いたことがあるが。

――〈アーシエル・イメーラ〉という呼び名が、アルシエラさまに似ていることと関係あるのでしょうか？

まさか教会の祭日が、吸血鬼であるアルシエラ本人の誕生祝いなどということはないだろうが……。

いずれにしろ、この少女もネフィやザガン以上に凄惨《せいさん》な人生を送ってきたようだ。

それから、ささやくような声でつぶやく。

「ですけれど、祝ってあげたかったことなら、確かにありますわね……って、あら？」

その言葉を聞いて、ネフィはがっしりとアルシエラの腕を抱《だ》き寄せるようにして捕《つか》まえていた。見れば反対側の腕はフォルが押さえている。

「では、決まりですね」

「なにがですのっ？」

「アルシエラがしてあげたかったこと、ザガンにしてあげる。私たち、誕生日の祝い方よくわからないから」

あたかも罠《わな》に嵌《は》められたかのごとく、アルシエラの表情が戦慄《せんりつ》に歪《ゆが》む。

「は、話が違いますわよ！」

「いいえ。わたしたちはアルシエラさまの気持ちにお応えしたいだけですよ。詮索もしていませんし想像もしていません」

そこでラーファエルがエプロンを外して綺麗に畳《たた》む。

「ふむ。王に内緒で準備をするなら、場所を変えた方がよくはないか？　こちらはすでに片付いたゆえ」

ネフィたちがアルシエラを拘束《こうそく》している間に、ラーファエルは完璧《かんぺき》に食器の片付けを済ませてくれていた。

さすがはザガンの執事。有能の極《きわ》みである。

「ありがとうございます、ラーファエルさん。では、行きましょうか」

「どこへ連れていきますのっ？」

「魔王殿《ま おうでん》がいいと思う。あそこならザガンにも聞かれないし、探険もしたい」

「名案ですね、フォル。あとネフテロスやシャスティルさんにもお声がけしておきましょう。特にネフテロスはこういうこと喜ぶと思いますから」

こうして、アルシエラの身に新たな災難が降りかかったのだった。

◇

再び玉座の間。厨房の大惨事《だいさんじ》など知る由もなく、ザガンはセルフィと向き合っていた。ただごとならぬ雰囲気《ふんいき》を察してか、キメリエスは『僕《ぼく》は仕事がありますので』と席を外してくれている。

ふたりだけになった玉座の間では、扉を閉めてセルフィも椅子に座らせている。本来は下半身に魚類の尾《お》を持つこの少女だが、普段《ふだん》は人間と同じく二本の足を持っている。

玉座の間を訪ねてきたものの、少女は黙《だま》り込んだまま口を開こうとしなかった。

——ぬうぅ、早くネフィの誕生日を祝う準備に取りかかりたいのだが……。

しかしこの脳天気な少女が、他の誰《だれ》でもなくザガンに相談を持ちかけてきたのだ。よほどのことがあったのだろう。王としてそんな配下を見捨てるわけにはいかない。

根気強く待ってみたものの、やはりしゃべる気配がないのでザガンはできるだけ威圧的《いあってき》にならないように声をかけてみる。

「それで、なにがあったのだ？」

「……それが……ッスね」

これで朝食のおかずに苦手なものがあったとかいう話だったらさすがに殴《なぐ》るが、ひとまず相当深刻なようである。

それから、ようやく決心がついたのかセルフィは囀《さえず》るように語り始めた。

「どこから話したらいいかわかんないんスけど、そうッスね……あの、フルカスさんって、なんなんスか？」

まあ、予想通りと言えば予想通りの名前だった。

「そうだな。確かにお前にも話しておくべきかもしれんな」

リリスには〝悪夢〟の中でのできごともあり、ひと通りのことは話してあるがセルフィには詳《くわ》しい説明はしていなかった。だがこの少女はリリスの親友なのだ。知らせる必要はないかもしれないが、知る権利はある。

「先に言っておくが、これから話すことは他言無用だ。いつものように〝うっかり〟で漏らせば相応の罰《ばつ》を与《あた》える」

脅《おど》すような言葉になってしまったが、セルフィは存外に真面目な表情で頷き返した。

それを確かめてから、ザガンは口を開く。

「——あれは、俺《おれ》と同じ〈魔王〉のひとりだ」

「あ、そうなんスね」

まったく関心のなさそうな反応に、ザガンは渋面《じゅうめん》を作った。

——えぇー……。それで警戒《けいかい》してたとかじゃないのか？

ではなんだってこの少女はフルカスを気にしているのだろうか。

よくわからないが、まだ答えている途中《とちゅう》である。ザガンはコホンと咳払《せきばら》いをしてから続ける。

「まあ、いまでも一応〈魔王〉ではあるんだが、わけあって記憶《きおく》の一切《いっさい》を失っている。無知な〈魔王〉なんぞいくらでも利用できるからな。そのまま放り出すわけにもいかん。だから、俺が面倒《めんどう》を見ている」

「……それ、危なくはないんスか？」

ようやく危ないものという認識《にんしき》を持ったのか、セルフィの訝《いぶか》るような言葉にザガンは頷き返す。

「当然の疑問だな。いつ記憶が戻るともわからんし、その記憶が戻れば敵対する可能性の方が高い」

「じゃあ、なんでザガンさんが保護してるんスか？」

「いま言ったように、放り出す方がリスクが高いからだ。それに、やつは記憶を失ったときに死にかけているが、それを助けたのはリリスだ。配下が命を懸けた相手を俺の一存で始末するのは、王の所業ではない」

そんな器量の小さい王なら、悪王の方がよほどマシというものだ。

――まあ、始末する用意自体はしてあるが。

〈魔王の刻印〉がある以上、単純に始末しただけではなにも解決しないだろうことが忌々《いまいま》しいが、リリスを始めとした配下の身を守る備えくらいはしてある。

そう答えると、セルフィはキュッと自分の胸を押さえた。

「……リリスちゃんが、助けちゃったんスか。じゃあ、あの人は本当に、リリスちゃんのことが好きなんスよね？」

この返事は予期せぬもので、ザガンは首を傾《かし》げた。

改めてセルフィの顔を見てみると、頬《ほお》は紅潮し、切なげに吐息《といき》を漏らし、目元にはいまにも泣き出しそうに涙《なみだ》まで浮《う》かんでいる。

――うん？　いや、うん……？

それはまあ、フルカスはあれだけ人の密集した部屋で、堂々とリリスに告白しているのだ。というかその場にはセルフィだっていた。いまさら確かめるまでもないような気がするのだが……。

セルフィは喘《あえ》ぐように打ち明ける。

「リリスちゃんにあの人が言い寄るのを見てると、なんでかわからないけど胸が苦しくなるんス。目の奥《おく》が熱くなって涙まで出そうになってきて……自分でも、なにがなんだかかわからないんス……」

衝撃《しょうげき》の告白に、ザガンは頭の中が真っ白になった。

――それって、いや……ええっ？　なんでっ？

身に覚えのあり過ぎる現象の数々。間違《まちが》いない。これはすなわち――

――　恋《れん》　愛《あい》　相　談　――

想像を遙《はる》かに超《こ》えて重たく深刻な問題だった。

〈魔王〉の知能を以《もっ》てしても理解が追いつかない。セルフィがフルカスに想《おも》いを寄せるようなきっかけなどあっただろうか？　まあ好きになるのに理由なんてないものなのかもしれないが、あまりに唐突《とうとつ》過ぎる。

正直、相談する相手を間違っているとしか言いようがない――なぜネフィでなくザガンのところに来てしまったのか――が、客観的に見てセルフィの感情は一目瞭然《いちもくりょうぜん》だった。

とはいえ、本人は答えがわからなくて苦しんでいるのだ。

ザガンは腕を組み、天井《てんじょう》を仰《あお》ぐようにしてしばし瞑目《めいもく》する。

果たして、これは本人に告げてよいことなのだろうか。

時計の秒針が一周するほどの時間悩《なや》んで——ネフィ以外のことでこれほど長考するのは初めてである——ザガンはようやく答えを出した。

「……その、なんだ。お前が抱いている感情がどういったものなのかは、わかるつもりだ。というか、客観的に見て、俺はそう思ったというだけのことだが」

セルフィはなにも答えなかったが、続きを請《こ》うようにザガンを見つめていた。

小さく呼吸を整えてから、ザガンは重たい口調で思ったことをそのまま告げた。

「お前のその気持ちは、恋《こい》というものだと思う」

衝撃の事実にセルフィは大きく目を見開き、それからどこか諦《あきら》めたようにふにゃりと笑った。

「はは……。あー、やっぱり、そういうことなんスかね……」

薄々《うすうす》、セルフィ自身も気付いていたのだろう。

ただ、認めたくなかったのだ。

——それはまあ、親友に言い寄ってる男に惚《ほ》れたなんて、誰にも言えないだろうな。

リリスはもちろんのこと、ネフィにだって話せなかったことだろう。黒花はいまこの城にいないし、ゴメリは論外だ。

となると、なるほど確かにセルフィが打ち明けられる相手はザガンしかいない。

そしてその選択《せんたく》がどれほどの葛藤《かっとう》の末に選ばれたものなのかは、推《お》し量《はか》ることもできない。となれば、可能な限り力になってやりたい。

――でも、どうしてやればいいんだ？

ザガンの動揺をよそに、セルフィは自嘲《じちょう》するように困った笑《え》みを浮かべて言う。

「……自分でも、もしかしたらそうなのかなとは思ってたんスよ。いや、たぶんずっ、と前からそうだったんス」

「ふむ……いや、ずっと前？」

セルフィとフルカスが出会ったのは、ほんの三日前の話ではないのか？

なにかが食《く》い違ってるような気がするのだが、なにが食い違っているのかわからない。

セルフィは遠い思い出をふり返るように続ける。

「初めてこんな気持ちになったのは、自分が十一歳のときだと思うッス。あのとき、自分の誕生日を祝ってくれた笑顔《えがお》がすごく綺麗《きれい》で、胸がドキドキして、苦しくなって、なのに顔だけは熱くて……」

セルフィの誕生日ということは、五、六年前だろうか？

そんな昔になぜフルカスと接点があったのだろう。当時のリュカオーンはマルコシアスの庇護《ひご》下にあり、〈魔王《まおう》〉ですらおいそれと干渉《かんしょう》はできなかったはずだが……。

「だから、自分は実家を飛び出したんス。もちろん、王家の歌を人に聴《き》かせたらいけないって風習に嫌気《いやけ》が差したのも本当のことッスけど、でもたぶん逃《に》げ出したかった気持ちの方が大きかったんだと思うッス。……だって、こんなのおかしいじゃないッスか」

ザガンは困惑を深める。

——ちょっと待て。セルフィは誰の話をしているのだ？

相手はフルカスかと思っていたのだが、状況的《じょうきょうてき》にそれはあり得ないように思う。

では、セルフィが想いを寄せたのは誰なのだ？

セルフィは不器用に笑顔を作ったまま、泣き出しそうな声で言う。

「この気持ちは、抱いちゃいけないものだってわかってたから、自分はあそこにいられなかったんス。それから何年も経《た》って、気持ちの整理もついたつもりだったのに、なのにこの前あの人に言い寄られてるの見たら、胸の中がすごくモヤモヤして……」

「……すまん。ひとつ確かめておきたいんだが、いいか？」

この状況で話の腰《こし》を折るのが悪いことだとはわかっている。それでも確かめておかなければならない。

それから、ザガンは恐《おそ》る恐るこう問いかけた。

「お前の好きな相手というのは、もしやリリスのことか？」

カアッと、セルフィの頬が真っ赤に染まった。

――あー、あー、あー、そっちなのっ？

二度目の衝撃にザガンは玉座で仰《の》け反《ぞ》った。

どちらかというと、むしろリリスの方がそういう気配があったのだが、まさかセルフィの方が真面目に恋をしていたとは……。

――いや待て。友情と愛情を混同している可能性もあるのではないか？

まあこの表情を見ては疑いようもないとは思うが、ここを間違えると取り返しがつかないことになる。

ザガンはもう一度呼吸を整えてから問いかけた。

「……ああっと、その、なんだ。間違えていたら困るから訊くが、俺は女の気持ちなんぞわからん。おかしなことを訊くかもしれんが、不愉快《ふゆかい》だったら聞き流せ。いいな？」

慎重《しんちょう》に前置きし、セルフィが頷くのを確かめてから疑問を投げかける。

「その、恋というものはだな、友情とは違って……その、なんだ、口づけをしてみたいとか、そういう気持ちがあるものだと思うんだが、そこはどうなのだ？」

「性的な目で見れるかってことッスか？」

極力迂遠《うえん》な聞き方をしてやったというのに、当の本人はずいぶんと直球を返してきた。

とはいえ、セルフィも深く考えたことはなかったのだろう。膝《ひざ》の上で両手を揃《そろ》え、真剣《しんけん》な表情で考え込む。

やがて、毅然《きぜん》としてこう答えた。

「見れるッス。なんなら男の人なんかよりずっと満足させられると思うッス」

――こいつ、強い……！

なんと力強い答えか。〈魔王〉のザガンですら尊敬の念を覚えるほどだった。むしろ夜の事情に関してはリリスの方が専門のはずなのだが。

――というかこいつら、同じ部屋にしてて大丈夫《だいじょうぶ》か？

ここで引き離《はな》すのは残酷《ざんこく》な気がするが、間違いを起こされても困る。

いや、リリスはリリスで別に受け入れそうな気もするが……。

――……あれ？　ということはこいつら、もしかして相思相愛なのでは？

リリスの気持ちは確かめたことはないが、まんざらでもなさそうな反応をしていたよう

に思う。

いずれにしろ、セルフィの気持ちは間違いなさそうである。

ザガンが唸《うな》っていると、セルフィは不意に表情を曇《くも》らせる。

「はは……。やっぱり、気持ち悪いッスかね……」

「気持ち悪い？　なにがだ？」

どうにも悩んでいる方向が違ったようで、ザガンは目を丸くした。

今度はセルフィの方が困惑するように言う。

「だ、だって、あたしたち女の子同士じゃないッスか……。なのにこんなのって……」

ザガンは呆れて頭を振った。

「異種族間での恋愛《れんあい》が成り立つのに、同性だと成り立たんなど筋が通らんだろうが」

なにかの間違いでネフィが男になってしまったとしたら、ザガンはもう好きでいられなくなるだろうか？

あるいは自分が女になってしまったら、ネフィはもう愛してくれなくなるだろうか？

そんなことはないと思う。

それはもちろんネフィには女でいてほしいが、たとえネフィが男になったとしてもザガンは愛し続ける。自分が女になってしまったとしてもそれは変わらない。

というか、かつてのステラとデカラビアのように性別すら変わってしまうような呪《のろ》いもあれば、一時的にではあるが性別を作《つく》り替《か》える魔術も存在する。

まあ、好んで性別を入れ替えたという話は聞いたことがないが、普通に変化の魔術などもあるので、絶対に起こりえない問題でもないのだ。

正直なところ未《いま》だに一般的《いっぱんてき》な恋愛観《れんあいかん》もよくわかっていないのだが、一度この気持ちを抱いてしまったら種族も性別も関係ないのではないだろうか。

というか、普段からあの困ったおばあちゃんの奇行を目《ま》の当たりにしていれば、性別なんて些細《ささい》な問題にしか思えない。

少なくとも、セルフィが言うように否定されるべきものではないと思う。

最近の黒花とシャックスあたりを見ていると、特にそう思う。……まあ、彼《かれ》らの場合は種族とは無関係なところに障害が転がっているわけだが、そこはがんばって乗り越《こ》えてもらうしかないだろう。

――というか、それで気持ち悪かったら俺はどうなる。

金貨百万枚で嫁《よめ》を買った男である。

そんなザガンの言葉がどこまで伝わったのかは定かでないが、セルフィはどこか救われたように微笑んだ。

「……ありがとうッス。なんか、すごく気持ちが楽になった気がするッス」

「そ、そうか。ならよかったな」

相談に乗るというほど大した答えは返していないような気がするのだが、セルフィは納《なっ》得《とく》したように席を立つ。

「ああっと、それでお前はどうするつもりなのだ?」

そう訊くと、セルフィは困ったように頭をかく。

「まだ、どうしたらいいかわかんないッスから、この気持ちはしばらく大事に自分で持っとくッス」

「……そうか。まあ、どうしようもなくなったらいつでも来い。話くらいは聞いてやる」

壁《かべ》に話しているのと変わらないような気もするが、顔があるだけでも違うものだろう。

そう声をかけると、セルフィは小さく頷いてからふり返った。

「自分、やっぱりザガンさんとこに来れてよかったッスよ」

そう言った笑顔は、いつも通りの脳天気な、それでいてどこか大人っぽくもあるものになっていた。

果たしてこれでよかったのかはわからないが、玉座の間を去るセルフィはいつも通りの彼女《かのじょ》に見えた。

ザガンはどっかりと背もたれに身を預ける。

――フルカスのやつ、前途多難《ぜんとたなん》だな……。

果たしてあのセルフィを相手に、勝ち目などあるのだろうか。

いやフルカスを応援《おうえん》しているわけではないが、ああもそびえ立つ障害が強大では同情のひとつくらい覚える。

思わず疲《つか》れたため息がもれた。

いますぐネフィの誕生日を祝う準備を始めるべきなのに、しばらく立ち上がれそうになかった。

第二章 ✡ ポンコツとポンコツは引かれ合い、周囲はひたすら苦労する

『――俺の名はアスラ。〈呪腕〉のアスラ。西の勇者アスラだ！　刻んでおけ』

その少年は、私の前に現れるなりそう喚《わめ》いていた。

初めて見る顔。種族はヒト。緋《ひ》色《いろ》の髪《かみ》と緋色の瞳《ひとみ》。確か〈グリゴリの民《たみ》〉と呼ばれる種族で、私たちソロモンのチームでもよく見かける。

彼らは天使に道具として造られたという悲劇の一族だ。

天使以外はいらないものでしかないこの世界で、天使からの寵愛《ちょうあい》は羨望《せんぼう》に値しない。

使い捨てにされた道具。

特に理由もなく殺された道具。

ただの玩具《おもちゃ》として消費されていく道具。

生まれたときから天使の管理下にある彼らには、他の種族のように逃げるという選択肢《せんたくし》すら与えられない。ここまで生き延びられた者は、例外なく誰かの命によって生かされた者である。そういった意味では、この世でもっとも天使を憎《にく》んでいる種族だろう。

そんな〈グレゴリの民〉の少年は、なにかを期待するような眼差《まなざ》しで私の行く手を遮《さえぎ》るように仁王《にお》立ちしている。

数秒ほどぼんやり考えて、どうやら自己紹介《しょうかい》をされているのだと気付いた。

私は人の顔や名前を覚えるのがひどく面倒で嫌《きら》いだ。

だって、覚えたってどうせみんなすぐにいなくなるのだから。

私はできるだけ目を合わせないようにして隣《となり》を通り過ぎることにした。まだ〈マルドゥーク〉を抱えたままで重たいし、これから整備もしなければいけないし、忙《いそが》しいのだ。

『ちょっと待てよっ？　なんで無視すんの？』

なぜか涙ぐんで縋《すが》り付かれた。

大抵《たいてい》は無視すれば向こうも空気を読んで話しかけないでくれるのに、こういうパターンは珍しかった。見ればまだ十四、五歳で私より少し上くらいの、大差ない年齢《ねんれい》だ。

まあ、子供なら仕方がない。

足を止められた私はすごく嫌《いや》そうにふり返る。

少年はなぜかポカンとした顔をしてから、勢いよく立ち上がって胸を張った。

『へへん、お前がここのエースだろ？　俺は西で天使をぶっ殺してきた男だ。エース同士仲良くしてやろうと思ってな！』

ああ、と私は頷《うなず》き返した。

来たばかりの新人に、たまにいるのだ。これから天使と戦えることへの高揚感《こうようかん》で色々よくわからないことを言う者が。

とはいえ私だって復讐《ふくしゅう》しか生き甲斐《がい》のない、ただの子供だ。

取り立てて彼を否定できるほど偉《えら》くもない。

なので、せめてもの愛想《あいそ》――オロバスやソロモンからうるさく注意されている――に、軽く目礼を返して踵《きびす》を返した。

『おい！　せめて名前くらい名乗れよ』

名前、と言われて私はすぐに答えられなかった。

億劫《おっくう》だったからではない。

自分の名前が、すぐに思い出せなかったからだ。

アーシェ――ソロモンや兄は私をそう呼ぶが、それは愛称《あいしょう》というものだ。もっとちゃんとした名前があったはずなのに……。

でも、別に名前なんてあってもなくても同じだ。用件を伝えるだけなら『おい』とか『お前』でも十分だし、天使と戦っていたらみんないつかは死ぬ。そうやって死んだ者たち全てに墓を作って名を刻んでいたら、この大陸は墓で埋《う》め尽《つ》くされてしまうだろう。

そんな私がどう見えたのか、少年はひどく悲しそうな顔をした。

きっと、私が無視したように感じたのだろう。まあ、そう思われるのは慣れている。自分の協調性のなさくらいは自覚しているのだから。

そう思ったのに、少年は取り返しの付かない過《あやま》ちを犯《おか》したように頭を下げた。

『……悪い』

それから、少年は困ったような顔のまま笑った。

『じゃあ、こういうのはどうだ？　次の出撃《しゅつげき》で、俺が生きて帰ってこれたら名前教えてくれよ。それならいいだろ？』

一方的にそう告げて、少年は去っていった。

その次の戦いで見事宣言通り帰ってきて、私は結局自分の名前を思い出すためにオロバスを頼《たよ》らなければいけなくなった。


それから、少年は天使と戦うたびに私に勝手な要求を告げるようになった。

帰ってきたら、いっしょに飯を食ってくれ。

帰ってきたら、好きなものを教えてくれ。

帰ってきたら、歌を聴かせてくれ。

帰ってきたら、帰ってきたら……。

最初は疎《うと》ましかったのだけれど、そのうち慣れてしまったのか嫌ではなくなっていた。

少年は確かに強かった。〈グリゴリの民〉は生まれつき高い身体能力を誇《ほこ》る。傷の治りも早く、なにより〈呪腕〉の一撃《いちげき》は〝天使狩《が》り〟と同じく天使の結界を破れたのだ。

安全なところから〝天使狩り〟を撃《う》つだけの私より、ずっと強かったのだと思う。

この人は、いなくならないでくれるみたいだ。ソロモンや兄と同じように、いっしょに戦ってくれるみたいだ。

そう思い始めたころ、私たちは天使の長のひとりと戦うことになった。

天使長カマエル。

通常、天使たちは背に〈呪翼《じゅよく》〉と呼ばれる光の翼を対で背負っている。天使の結界とはこれを指してもいる。二枚でも神がごとき力を振るうが、天使長はそれを六枚も背負うのだ。

〈呪翼〉は一枚増えるごとに相乗効果を持つらしく、単純に倍加どころの力ではない。六枚の〈呪翼〉を持つ天使長に対し、二枚の〈呪翼〉を持つ天使三人ではまったく釣《つ》り合わないということだ。

私の役目は、前衛が全滅《ぜんめつ》する前に最低でも三枚の〈呪翼〉を破壊《はかい》することだった。たくさん犠牲《ぎせい》が出るだろう。

前衛はあの少年が――アスラが支えてくれる。

それでも保って三十秒。

三枚もの〈呪翼〉を砕《くだ》くにはあまりに短い時間。きっと一発でも外したらみんな殺されるだろう。そして天使だって動かず的になってくれるわけではない。

戦いが始まって、私は必死に狙《ねら》いを定め、引き金を絞《しぼ》った。

生きていても意味なんてない。

戦って、抗《あらが》って、ひとつでも多く天使に爪痕《つめあと》を残して、そして死ぬ瞬間《しゅんかん》を夢見てきた。

でも、いまは死ねない。

役目を果たすまでは、死ねない。

少なくとも、前線で戦っているみんなは、アスラたちは私が〈呪翼〉を砕くと信じて命を懸けているのだから。

一枚を撃ち抜《ぬ》き、天使が動揺《どうよう》を見せるうちに再び照準を定めて二枚を撃つ。二枚も貫《つらぬ》かれれば天使長も回避《かいひ》という選択肢を選び始める。

本気で回避に徹《てっ》した天使は人の知覚できる速度を遙かに超える。これを近距離《きんきょり》で破ることは不可能であるため、私たちは超長距離《ちょうちょうきょり》からの射撃《しゃげき》を必要としたのだ。

天使長を引き付けている仲間たちが次々とやられていく。

〝天使狩り〟を握《にぎ》る手に汗《あせ》が滲《にじ》む。引き金を絞る指が震《ふる》える。

こみ上げてくる焦《あせ》りを、深く息を吐《は》くことで追い払《はら》う。

――大丈夫。私ならやれる。

いくら速いと言っても、消えているわけではないのだ。

動きの先を読め。回避の動きを予想しろ。

三度目の狙撃《そげき》。

天使長の背から、三枚目の翼が失われた。

これで二十八秒。

でも、同じ場所から三発も撃ったのだ。

天使の瞳が、私を見たのがわかった。

天使の一撃は小さな村くらいは吹《ふ》き飛ばしてしまうほどのものだ。〈呪翼〉二枚でそうなのだから、三枚を残す天使長の一撃はその比ではないだろう。

いまから逃げても、間に合わない。

三枚になった天使の〈呪翼〉が輝《かがや》く。

掲《かか》げたその腕には、光でできた槍《やり》が握られていた。

彼我《ひが》の距離《きょり》は一〇〇〇メートル強。〝天使狩り〟の弾丸《だんがん》は秒速八五三メートル。届くまで一秒以上。光でできた槍は、手から離れた瞬間標的を滅却《めっきゃく》する。

弾丸が届くころには、私は消滅《しょうめつ》しているだろう。

回避も迎撃《げいげき》も不能。

――だったら、撃ち返してやる。

私は助からないけれど、光の槍を放った天使だって避《よ》けられない。

自分でも不思議なくらい、落ち着いていた。

息を吐く。

引き金にかけた指は、震えていない。

スコープの向こうには四枚目の〈呪翼〉が収まっている。

撃鉄《げきてつ》が信管を叩《たた》き、銃口《じゅうこう》から弾丸が吐き出される。

そういえば、今回アスラはなんと言っただろう。

帰ってきたら――

スコープの向こうに、槍の光が広がったときだった。

『アーシェは、殺させない！』

光の前に、少年が割って入るのを見た気がした。

それを最後に、私の意識も途切《とぎ》れる。

次に目が覚めたときには、オロバスの城のベッドの上だった。

傍《かたわ》らには老人の姿をした竜《りゅう》がいる。看病をしてくれていたらしい。

身を起こそうとすると、体中が痛んだ。なんでも肋骨《ろっこつ》が三本、右鎖骨、右上腕《じょうわん》、大腿骨《だいたいこつ》、脛骨《けいこつ》、腓骨《ひこつ》、計二十数か所の骨折。それに加え全身重度の火傷《やけど》で、なんとか一命を取り留めたらしい。

オロバスは淡々《たんたん》と私が倒《たお》れたあとのことを語った。

あれから三日も過ぎていること。

戦いは天使長カマエルを見事討《う》ち取り、私たちが勝ったこと。

私の〈マルドゥーク〉は銃身《じゅうしん》が砕け、壊《こわ》れてしまったこと。

そして、アスラが帰ってこなかったこと。

あのとき、アスラの〈呪腕〉は天使の槍を少しだけ逸《そ》らすことができたらしい。だから、私は辛《かろ》うじて生き延びることができた。

今回、あの少年は帰ってきたらなにをしようと言っていたのだろう。

帰ってきたら――

――帰ってきたら、今度は笑った顔を見せてくれよ――

骨折とは無関係に胸の中が痛くて、頭の中がぐちゃぐちゃになって、気がついたら頬から熱い滴《しずく》が伝い落ちていた。

竜の老人は、なにも言わずにただ隣に寄り添《そ》ってくれた。

結局、彼も死にたいと願う私より先に死んでしまった、無責任な者のひとりだ。

でも、自分の名前も思い出せなくなるほどすり切れていた私の心を、涙の流し方を思い出せるくらいには救ってくれた。

名前を知らなかったら、たぶんこんなふうに泣くことさえできなかっただろう。

それから続く長い人生の中で、私を支えてくれた大切な思い出のひとつ。

◇

「――アルシエラ、聞いてる？」

フォルから声をかけられ、アルシエラは懐《なつ》かしい思い出から我に返った。

「ああ、申し訳ありませんわ。ここに来ると、色々と思い出してしまって」

魔王殿玄関《まおうでんげんかん》ホール。かつては魔族《まぞく》を組み込んだ人造生命《ゴーレム》が設置されていた場所に、アルシエラたちはいた。

他にはネフィ、そしてリリスの姿がある。頭上を仰げばかつてと同じように巨大《きょだい》な石像がホールを睥睨《へいげい》するように置かれている。これは〈天燐《てんりん》〉を放つゴメリ専用のゴーレムだという。

執事《しつじ》のラーファエルは城に残った。ザガンに悟《さと》られぬよう工作をする必要があったし、なにより家事もあるのだ。使用人がこぞって城を空けるわけにもいかなかったのだ。

厨房《ちゅうぼう》でネフィたちに拉致《らち》されてから数刻後。移動中に、誕生日というものをどう祝うものなのか説明はした――主にリリスが――のだが、彼女たちに伝わったかは微妙《びみょう》なところである。

――本当に、可愛《かわい》らしい子たち。

健気《けなげ》で無垢《むく》で一所懸命《いっしょけんめい》で、ザガンでなくとも守ってあげたくなる。アルシエラでさえ、ここを離れたくないと感じ始めていた。

残りの時間など、すでに尽きようとしているのに……。

——我ながら、本当に無様なのですわ。

でも、きっと千年前の彼らはいつかこんな時間を信じて戦ったのだ。

感傷を振《ふ》り払うように頭を振ると、フォルが小さく首を傾げる。

「思い出すってどんなこと？」

「なんてことのない、ただの昔馴染《むかしなじ》みの思い出なのですわ」

魔王殿にもザガンの配下たちがいる。割合としては四十名強の人員を城に三割、魔王殿に六割、それ以外——教会や他の任務に派遣《はけん》されている者が一割といったところらしい。

その一割の中にはシャックスも含《ふく》まれている。

つまり玄関《げんかん》ホールもそれなりに魔術師《まじゅつし》たちの行き来があるため、アルシエラは扉《とびら》のひとつを開けて奥へと進む。

扉の向こうは長い回廊《かいろう》となっていて、また等間隔《とうかんかく》にいくつもの扉が並んでいる。客間というのが本来の割り当てなのだろうが、千年前は病室や倉庫、天使狩り構成員の待機室などさまざまに使われていた場所だ。

アルシエラがそのまま進んでいくと、フォルたち三人もついてくる。

扉を三つ、四つと過ぎて五つ目に行き着いたところで、アルシエラはその扉を開けた。

「ここがよいのですわ」

この部屋は壁が分厚く音も響《ひび》きにくいため、内緒話《ないしょばなし》をするには都合がよいのだ。

さすがに当時のものは残っていないが、ここがあのときアルシエラが運び込まれた病室だった部屋だ。

その部屋の扉を、アルシエラはノックもなく開く。


「え、えっ、なに？」


扉を開けると、中には仮面をつけた大柄《おおがら》な魔術師がいた。

いまはなにかの作業中のようで、ローブを脱《ぬ》いで筋肉質な上半身を顕《あら》わにしている。ハンマーを片手に背を向けていたのだが、アルシエラが入ってきたのを見てひとつしかない目を白黒させる。

中から困惑《こんわく》の声が聞こえたことで、ネフィが戸惑《とまど》いの声をもらす。

「あの、アルシエラさま？　先客がいらっしゃいますし、他の部屋の方がよろしいのではありませんか……？」

ちょこんと顔を覗《のぞ》かせたネフィと、突然《とつぜん》の状況《じょうきょう》に困惑する魔術師の視線が合う。

「ええっと、ナベリウスさま……でしたよね？　突然、申し訳ありません」

ちゃんとした自己紹介もしていなかったはずだが、ネフィは優雅《ゆうが》に腰を折ってそう挨拶《あいさつ》をする。

「あ、あー、そういうあなたは、ネフィちゃんだったかしら？　ザガンのお嫁さんの？」

その指摘《してき》に、ネフィのツンと尖《とが》った耳が真っ赤に染まった。

「はうっ、あの、はい……でもその、まだ、お付き合いをさせていただいてる段階です、けれど……」

あれだけ毎日ぺっとりくっついているくせに、未だに他人から指摘されるのは耐性《たいせい》がないらしい。まあ、城の住人も遠巻きに眺《なが》めているだけで指摘する者がいないのだから、ある意味当然なのかもしれないが。

嬉《うれ》しいような恥《は》ずかしいような表情で赤面するネフィとは対照的に、ナベリウスの仮面に覆《おお》われた顔がサアッと青ざめたのがわかった。

手にしていた道具類を放り出すと、ナベリウスはすごい勢いで駆《か》け寄りアルシエラの腕を掴《つか》んだ。そのまま部屋の中に引っ張り込む。

「あ、あははは、ちょっとこの子借りるわねえ？」

そのまま返事も待たずにバタンと扉を閉める。

ここはナベリウスの工房《こうぼう》にとあてがわれた部屋だった。彼はアルシエラの依頼《いらい》で〝天使狩り〟の修復をしている他、ザガンからも依頼を受けているのだ。
見ればテーブルのひとつに〝天使狩り〟はあるものの、直前までナベリウスが座《すわ》ってい
た椅子《いす》の前には金床《かなとこ》やハンマー、魔力《まりょく》で高出力の炎《ほのお》を制御《せいぎょ》できる魔道《まどう》機械などが並んでい
る。依頼の品は薬剤《やくざい》で洗浄《せんじょう》中なのか目に見える位置にはない。
ナベリウスは仮面越《ご》しにもわかる鬼気《きき》迫《せま》る表情で迫る。
(ちょっとあんた正気? ここにあの子を連れてくるなんてなに考えてるのよう!)
ガクガクとアルシエラの肩《かた》を揺《ゆ》すりながら、ナベリウスはうろたえる。筋骨 隆々《りゅうりゅう》の大
男がぬいぐるみを抱《かか》えた幼女に掴みかかっているわけで、絵面的にはひどいことこの上な
いが……。
ザガンはあの性格なので、ネフィへの贈《おく》り物は内緒《ないしょ》で用意するよう依頼している。作っ
ているところをネフィに見られては困るのだ。
そして当然のことながら、アルシエラはここにこの男がいることがわかっていた。
素知らぬ顔で天井を見つめる。
(突然あたくしの身に降りかかった理《り》不《ふ》尽《じん》を、分かち合える誰《だれ》かが欲《ほ》しかったのですわ)

いけしゃあしゃあと言い放つと、ナベリウスが涙《なみだ》ぐんで胸《むな》ぐらを掴んできた。

（知らないわよう！　あんたの場合は日頃《ひごろ》の行いのせいじゃないの！　なんで他人を道連れにするのうっ？）

（そっくりそのまま返しますけれど、これも普段《ふだん》の行いのせいではありませんの？）

ザガンの介入《かいにゅう》でうやむやになってしまったが、前回の事件にリリスを巻き込もうとしたのは許していないのだ。まあ、あのときすでにリリスも関わってしまっていたわけではあるが、巻き込もうとしたことに変わりはない。

それでいて、ナベリウス自身もアルシエラがまだ怒《おこ》っていることは理解しているのだ。

ここでザガンの依頼を反故《ほご》にするということは、アルシエラから守られなくなるだけでなくザガン本人も敵に回すことでもある。この世界で生き延びる術はないだろう。

まあ、内緒話の場所に魔王殿を提案したのはアルシエラではないのだ。ここは不運だったのだと諦めてもらうしかない。

ナベリウスは歯ぎしりをして吐き捨てる。

（あんたってホント、顔と声と性格以外なんにも可愛くないわ！）

（あたくし肯定《こうてい》されたんですの？　否定されたんですの？）

呆《あき》れた声を返していると、扉の向こうから遠慮《えんりょ》がちに声がかけられる。

「アルシエラさま？　やはり、別の部屋になさった方が……」

「大丈夫なのですわ。この男、単に照れ屋なだけなのです。むしろプレゼントなら親身に相談に乗ってくれるのですわ」

（あんたねえええええええええっ！）

小さな絶叫《ぜつきょう》が心地《ここち》よかった。

アルシエラが扉を開けようとすると、ナベリウスも観念したらしい。パチンと指を鳴らして、作業中の工具一式を魔術《まじゅつ》で消してしまう。

そこに、まずネフィが顔を出す。

「あの、本当に大丈夫でしょうか……？」

なんとか隠《かく》すことが間に合ったナベリウスは、仮面に手をかざすようにして半身だけふり返って笑い返す。そういうよくわからない美意識を振りまくらいには平常心を取り戻《もど》したようである。

「どっかの吸血鬼《きゅうけつき》とは違《ちが》って礼儀《れいぎ》正《ただ》しいのね。仕事中だから少し散らかっているけれど、気にせず入ってちょうだい？」

「で、では失礼します」

なにやら圧倒《あっとう》されるように身を仰け反らしつつ、ネフィは部屋に足を踏《ふ》み入れる。

「私も入ってもいい？」

次にちょこんと顔を覗かせたのはフォルだ。

「フォル。貴姉は銀眼の王さまの娘《むすめ》なのですから、ここの主のようなものでしょう？　貴姉が入ってはいけない場所なんてありませんわ」

「そうなの？」

「……あんた生ある者の生き死にに関わらないとか言っときながら、よくも平然と良識のある他人様《ひとさま》の娘ちゃんにそんなこと吹き込めるわね」

なにやら抗議《こうぎ》の声が聞こえたような気がするが、気のせいだろう。丁寧《ていねい》に説明してあげるとフォルはコクンと頷いて部屋に足を踏み入れる。

最後に、リリスが怖《お》ず怖ずと続く。

「あ……。ええっと、この前助けてくれた人……よね？　その、ちゃんとお礼言えてなかったけど、ありがとう。アタシ、リリスって言います」

そういえばリリスとナベリウスは顔こそ合わせたものの、結局会話をする機会もなく自己紹介すらできていなかった。

リリスが頭を下げると、なぜかナベリウスは仮面――恐らく目頭《めがしら》に相当する部分――を押さえてうつむいた。

「ありがとうございます……」

ちょっと胸に響いたことで、ここにもちゃんとお礼の言える子がいた事実が、ちょっと胸

「えっと、大丈夫ですか？」

「ううん。なんともないわ。ここにもちゃんとお礼の言える子がいた事実が、ちょっと胸に響いただけだから……」

　アルシエラが扉を閉めると外からの音は遮断《しゃだん》された。

　病室に使われていただけあって、広い部屋だ。玄関ホールに近い面積のうち、半分はボロボロのベッドが二列に並んでいて、残り半分はナベリウスの工具類が置かれる工房となっていた。

　その内で、アルシエラは工房部分に一番近いベッドの前に進むと、愛用のぬいぐるみの中からハンカチを一枚取り出す。それをふわりとベッドの上に乗せると、そこに座る。

　フォルたちも思い思いの場所に腰《こし》をかけ始める。

　アルシエラと向かい合ってナベリウスが壁に寄りかかり、右手側の椅子にフォルがちょこんと腰掛《こしか》ける。左手側には椅子がなかったので、リリスが少しウロウロしてからひとつ隣のベッドの上に腰を下ろす。最後にネフィが迷った末、アルシエラの隣――同じベッドに座った。

　ナベリウスも含めて円を組むような形になった。

　と、そこでフォルのお腹《なか》がくうと鳴る。

「あら、お腹が減りましたか、フォル？」

「ううん。でも、なんだかすごく美味《おい》しそうなにおいがするから」

「美味しそうなにおいですか？」

フォルが琥珀《こはく》色《いろ》の瞳を輝かせて見つめるのは、ナベリウスだった。

──ああ、そういえば魔眼族《イビルアイ》はご馳走《ちそう》だと言っていましたわね。

成体の魔眼族《イビルアイ》は幼竜の手には余る魔獣《まじゅう》だが、それだけに芳醇《ほうじゅん》な魔力と美味な肉を持つ最良のご馳走なのだろう。それでいて、いまのフォルは幼竜でありながら〈魔王《まおう》〉クラスの魔眼族《イビルアイ》にすら挑《いど》める力を持ってしまっている。

この年齢でそこまで至ってしまっている彼女は、成竜に成長するときには賢竜《けんりゅう》オロバスすらをも超《こ》えるかもしれない。

これにはナベリウスも仮面の奥《おく》の瞳を嫌そうに泳がせる。

「……ちょっと、捕食者《ほしょくしゃ》の目を向けるのやめてもらいたいんだけどう」

「ケチケチしないで腕の一本くらい差し上げたらいかがですの？」

「こっちは赤字出してんのに、この上なんで身を切らなきゃいけないのかしらっ？」

ナベリウスの嫌がる顔──仮面だが──を見られたことで、アルシエラも少しは溜飲《りゅういん》が下がった。

全員が腰を落ち着けたのを見計らって、ネフィが口を開く。

「ネフテロスを誘《さそ》えなかったのが痛いですけれど、本題に入りましょうか」

「ザガンが教会に行こうとしてた。いま知らせるのは危険」

ネフィたちは魔王殿に来る前に教会へ赴《おもむ》こうとしたのだが、ちょうどそこにザガンもやってきてしまったのだ。鉢合《はちあ》わせする危険が高かったため、ネフテロスへの接触《せっしょく》を諦《あきら》めて魔王殿に直行したのだった。

――あたくしのコウモリで、知らせることもできなくはありませんでしたけれど……。

しかしアルシエラにそこまで協力する義理はない。

なにより、ザガンがネフテロスを訪ねたのは、彼女の抱えている〝問題〟に関わることのはずだ。とても重たい難題。ひと月ばかり彼女の傍《そば》に貼《は》り付いていたアルシエラはそれを知っていて、しかしその解決策を持っていない。

その状況で、白々しくザガンの誕生日を祝おうなどとは呼びかけられなかった。

ザガンの誕生日を祝おうとする彼女たちが、いま知る必要はないことだ。

そんなアルシエラに訝《いぶか》るような視線を送るのはフォルひとりだけだったが、彼女も問いかけるべきではないと察したのか、口を開きはしなかった。

ネフィはリリスに目を向ける。

「それで、誕生日というものは〈アーシエル・イメーラ〉のときのようなパーティを開くものなのでしょうか？」

いきなり自分の誕生日の名前が出てきて、アルシエラはにわかに呻《うめ》く。それを見たナベリウスは首を傾《かし》げるが、ややあって気付いたのだろう。その瞳に愉悦《ゆえつ》の色を浮《う》かべた。

すっと手の甲《こう》を見せるように胸の前に両手を掲げると、白々しくのたまう。

「そうねえ。〈アーシエル・イメーラ〉は教会でもっとも神聖とされる乙女を祝う儀式《ぎしき》だもの。対極の存在とはいえ、〈魔王〉の誕生を祝うのに、その様式に倣《なら》うのは悪くない考えだと思うわよう」

アルシエラはにこやかな笑《え》みを浮かべたまま歯ぎしりをした。

どうやら今回の仕打ちへの仕返しらしい。食いしばる力のあまり奥歯《おくば》が折れそうなほど軋《きし》んだ。

水面下で勃発《ぼっぱつ》した戦いに気付く由もなく、ネフィがふと思い出したような声を上げた。

「〈アーシエル・イメーラ〉……そういえば、聖都の宝物庫にもそれに関するかもしれない碑文《ひぶん》がありました」

「へ……？」

予期せぬ言葉に、アルシエラは間の抜けた声を上げてしまった。

ナベリウスが身を乗り出して言う。

「どんな碑文だったのかしら？　〈アーシエル・イメーラ〉に関するものなら誕生日の参考になるかもしれないわよう？」

「いえ、〈魔王〉の誕生祝いを教会に倣いすぎるのもいかがなものではありませんの？」

冷ややかに反論するが、ネフィはそれに気付かなかった。

アルシエラの誤算は、ネフィがアルシエラの誕生日が〈アーシエル・イメーラ〉の日であることを知っていても、〈アーシエル・イメーラ〉そのものがアルシエラの誕生を祝うものだとは知らなかったことだった。

ネフィは唇《くちびる》に指を添え、思い返すようにつぶやいてしまう。

「ええっと、確か『――かくも哀《あわ》れなあの者をお救いください――あなたが十三の剣《けん》と刻印を持つ者なら、私たちは道を譲《ゆず》ります――』といった内容だったと思います」

カアッと、顔が熱くなった。

――自分の宝物庫になに刻んでいるんですのあの馬鹿兄は！

このまま霧《きり》になってキュアノエイデスから消えてしまいたかった。

ナベリウスが訳知り顔で顎《あご》を撫《な》でる。

「ふうん。へえぇ。それはまた……なるほどねえ」

アルシエラにできることといえば『余計なことを言ったら今度こそ殺す』と苛烈《かれつ》な殺気を叩き付けることくらいだった。この神経とは無縁《むえん》な〈魔王〉には暖簾《のれん》に腕押《うでお》しだが。

ナベリウスは存外に真面目な声音《こわね》でつぶやく。

「十三番……ね」

ネフィは『十三』としか言っていない。この言葉に、アルシエラは神経質そうに眉《まゆ》を跳《は》ね上げてしまった。

――〝あれ〟を打ち直したのはナベリウスの先代ですものね……。

余計なことを知られてしまったものだ。

ナベリウスは気をよくしたように頷く。

「ギキキッ、これはおもしろい話を聞かせてもらったわねえ。お礼に……そうねえ、ザガンのプレゼントだったかしら？　あたしに用意できるものなら協力してあげるわよう」

「本当ですか？　ありがとうございます、ナベリウスさま」

「いいのよう。困ったときはお互《たが》いさま、でしょう？」

仮面の隙間《すきま》からねっとりとした嫌な視線を向けてくる魔術師に、アルシエラは〝天使狩り〃を抜きたがる右手を押《お》さえつけるのに苦労した。

そんな怒《いか》りに燃える笑顔《えがお》に気付いてしまったのか、リリスが「ひえっ」と小さな悲鳴を上げて跳《と》び上がる。

「どうしました、リリスさん？」

「な、なななんでもないわ」

不思議そうに首を傾げるネフィに、リリスはぶんぶんと首を横に振った。

話を逸らすように人差し指を立てる。

「それより、王さまの誕生日プレゼントでしょう？　なにを贈りたいとかないかしら」

「プレゼント……ですか。以前、キ・セルという煙草《たばこ》をお贈りしたときは喜んでいただけましたが」

「あー、あの王さまが機嫌《きげん》いいときにモクモクやってるやつね。確かにすごく気に入ってるわよね」

あまり人前で吸うところは見せないが、大層気に入ってるらしいのはアルシエラの目にも明らかだった。

――まあ、ネフィ嬢《じょう》からいただいたものならなんでも喜ぶでしょうけれど。

微笑《ほほえ》ましく見守っていると、今度はフォルが口を開く。

「ナベリウスは、どんなものなら作れる？」

「そうねえ。金属を扱《あつか》うものなら大抵は作れるわよう？　指輪みたいな小さな装飾品《そうしょくひん》から剣や――〝天使狩り〟みたいな魔道機械なんかまでねえ？」

ねっとりとした視線を向けられ、アルシエラも少女らしい笑顔を返した。

――やはりここで始末すべきかもしれないのですわ。

部屋の気温が一気に低下したように、リリスが涙ぐんで身震《みぶる》いした。

そんな様子に気付いてか気付かずか、フォルはふむと頷く。

「装飾品と武具なら、どっちにすべき？」

「そう、ですね」

そこで三人とも唸《うな》ってしまう。

誕生日の贈り物なのだ。思い出に残るようなものを用意したいというのが、彼女《かのじょ》たちの気持ちだろう。

だが、ザガンは〈魔王〉なのだ。これからも戦いに身を置くことになる。となると、身を守るなにかを贈りたいとも思うだろう。なにせ、目の前には世界最高の鍛冶《かじ》師がいるのだから。

悩《なや》める少女たちを見つめて、しかしアルシエラが思うのは別のことだった。

――嫁《よめ》に、娘に、それに……。

視線を向けずに、リリスを意識する。

ナベリウスはともかくとして、なんの因果かここに集まったのはザガンと極《きわ》めて重要な縁《えにし》を持つ者たちだ。血の繋《つな》がりはなくとも、家族と呼ぶべき関係の者たちである。

――銀眼の王は、どこまで覚えているのですかしら……。

アルシエラの顔すら覚えていなかったくらいなのだ。恐《おそ》らくなにも覚えてはいまい。ザガンはそれだけのことをされたのだ。

でも、それでも、己《おのれ》の身勝手なわがままだとしても……。

――〝リリス〟のことは、思い出してあげてほしい……。

これはザガンに責任があることではない。

彼《かれ》が一番の犠牲者なのだ。

いま生きていてくれたことに万感《ばんかん》の感謝を捧《ささ》げるべきだろう。

――それでも、あたくしはあのふたりを銀眼の王さまから託《たく》されたのですわ。

そして、アルシエラはそれに応えられなかったのだ。

潰《つい》えたと思った命をまたしても拾ってしまったせいか、余計な欲がこみ上げてきてしまった。

これが、このところアルシエラが物思いに耽《ふけ》っていた本当の理由である。もちろん、ザガンの誕生日を伝えなければならなかったのも事実だが。

再び頭を悩ませていると、リリスがいぶかるような目を向けてきた。

「あ、あのさ、おん……じゃなくて、アルシエラ」

「なんですの？」

こうして御方《おんかた》でなく名前で呼ぶようになってくれたものの、まだ慣れてはいないようだ。おっかなびっくり、リリスはこう問いかけてきた。

「もしかして、アタシと王さまって、どこかで会ってない？」

アルシエラは目を丸くした。

まさかリリスの方からそう言われるとは思いも寄らなかった。

にわかに動揺したが、アルシエラはなんでもなさそうに首を横に振って返す。

「クスクスクス、心配しなくとも貴姉は会っていないのですわ」

「そう……？」

アルシエラは話をはぐらかしても、嘘《うそ》はつかない。それはリリスもわかっているのだろう。釈然《しゃくぜん》としない顔をしながらも、おとなしく引き下がる。

そして、それをまたナベリウスが吟味《ぎんみ》するように見つめてきていた。

——どうにも、成り行きに身を任せていると、余計な情報を抜かれてよろしくありませんわね。

こういうときに口を出すのは主義に反するが、少女たちの意志を曲げない程度に軌道修《きどう》
正することにした。

「そうですわね……。銀眼の王さまなら、贈り物はネフィ嬢とのデートなどにも付けてい
きたがるものではありませんの？」

「——っ、それは、確かに……」

耳の先をほんのり赤らめながら、ネフィが頷《うなず》く。

これくらいは彼女たちが少し話し合っていれば行き着く回答である。

次にリリスが頷く。

「なるほど。じゃあ、それこそキ・セルを入れるケースなんかどうかしら？」

「いいかもしれないです！　でしたらわたし、それに魔法《まほう》の加護を付けてみたいです」

「一気に伝説級の秘宝になっちゃうわよっ？」

少女たちは意気投合したようで歓喜《かんき》の声を上げる。どうやら上手《うま》く話がまとまりそうで

ある。

　ホッと胸をなで下ろしていると、フォルがまたじっと目を向けてきていた。

「アルシエラは、どうしたかったの？」

　思わぬ言葉に、アルシエラはまた目を丸くさせられる。

「どう、とは？」

「アルシエラは、ザガンにしてあげたかったことがあるはず。私たちは、まだそれを聞いてない」

　本当に、聡《さと》い子である。

　アルシエラ自身でさえ忘れかけていた話だが、確かに彼女たちはそれが原因でザガン城からこの魔王殿に場所を変えたのだ。

　気が付くと、ネフィとリリスまでもが注目していた。ナベリウスは、まあこっちを見ないでもらいたいところだが……。

　一瞬《いつしゅん》逡巡《しゅんじゅん》したものの、アルシエラは観念したように肩を竦《すく》めた。

「別に、大したことではありませんわ。ただ……」

いまさら自分にそんな資格はない。

そんなことはわかっているが、アルシエラは夢でも思い返すようにこう囁《ささや》いた。

「ただ、抱《だ》きしめて〝おめでとう〟と、そう言ってあげたかっただけなのですわ」

もっとも、その抱きしめることですら過去に指摘されたように、襲《おそ》いかかっているようにしか見えなかった有様である。

それに、自分にそんなことを言われてもザガンは嫌《いや》がるだろう。『貴様なにを企《たくら》んでいる？』という声まで聞こえてきそうなくらいだ。

なのだが、自嘲《じちょう》する間もなく隣《となり》のネフィにそっと手を握られた。

「――言ってあげてください、アルシエラさま」

「銀眼の王さまの誕生日なのに、不信感を与《あた》えるだけなのですわ」

因果応報というものではあるが、情けなさそうに苦笑《くしょう》すると、しかしネフィは力強く首を横に振った。

「それを決めるのはザガンさまです。それに、ザガンさまはこれまで祝ってもらった経験がないんです。少しでも昔のザガンさまを知っているなら、どうかその言葉を贈ってあげてください」

つくづく、このお嫁さんはザガンのことになると強情《ごうじょう》で強引《ごういん》らしい。

ふと顔を上げてみると、フォルとリリスまでもが頷いていた。

「……まあ、努力はしてみますわ」

「はい。約束です」

本当に容赦《ようしゃ》がない。

アルシエラが折れるのを確かめると、リリスがナベリウスに言う。

「それで、キ・セル入れなんてどうかと思うのだけれど、ナベリウスさんはその辺りの知識ってありますか？　アタシたち、煙草なんて吸ったことないから」

「そうねえ。まあ色々種類もあるから軽く図面を引いてあげるわよう。なにせ、今日は面《おも》白《しろ》い話をたくさん聞かせてもらったもの」

ことが終わったら始末しようかと、真剣《しんけん》に考え始めると、ナベリウスはふと思い出したように言う。

「そういえばリリスちゃんと言ったかしらあ？　フルカスとはあれからどうなのかしら」

新たな厄災《やくさい》の発露《はつろ》に、リリスの顔がものの見事に引きつった。

◇

魔王殿にてリリスが災難を被《こうむ》っているころ、ザガンはキュアノエイデスを歩いていた。

——ぬうう！　ネフィへの贈り物をどうしたものか。

きっとなんでも喜んでくれるのだろう。だからこそ、困難な問題だった。

贈り物なら、いまナベリウスに作らせている指輪がある。普通《ふつう》の夫婦《ふうふ》には必需品《ひつじゆひん》だとされる〝結婚指輪《けっこんゆびわ》〟だ。

しかしながらそれはそれ、誕生日は誕生日である。

——ネフィが喜んでくれたものといえば、手袋《てぶくろ》か。

〈アーシエル・イメーラ〉のときに贈ったものはずいぶん喜んでくれた。寝《ね》るときに付けては頬《ほお》をすりすりしているというのだから、想像するだけで心臓が破裂《はれつ》しかねない。

ただ、大事にしすぎて普段から付けてくれないというのが問題だった。

——となると、リボンなどはどうだ？

ネフィはあの綺麗《きれい》な白い髪《かみ》をいつも赤いリボンで束ねている。あれなら毎日使っているものだし、きっと身に着けてくれることだろう。

――だがしかし、男からの贈り物にリボンというのはどうなのだ？

いいのだろうか。悪いのだろうか。未《いま》だにザガンにはその判断が付かない。

いっそ素直《すなお》にマニュエラあたりを頼《たよ》った方がいいのかもしれないが、こういうとき自分で考えたいのがザガンなのだ。

いっそ服などもよいだろうか。しかし服は服でネフィといっしょに選びたいし、なによりマニュエラを挟《はさ》まずには不可能だろう。

そんなことを考えているうちに、ザガンの足は教会にたどり着いていた。

――さて、ネフィの誕生日を気兼《きが》ねなく迎《むか》えるためには、ここをなんとかせねばな。

いまのザガンにとっては、シアカーンの始末より優先すべき問題だった。

そうして礼拝堂の扉を叩《たた》こうとしたときだった。

「――あれ？　ザガンじゃないか」

「む、シャスティルか」

扉が独りでに開き、中から見知った顔が現れた。

シャスティル――緋色《ひいろ》の髪に同じ色の瞳《ひとみ》。いまは〝職務中〟のようで凛々《りり》しい表情をしているが、私生活ではポンコツ極まりない少女である。

その姿は司教の礼服ではなく洗礼鎧《せんれいがい》と呼ばれる鎧姿だった。

シャスティルの格好を確かめて、ザガンは眉をひそめた。

「……貴様がその格好をしているということは、なにかあったな？」

聖剣《せいけん》の乙女《おとめ》の名で呼ばれるこの少女だが、同時にこの教会の責任者でもあるのだ。普段は執務《しつむ》に従事しており、前線に立つことは少ない。

彼女が剣を取るということは、非常事態だということだ。

ザガンの言葉に、シャスティルは困った顔をするも首を横に振った。

「いや、まだそれほど大げさな話ではない。ただ、街の近くで不審《ふしん》な者を見かけたという報告が相次いでいるんだ。こんな時期だし、少し気になるから私も自分の目で確かめておきたい」

「街の外か……」

このキュアノエイデスは教会の統治下であり、ザガンの領地でもある。街を守る結界も無数に張られているため、魔術師が侵入《しんにゅう》すれば反応する仕組みになっている。

ただ、それは街の中の話で、外になると探知できない。

――俺《おれ》の結界の探知範囲《はんい》を把握《はあく》した上でウロウロしているということか？

そうなると、最低でもかつての魔王候補並みの力量は必要である。

そしてその心当たりがあるのは、シャスティルも同じなのだろう。確かめるように問いかけてくる。

「……シアカーンの手の者だと思うか？」

「そう考えるのが自然だろうな……」

「他にもいそうな口ぶりだな」

この少女、〝職務中〟はすこぶる有能である。

ザガンは心底嫌そうな顔で頷いた。

「ビフロンスがそろそろ野放しになるころかもしれん。やつが絡《から》むなら最悪の事態を想定しておけ。やつはそこからさらに一歩嫌なことを仕《し》掛《か》けてくる」

シャスティルとて身に覚えがあるはずだ。渋面《じゅうめん》を作った。

「今日はそれを伝えにきてくれたのか？」

「あー……。いや、別件だ」

ザガンは重たい声で言う。

「ネフテロスに、会いたいんだが……」

本日街に赴いたのは、プレゼント選びが目的ではない。

ネフテロスに会うためだった。

シャスティルは目を丸くする。

「ネフテロスならまだ執務室《しつむしつ》にいると思うが、急な用か？　午後からは城に向かうと言っていたが」

ネフテロスは普段から神霊魔法《しんれいまほう》の修行《しゅぎょう》でオリアスの下を訪《おとず》れている。

だが、そこでは話しにくいことなのだ。彼女はそれをネフィに聞かれることを嫌がるだろうし、ザガンも誕生日までに解決してやりたいからだ。

これはシャスティルにも打ち明けておくべきなのかもしれないが、これから哨戒《しょうかい》のようだ。下手に動揺《どうよう》させて〝職務中〟の気構えが解けても困る。

「ああっと、そうだな……。実は、ネフィとネフテロスの誕生日がわかった」

「えっ、誕生日？」

シャスティルは目を白黒させるが、それからなにか察したように額へ手をやった。

「その口ぶりだと、いままで知らなかったのだな……」

「……誕生日とやらが祝うためにあるとは知らんかったからな」

言い訳がましくつぶやくと、シャスティルの足下《あしもと》で〝影《かげ》〟がざわめいた。

そこから動揺を感じ取れたことで、どうやら〝影〟の主も誕生日のことなど知らなかったか、もしくは失念していたのだろうとわかった。

水面のように波打つ〝影〟から『ポンコツの誕生日を聞き出せ頼《たの》むから』という思念まで聞こえた気がした。

――自分で聞けよ本当にもう……。

とはいえ、この男がネフィの誕生日で大騒《おおさわ》ぎするザガンを揶揄《やゆ》するのは目に見えている。

ここで同じ悩みを持たせておけば、それを牽制《けんせい》する効果はあるだろう。

仕方なく、ザガンは口を開く。

「そういえば、貴様はいつ生まれたのだ？」

「……？　珍《めずら》しいな。あなたが私のことを気に懸《か》けるなんて」

「ここで聞いておいた方が都合がいい理由ができたもんでな」

そう答えると、シャスティルは不思議そうに首を傾げながらも答える。

「私は羊の月の十九日生まれだ」

「ほう？　ネフィと近いな。それは好都合だ」

シャスティルの足下で〝影〟がひたすら動揺しているのが心地よかった。

「そうなのか？　ネフィはいつなのだ」

「あー……。二十四日だそうだ。……誰にも言うなよ？　驚《おどろ》かせてやりたい」

「あなたたちはいつもそうだな。わかった。約束するよ」

それから、シャスティルも問い返してくる。

「あなたの方はいつなのだ？　誕生日は」

「俺がそんなものを知っているように見えるか？」

「すまない。聞くまでもなかった」

シャスティルは全て察したように視線を逸《そ》らす。

それから、ふと思い出したように言う。

「で、ではその、バルバロスの誕生日などは、知っているか？」

「そんな下らんことを俺が知っているとでも？」

「く、下らなくはないだろう？　あんな男でも、誕生日くらいは祝福される権利がある」

思わぬ流《なが》れ弾《だま》に〝影〟がぴとんぴとんと跳ねる。

とはいえ、それはザガンにも意外な言葉だったのでふむと腕《うで》を組んだ。

「そうか。やはり誕生日というものは、祝福されるべきものなのだな」

そのつぶやきにシャスティルは目を丸くして、それから柔《やわ》らかく微笑んだ。

「いつか、あなたの誕生日もわかるといいな。ネフィたちは、きっと祝いたいと思うよ」

「……そうかも、しれんな」

そんなものを知っている者がいれば、の話だが。

ネフィたちがその誕生日を知って右往左往しているとは知る由もなく、ザガンは苦笑を返した。

「さて、私はそろそろ職務に戻らせてもらうよ。ネフテロスは中の者に呼ばせる。……トーレス、ちょっといいか？」

礼拝堂の中に声をかけると、三馬鹿のひとりがやってくる。槍《やり》の男だ。彼にネフテロスを呼ぶように言うと、シャスティルは去っていった。

それから数分ほどで、礼拝堂からネフテロスが顔を見せた。

ネフィとよく似た容姿の少女である。エルフ特有のツンと尖《とが》った耳に、銀色の髪。ただその瞳は金色で、肌《はだ》は褐色《かっしょく》だ。教会に居着いてはいるが、教会の人間ではないためその服装は魔術師《まじゅつし》のそれである。

ネフィの妹ということになっているが、その実彼女の複製《コピー》という少女だった。

「お義兄《にい》ちゃんが用なんて珍しいわね。なにかあったの？」

「……ああ。ちょっとな」

ザガンは義妹《ぎまい》を伴《ともな》って教会前の広場、そのベンチへと腰をかける。

「お前に、大切な話がある。お前にとっては、辛《つら》い話だと思う」

そう前置くと、ネフテロスは身を強張《こわば》らせる。

ただ、本人も薄々《うすうす》感じてはいたのか、心の準備ができるまでそれほど時間はかからなかった。

「……うん。聞かせてお義兄ちゃん。私の体が、どうなっているのか」

一度大きく息を吐《は》いてから、ザガンははっきりとした口調でこう言った。

「ネフテロス。お前はあと数か月で、死ぬ」

これがネフィの誕生祝いを後回しにしてまで、ザガンが頭を悩ませている事実だった。

◇

「――フルカスとはあれからどうなのかしら」

ザガンの苦悩《くのう》を知る由もなく、魔王殿《まおうでん》では別の意味でリリスが窮地《きゅうち》に立たされていた。

ナベリウスの問いかけはネフィやフォルも無関心ではなかったようで、視線こそ向けなかったものの露骨《ろこつ》に聞き耳を立てたのがわかった。

沈黙《ちんもく》。

当然、リリスには答えない権利があるが、〈魔王〉の嫁と娘と別の〈魔王〉、さらに故郷の守護者とも呼べる吸血鬼《きゅうけつき》からの同調圧力に耐《た》えられるような心臓は持っていない。

そう、素知らぬ顔をしてきたがアルシエラとて気にはなっていたのだ。

――まさか、あの子が〈魔王〉になっていたとは思いもよりませんでしたわ。

結界の中でフルカスと再会したときは、アルシエラも驚いた。五百年も昔にすれ違《ちが》った少年が、まさか〈魔王の刻印〉を宿していまごろ現れたのだから。

そして、自分のことを覚えていなかったことに、わずかながらも落胆《らくたん》を覚えた。魔術師のような存在が平然と横行していたとしても、数百年越《ご》しに再会できる相手というのは得がたいものなのだから。

そんな少年が自分の可愛《かわい》い子鹿を口説いているのだから、気にならないわけがない。

気の弱い者ならそのまま圧死しそうな同調圧力を前に、リリスはあぐあぐと喘《あえ》ぎながらつっかえつっかえ言葉を絞《しぼ》り出した。

「えっと……その、まだ、返事とかは、してない、です」

ナベリウスはいかにも驚いたというように白々しく目を丸くする。

「あらあ、彼はお気《き》に召《め》さなかったかしらあ？」

「いや、そういうのじゃなくて……」

両手の人差し指を絡めながら、途方《とほう》にくれたような声をもらす。

今度はフォルが身を乗り出す。

「魔術師は嫌？」

「ち、違うわよ！　城の人たちだって魔術師だし、みんな聞いてたよりずっといい人たちだし、そういうところで悪い印象は持ってない……から」

まあ、あの城の主からしてネフィを嫁と公言しておきながら、どう付き合ったらいいかわからないように日々悶《もだ》えているのだ。そんなものを毎日突《つ》き付けられては、拗《す》ねた魔術師でも人情とやらを思い出してしまうのだろう。

次にネフィが口を開く。

「では、年齢《ねんれい》でしょうか？　その、フルカスさまが見た目よりお年を召しているというのは、お聞きしていますが」

「え、アイツそんなに年食ってるのっ？」

「あ、いえ！　いまのは忘れてください」

「ちょっとっ？」

余計にリリスが涙《なみだ》ぐむが、ネフィは両手で口を押さえて視線を逸らした。まあこの少女は隠《かく》し事《ごと》が下手そうなので仕方がない。

では、なにが気に入らないのか。

これ以上の質問には耐えられそうにないのだろう。リリスは次の誰《だれ》かが口を開く前に、声を大きくして言った。

「その！　だって……急に好きとか言われても、わかんない、わよ……」

頬を真っ赤に染めて初心な乙女のように囀《さえず》るのは、淫靡《いんび》な夢を見せて精気を貪《むさぼ》るのが本職の夢魔《むま》である。それも当代最高の力を持つ夢魔の姫《ひめ》である。

——まあ、これ以上責め立てるのは気の毒ですわね。

なかなかよいものを見せてもらったので、そろそろアルシエラが仲裁《ちゅうさい》に入ろうとしたときだった。

リリスは消え入るような声で、こうつぶやいた。

「それに——あいつが本当に好きなのは、アタシじゃない——のよ」

その言葉の真意をくみ取れず、アルシエラは眉をひそめた。いまのフルカスが他の誰かに言い寄るなど、あり得ないと思うのだが。

そんなアルシエラの耳にそっと顔を寄せたのはネフィだった。

（アルシエラさま。リリスさんは、あの船の夢を見たんです）

それから、アルシエラはようやく思い出す。

なんのことかすぐには理解できず、まばたきをしてしまった。

「……？」

——五百年も昔の悪夢を、未だ後生大事に引きずっていたのですか……。

五百年前、とある事件でアルシエラはフルカスに出会った。

その事件の中で一時的に行動を共にしたが、その後再会することもなかった。たまに思い出しては、どんな人生を送ったのか思いを馳《は》せるくらいには気に懸けていたが、捜《さが》そうとはしなかったのだ。

なぜなら、アルシエラはすでに生ある者の人生に関わらないことを自分に課していたし、そもそも吸血鬼の自分と人間の少年では生きる時間が違い過ぎる。

だが、フルカスはそうは思わなかったのだ。

あの夢の中で見たということは、フルカスの中に残った最後の記憶《きおく》だったはずだ。それはつまり、その記憶が彼の人生にとってそれほど重要だったということでもある。

アルシエラは席を立つとリリスの前に立つ。それから、その頬を両手で包み込むように触《ふ》れた。

「リリス、それは違うのですわ。いまのフルカスの心にあるのは貴姉だけなのです。それを疑うのは、さすがに可哀想《かわいそう》というものですわ」

しかしリリスは首を横に振《ふ》る。

「……わかってないわよ、アルシエラ。アタシは見たわ。アイツの人生は、アルシエラを追いかけることが全てだったのよ」

金色の瞳を真《ま》っ直《す》ぐ向けて言うリリスに、今度はナベリウスがふむと頷く。

「ああ、なるほどねえ。それはリリスちゃんも困るわよねえ」

アルシエラはナベリウスを睨《にら》み付ける。

「知ったふうなことを言わないでくれますかしら？」

「あらあ、知らないのはあんたの方かもしれないわよう？」

ナベリウスは歌うように語る。

「――《狭間《はざま》猫《ねこ》》――世界最高の空間跳躍《ちょうやく》の王。かの〈魔王《まおう》〉に踏《ふ》めぬ地はない。そんな彼が最後に挑《いど》んだのがこの世界の結界の向こう。でもね。最後の彼、絶望してたのよ？」

「絶望……？」

「そう。探しものが世界中探しても見つからなかったことに。彷徨《さまよ》ううちになにを探していたのかも忘れてしまったことに。まあ、まさか相手があんただったとは、あたしも思わなかったけれどねえ」

彼は記憶と感情がすり切れるまで、アルシエラを捜していたのだ。

その言葉は、さすがに胸に刺《さ》さった。

「……そう。では、あの子を殺したのは、あたくしだったのですね」

――ずっと傍《そば》にいてあげれば、こんなことにはならなかったのかもしれない。

人と関わらないようにしてきたつもりで、誰よりも惨《むご》たらしい仕打ちをしたのだ。消える前に、またひとつ背負わなければいけない罪が増えてしまった。

でも、だからこそと思う。

リリスの手をそっと握《にぎ》り、アルシエラは言う。

「ならばこそ、あの子がようやく見つけた新しい恋《こい》に、ちゃんと答えてあげてほしいのですわ」

「アルシエラは、それでいいの？」

「……受け入れなかったのが、あたくしの答えなのです」

船で別れるとき、彼が呼び止めようとしたことには気付いていた。

でも、アルシエラはふり返らなかったのだ。その結果フルカスは全てを失った。その過去はもう変えられない。

でも、過去は変えられなくとも、未来は変えられる。

「貴姉は拒絶《きょぜつ》してもいい。受け入れるのもいい。ただ、その答えをちゃんと言ってあげてほしいのです」

自分がしなかったことを子供たちに押しつけるなど、ひどく身勝手で無責任な行為《こうい》だと思う。

――でも、それでもあの子がようやく未来を見れるようになったのですもの。

その対価は自身の記憶の全てという、重すぎるものだった。

それでもザガンは彼の面倒《めんどう》を引き受けてくれた。フルカスが裏切らない限り、ザガンは彼を見捨てはしないだろう。

「新しい、恋……」

「ええ。人は恋をする生き物ですもの。恋が叶《かな》わないことだってありますわ。でも、恋が叶わなかったからといって、次の恋をしてはいけないことにはなりませんでしょう?」

自分で口にしていながら、ひどく矛盾《むじゅん》に満ちた言葉である。

アルシエラは千年経《た》っても、たった一度の恋が忘れられないでいる。次の恋などできるものか。恋など一度限りしかできないし、一度でもうたくさんだ。

でも、だからこそ、次の恋に出会えた彼を肯定《こうてい》してあげたい。

リリスはようやく頷いた。

「わかった。ちゃんと、考えてみる」

「感謝するのですわ」

きっとそのせいで大きく悩むことになるのだろう。

それでも、しっかりと頷く夢魔の少女はなるほど見惚《みと》れるくらいに美しくあった。

◇

夕方。教会をあとにしたザガンは、城に戻《もど》らずキュアノエイデスの酒場にいた。

珍しくひとりで、しかも険しい表情をして黙《だま》り込む姿に、街の人々はずいぶんと久しぶりにこの男が〈魔王〉であることを思い出したらしい。声をかけてくる者はいない。

ザガンはネフテロスに全てを話した。

できるだけ衝撃《しょうげき》を受けないように話したつもりだが、そもそもほんの一年前まで他人を気遣《きづか》うという概念《がいねん》すら知らなかったザガンである。いかほどの効果があったかは定かではない。

——ネフテロス。お前はあと数か月で、死ぬ——

本人も、どうやら薄々感づいてはいたらしい。伝えられた事実に対して、それほど大きく動揺している様子はなかった。

ただ、彼女はザガンが示した解決策を受け入れなかった。

仕方がないことではあった。

ザガンは〈魔王〉であり、魔術師の王なのだ。彼が用いる解決とは、すなわち〝魔術《まじゅつ》そのもの〟に外ならない。

魔術によって生み出されたネフテロスにとっては、受け入れがたいものだった。

——ネフテロスは義妹だ。救わねばならん。

だが、本人の望まぬ手段で生かしたところで、それは救いにはなり得ない。

それはザガンがこの世でもっとも嫌悪《けんお》する〝正義〟というものの押《お》しつけである。

もちろん、生きていれば、いつか救いに繋がるという考え方もある。

しかしそれは苦難のときを耐え忍《しの》ぶために使う言葉だと思う。望まぬ薬を飲ませ、無理矢理延命するような手段を正当化するものではない。

ゆえに、ザガンは苦悩していた。

——俺には、ネフテロスを救う手段がない。

これで、どうやってネフィの誕生日を祝えというのか。

運ばれてきたグラスにも手を付けず、悩み込んでいると、〈魔王〉のテーブルの向かいに勝手に腰《こし》を下ろす馬鹿がいた。

「……失《う》せろバルバロス。俺はいま、機嫌《きげん》が悪い」

そこに座《すわ》っていたのは、相も変わらず目の下には大きな隈《くま》、数日は眠《ねむ》っていないような不健康そうな顔をした青年だった。首にはじゃらじゃらと無数のアミュレットを下げ、古くさいローブにぼさぼさの髪という格好である。

元魔王候補のひとりにしてザガンの悪友バルバロスだった。

ほんの少しの苛立《いらだ》ちを隠しきれなかったひと言で、目の前のグラスに亀裂《きれつ》が入る。

気の弱い者なら死にはしないだろうとも、卒倒《そっとう》は免《まぬが》れないだろう威圧《いあつ》。注文を取る機会をうかがっていた店員の娘《むすめ》が「ひっ」と息を呑《の》むが、倒《たお》れはしなかった。そういえば、ラーファエルと初めて会ったときにぶっ倒れた娘である。

そんな攻撃《こうげき》めいた嫌悪に、しかし悪友は顔色ひとつ変えずひび割れたグラスを手に取る。

すっかり氷も溶《と》けてしまったそれをひと口で飲み干すと、ザガンの前にドンと叩き付ける。グラスはひとたまりもなく砕《くだ》けて散った。

「てめえの機嫌なんざ、どうでもいいんだよ」

「死にたいのか貴様は――ッ」

今度は殺気すら込めてそう言うが、バルバロスは逆に胸《むな》ぐらを掴《つか》み返してきた。テーブルがひっくり返って、店内がシンッと静まり返る。

「なんだぁ、その薄《うす》っぺらい文句は！　ケンカ売るんなら、ちったあ買う気の起きるケンカ売れよコラ」

そして、吐き捨てるように怒鳴《どな》った。

「てめえ、なにエルフ女に拒否《きょひ》られたくらいで便所のクソみてえな面してやがんだよ！」

この男の口から出たとは思えぬ真っ直ぐな言葉に、ザガンは鼻白んだ。

〝影〟を通じてどこにでも現れることができるのが、この《煉獄《れんごく》》という魔術師である。当然、ザガンとネフテロスの会話も聞いていたのだろう。

ザガンはギリッと奥歯《おくば》を鳴らす。

「だったら貴様はあいつを救えるのか？」

「ハッ、なんだって俺があんな生意気な女、助けなきゃいけねえんだよ。んなもんはてめえの都合だろうがよ」

まったくの正論だった。

ネフテロスを救いたいのはザガンの都合であって、本人ですらそれを望んでいない。なのにそれをこんな男に求めるなど、どうかしている。

それから、バルバロスは肩《かた》を落とす。

「……頼むぜ、おい。てめえが焚《た》き付けたんだろうが」

先ほどの叱咤《しった》が嘘のように、バルバロスはすがるように言った。

「俺だって誕生日とかどう祝ったらいいかわかんねえのに、なんで焚き付けたてめえがそれどころじゃねえみたいな面してやがんだよ！」

店内の緊張《きんちょう》が一瞬《いっしゅん》にして融解《ゆうかい》した。

客たちがいつも通りの席に座り、おのおの酒や料理を注文し始め談笑《だんしょう》が始まる。〈魔王〉への畏怖《いふ》は、年ごろの少年でも見守るかのような生暖かい視線へと成り果てていた。

少々納得《なっとく》はいかないが、まあ街の住民を怯《おび》えさせたいわけでもないのでグッと堪《こら》える。

それから、改めてバルバロスに向き直った。

――あー……。なんだこいつ、シャスティルの誕生日の相談に来たのか……。

まあ、あれだけ煽《あお》っておいて『ごめんちょっと誕生祝いどころじゃなくなったわ』みたいな対応をされたら、それは腹も立つだろう。

というかこの男、悲痛な顔をしておきながらその実、シャスティルのことしか考えていないのである。ネフテロスのことなど心底どうでもいいのである。最低である。

――だが、それは俺も同じか。

ネフィの誕生日を楽しく祝いたいから、ネフテロスを救おうとしているのだ。

もちろんネフテロスを見捨てるつもりはないが、優先順位としてはネフィの方が上だ。

身勝手極《きわ》まりない最低の魔術師ふたりではあるが、結果的にふたりはいまネフテロスを救うという目的に関しては一致《いっち》していた。

ザガンは小さくため息をもらすと、指先をくるりと回して魔術を紡《つむ》ぐ。

ひっくり返ったテーブルと割れたグラスが、時間を戻したように元の状態に直る。幸いにして、グラスは空だったので中身の処理に困ることもなかった。

それから、近くにいた店員の娘を呼ぶ。

「蒸留酒《ブランデー》を」

「麦酒《エール》。あと燻製《くんせい》肉とチーズ」

「……お前、それ自分で払《はら》えよ」

悪態をつきながらも同じテーブルに着こうとしたときだった。

「――クスクス、あたくしは葡萄酒《ぶどうしゅ》をお願いするのですわ」

聞き慣れた甘《あま》い声に、ザガンとバルバロスは顔を見合わせる。

いつの間にか、そこには夕暮れの酒場には似つかわしくない幼い少女が腰掛《こしか》けていた。椅子《いす》のひとつを自分の隣にたぐり寄せると、そこに不気味なぬいぐるみを座らせる。見た目以上に重量があるらしく、椅子だけでなく床《ゆか》までもがミシリと軋《きし》んだ。

「……なぜ貴様がここにいる？」

この少女の哀《あわ》れな過去の一端《いったん》は知ってしまったし、救えないと思った先日の〝悪夢〟から救出できたことに少なからず安堵《あんど》したのも事実ではある。

それでも相変わらずなにを考えているかわからないし、ザガンとしては依然として苦手意識が拭《ぬぐ》えない。加えて、ザガン以上に空気の読めない不死者である。こんな真面目な状況――本人たちは紛《まぎ》れもなく真面目である――で会いたい相手ではなかった。

アルシエラは素知らぬ顔で肩を竦《すく》めると、物憂《ものう》げな口調で答える。

「ネフテロス嬢《じょう》のことは、あたくしもわかっているつもりですわ」

それはひと月も傍に貼《は》り付いていれば、異変のひとつくらい気付くだろう。

だが、ザガンは警戒《けいかい》を込めて問いかける。これ以上、ややこしいことが起こるのは困るのだ。

「貴様がネフテロスを気に懸ける理由がわからんな」

この少女が動くのは〝銀眼の王〟とその直接の子孫に関わることか、〈アザゼル〉に関することだけである。

ネフテロスはどちらかと言えば〈アザゼル〉に関わってしまっているため、むしろアルシエラとしては抹殺《まっさつ》対象になりかねないはずだ。

なのだが、アルシエラは哀れむように囁《ささや》いた。

「あれだけ心根の真っ直ぐで純粋《じゅんすい》な娘を見ていたら、あたくしでも情が湧《わ》いたりするものなのですわよ？」

どの口が言うのかとは思ったが、不思議とその言葉に嘘《うそ》はないように感じられた。

いぶかる視線に気付いたのか、アルシエラは少しだけ言葉を付け足す。

「……本当は傍観《ぼうかん》するつもりだったのですけれど、少し事情が変わったのですわ」

この吸血鬼の事情と言われると、どうしても不穏《ふおん》なものしか想像できない。

ザガンは警戒しつつもフンと鼻を鳴らす。

「まあ、いいだろう。ここに来たからには、貴様にも協力してもらう」

誰かの誕生日を祝うなどという行為とは無縁《むえん》の三人による誰かの誕生祝いのための、ネフテロスを救う同盟が結成された瞬間《しゅんかん》だった。

どの道、ザガンひとりでは途方に暮れていたのだ。いまは少しでも助言がほしい。

そんなことを言い合っているうちに、注文した品が運ばれてくる。

「……もし？　これ、葡萄《ぶどう》ジュースなのですけれど」

「うんうん。大きくなったら葡萄酒も飲んでみようね？」

店員の娘に軽くあしらわれ、アルシエラが屈辱《くつじょく》にぷくっと頬を膨《ふく》らませた。

頭をよしよしと撫《な》でられるアルシエラの姿を横目にグラスの中身を一気に飲み干し、ザガンはようやく口を開く。

「それで？　貴様らここに集まったからには、なにか有用な情報くらいあるのだろうな」

「ハッ、なに都合のいいこと期待してやがる。ホムンクルスの寿命《じゅみょう》なんぞ俺にどうこうできるわけねえだろ」

勢いよくジョッキをあおると、しかしバルバロスは真っ直ぐザガンを見据《みす》え返す。

「だが、手は貸してやる」

人の命など道ばたの雑草と同じくらいにしか考えていない男は、真摯《しんし》にそう言った。

「あの女の寿命を知ったら、ポンコツはあの女を助けるために無駄《むだ》な努力を始める。それこそ他のもん全部放り出してでもな。そんで助けられなくて馬鹿みてえに凹《へこ》む」

聖騎士《せいきし》にホムンクルスを救う手段はない。そんなことはあの少女だってわかっているだろうが、きっとじっとしていられずに駆《か》け回ってしまうだろう。

それからもう一度ジョッキをあおり、空になったそれをテーブルに音を立てて置く。

「……んな面を見るのは、うんざりだからな」

よくもまあ、そんな理由でザガンに協力する気になるものである。自分のことを棚《たな》に上げて、ザガンは呆《あき》れた視線を返した。

そこで、アルシエラが疑問の声を上げる。

「あたくし、魔術のことは門外漢なのですけれど、寿命を延《の》ばすのは貴兄《きけい》ら魔術師の得意分野ではありませんの？」

意外と言えば意外な質問に、ザガンとバルバロスは目を丸くした。

まあ、千年を生きる吸血鬼でも、なんでも知っているというわけではないらしい。

「そこからか……。まあいい。説明してやる。ネフテロスはネフィの複製——つまりホムンクルスだ」

これに関しては理解しているようだ。アルシエラも特に疑問を抱《いだ》くことなく頷《うなず》く。

「だが、このホムンクルスという存在は、元来寿命が短いのだ。せいぜい数年から、保って十年。寿命が短い原因に関しては諸説あるが、ここでは省く」

魔術師の間では、生物の体は細胞《さいぼう》と呼ばれる微細《びさい》な球体によって構成されているという。ホムンクルスはこの細胞を分裂《ぶんれつ》、増殖《ぞうしょく》させることによって人の形に作るというのが原理だ。

その増殖の過程で魔術では観測できないレベルの損傷を与《あた》えてしまうのか、あるいは細胞の分裂自体に回数の限りがあるのか、複製されたホムンクルスは数年から十年程度で自《じ》壊《かい》してしまう。

そこでアルシエラの疑問である。

「結論から言うと、魔術での延命は可能だ。可能だが、精一杯《せいいっぱい》延命してその十年という寿命なのだ」

だがそんなことはザガンとて百も承知だ。ザガンの下には魔術だけでなく、ハイエルフの魔法《まほう》やフォルのような竜《りゅう》、リュカオーンの三種の神器まで揃《そろ》っている。数年の時間があれば、それらから延命の方法を構築することは十分可能なはずだった。

――だが、ネフテロスの体の崩壊《ほうかい》の速さは予想を遥《はる》かに超《こ》えていた。

原因は、恐《おそ》らく〈アザゼル〉だ。

海底都市《アトラスティア》とアリステラとの接触《せっしょく》、二度にわたってネフテロスは〈アザゼル〉に体を浸蝕《しんしょく》されている。

いや、そもそもの原因をスフラギダでの〝泥《どろ》の魔神《まじん》〟の一件だとすると、三度である。

これが、ただでさえ短いホムンクルスの寿命を決定的に縮めてしまったのだ。

バルバロスが不機嫌《ふきげん》そうにつぶやく。

「ったく。あの女、てめえが提示した方法のなにが気に入らねえんだ？」

アルシエラは意外そうに目を見開く。

「救う方法がありますの？」

「そりゃホムンクルスったって、よっぽどの失敗作でもなけりゃ使い捨てにする理由はねえんだ。ホムンクルスにはホムンクルスの運用法ってのがあるんだよ」

ちんぷんかんぷんな顔をするアルシエラに、ザガンが補足してやる。

「ホムンクルスは本来、術者の命令に従うだけの装置なのだ。ネフテロスは例外中の例外だ。そんな普通《ふつう》のホムンクルスでも、知識や経験を積むことができる。経験を積んだホムンクルスと新品のホムンクルスでは、同じ命令で同じことをやらせても効率がまったく違う」

　魔術師にとってホムンクルスは道具だが、丁寧《ていねい》に運用すべき至上の道具なのだ。〈魔王〉筆頭のアンドレアルフスとて、己《おのれ》の複製を何百年と運用してきたという。製造と育成の労力を考えれば、よほどの阿呆《あほう》か破壊《はかい》願望でもない限り、使い捨てになどしない。

　――そもそもネフテロスはネフィの妹だ。

　ザガンはあの少女を道具として見たことなど一度としてないし、個として認めているが、その体がホムンクルスであることは動かしようのない事実なのだ。事実を正しく認識《にんしき》しなければ、問題の解決など望めない。

　そしてホムンクルスが開発されたのは何百年も昔のことである。その間、魔術師はなにも考えなかったわけではない。

　寿命を延ばすこと自体は不可能だが、生かす方法自体は存在するのだ。

　バルバロスがあとの言葉を引き継《つ》ぐ。

「んで、ホムンクルスつったら、寿命が来たら体を取り替《か》えるもんなんだよ」

　器が壊《こわ》れるなら、代わりの器を用意すればよいのだ。

　新しいホムンクルスを作って、そこに精神を移植する。それが従来のホムンクルスの運用方法だった。

　だが、ザガンは首を横に振った。

「……あいつがそれを受け入れないことは、わかっていたんだ」

「なぜですの？」

「ネフテロスを作ったのはビフロンスという〈魔王〉でな。まあ、魔術師にまともな人間がいるとは思っていないが、中でもやつは俺《おれ》の知る限り最低の魔術師だ」

　バルバロスも思い出したようで「あー……」と声をもらして頭をかいた。

「その魔術師、なにをしたんですの？」

　重たいため息とともに、ザガンはこう告げた。

「ビフロンスは、ネフテロスの失敗作を遊び半分にキメラにして、使い捨てた」

　自分の出自を知り、己の下から離反《りはん》したネフテロスに、ビフロンスはその化け物をけしかけた。あのとき、シャスティルがいてくれなければ、ネフテロスは救えなかった。ザガンでは守ることはできても、いまのように笑わせることはできなかっただろう。

　ネフテロスはあの事件を乗り越《こ》えたと思う。だが、そこでもう一度同じホムンクルスの体に交換《こうかん》すると言われても、受け入れられない。

そのことを説明すると、アルシエラは吐《は》き気《け》をもよおしたように口元を押さえる。

「……千年も彷徨っているとロクでもないものも見るものですけれど、あたくしが知る中でも五指に入るくらい最低な話なのですわ」

ビフロンスが生者でなければ、いますぐ始末に行きそうな口調だった。

ザガンは考えを整理するようにつぶやく。

「これまで誰も発見できなかった方法を、残り一か月で見つけるのは現実的ではない」

「ま、それに関しちゃ同意見だな」

一か月以内にネフテロスを救わなければネフィの誕生日の用意が間に合わなくなる。シャスティルの誕生日が近いこともあって、バルバロスも深々と頷く。

だが、そこでアルシエラが首を横に振った。

「……そんなに、時間はないのですわ」

「なに？」

「一週間……いいえ、できればこの数日で解決する必要が、あたくしにはあるんですの」

不可能だ、という言葉がまず浮《う》かぶ。

だが、それほどまでにこの少女が急いでいる理由を、ザガンは思い当たってしまった。

「……そうか。貴様、もう」

ザガンは気の毒そうに目を伏《ふ》せた。

先日の〝悪夢〟の中で、ザガンはアルシエラの秘密を――人柱として神殿《しんでん》に埋《う》め込まれた本当の姿を見てしまった。

石とも鉛《なまり》ともつかぬ体になって、千年もの間あの冷たくおぞましい空間で世界を支え続けた少女。あんな姿でも、体はまだ生きていた。ここにいるアルシエラの寿命が尽《つ》きたとしても、結界の要として永遠に解き放たれることはない。

その神殿が破壊されたことにより、アルシエラも消えるはずだったのだ。リリスの力でつなぎ止めたはずだったが、失った寿命までは取り戻せなかったのだろう。

――それで、最期《さいご》にネフテロスだけは救いたいというわけか。

夜の一族といえど、今回消えればもう蘇《よみがえ》ることはないだろう。あの空虚《くうきょ》な世界が少女の全てであり、それが永遠に続くことになる。

気に食わない吸血鬼ではあるが、そんな最後の願いくらいは叶えてやりたいと思った。

「え、いえ、そういうわけでは……」

アルシエラはなにやら慌《あわ》てたように言いつくろうが、否定の言葉は出てこなかった。

ザガンはバルバロスを見遣《みや》る。

「ということだ。残り数日で、ネフテロスを救わねばならん」

「……はん。面倒なこった」

悪態をつきながらも、バルバロスも察したのだろう。反論はしなかった。

アルシエラがますます罪悪感に駆られるかのごとく居心地《いごこち》の悪そうな顔をしたが、まあこの少女がこんな顔をしているのはいつものことだ。ザガンは寛大《かんだい》にも見て見ぬ振りをしてやった。

ザガンはふむと考える。

「となると、ますます手段が問題だな。最悪、貴様のような不死者にすることも視野に入れた方がいいかもしれん」

魔術で吸血鬼になる方法は存在する。ホムンクルスから吸血鬼になった例は耳にしたことがないが、ヒト以外の種族でもなれるのだ。試《ため》してみる価値はある。

そう言うと、アルシエラが声をもらした。

「不死者……あ、もしかしたら……」

「なんだ？　言ってみろ。いまはなんでもいいから情報がほしい」

アルシエラは躊躇《ためら》う素振《そぶ》りを見せるも、ややあって頷いた。

「ひとつだけ、心当たりがあるかもしれませんわ。ただ、絶望的な欠点がふたつほどあるのですけれど……」

「もったいぶってねえでさっさと言えよ。急《せ》かしたのはてめえだろ？」

バルバロスに急かされ、アルシエラは嫌《いや》そうな顔をしつつも口を開いた。

「銀眼の王さまはご覧になりましたわね。あたくしの本体ですわ。あれを使えば、ネフテロス嬢に新しい体、それもホムンクルスではなく人としての体を与えてあげられるかもしれませんわ」

「本当か！」

「ただ、大きな問題があるのですわ」

と言って、人差し指を立てる。

「まずひとつ。あれの解放の仕方が、あたくしにもわからないこと」

「本人が知らんのか？」

「……まあ、あとのことなど考えている場合ではなかったのですわ」

アルシエラが人柱になったのは千年前のことだろう。ザガンには想像すら及《およ》ばぬことだった。

――だが、その程度なら望みはある。

魔術の構造解析《かいせき》なら得意分野だ。前回直接触《ふ》れられたこともあり、決して不可能なことではない。

だが、そこでアルシエラは二本目の指を立てる。

「ふたつ。こちらが現状、いかんともしがたい問題なのですわ」

言いたくなさそうにそこで口をつぐむが、意を決したように口を開いた。

「あたくしの本体を解放すれば〝結界〟が崩壊しますわ」


ああ、とザガンは頭を抱《かか》えた。

――要するに世界が滅《ほろ》びるわけか。

アルシエラの結界がなくなれば〈アザゼル〉がこちらの世界に侵食《しんしょく》を始める。三日と保《も》たずに、世界など滅びるだろう。〈魔王〉と聖騎士の全てが共闘《きょうとう》したところで、時間稼《かせ》ぎにもなるまい。ネフィの誕生日そのものがなくなってしまう。

これればかりは、いまのザガンでは手に負えない。

バルバロスも舌打ちをもらす。

「なんだあ？　よく知らねえが、不可能ってことか？　役に立たねえな」

「なんでもいいから話せと言われたから話したのですけれど？」

むしろ大抵《たいてい》の質問をはぐらかすこの少女にしては、驚《おどろ》くほど真面目に答えてくれたわけである。

ただ、とザガンは思った。

——新しい体……どこかで聞いた話だな。

点と点が繋《つな》がる気がした。

そもそも、現在ザガンが敵対しているシアカーンの目的はどこにあった？〈アザゼル〉を作り出して、死者を呼び戻そうと——

「——銀眼の王」

アルシエラの声で、ザガンは頭を振って思考を中断した。

これ以上、〈アザゼル〉について考えるのは危険だ。断片《だんぺん》とはいえあれを理解してしまったザガンがこれ以上真実に近づけば、あれは目を覚ましてしまう。

「……なんでもない。気にするな」

ともあれ、アルシエラの情報はネフテロスを救いうる可能性ではあったが、残り数日で手が出る話ではなかった。

手詰《てづ》まり。

ザガンは腕《うで》を組んで天井《てんじょう》を仰《あお》ぐ。

上階でなにかこぼしたのか、木目の隙間《すきま》からカビが広がっているのが目に付いた。あれは板ごと交換しなければ、じきに他の場所までも腐食《ふしょく》が広がっていくだろう。

先ほど迷惑《めいわく》をかけたこともあり、ザガンは人差し指を立ててくるりと回す。腐食した部分ごとカビを焼却《しょうきゃく》し、空いた穴を物質化させた魔力《まりょく》で塞《ふさ》ぐ。先日、アルシエラの彫像《ちょうぞう》を修復したのと同じ魔術である。

ぼんやりそんなことをやっていて、ハッとする。

――こいつで、ネフテロスの体を細胞レベルで造り直すことはできないか？

人ひとりを魔力だけで造り直すとなると、並みの魔術師《まじゅつし》数百人分の魔力が必要になるだろう。考えるのも馬鹿らしい話ではあるが、ザガンの手には魔力炉《まりょくろ》とも呼ぶべき装置――〈魔王の刻印〉がある。これを使えば、不可能ではないかもしれない。

ただ、たった数日でそれを実用段階まで完成させられるかと言えば、非常に困難だ。

――だが、不可能ではない。

不可能ではないが、現実的でもない。

試してみる価値はあるが、これひとつに残り時間の全てを賭《か》けられるかと言えば、首を横に振らざるを得ない。せいぜい、次善の策として検討できるくらいだ。

やはり、別の手段も並行して用意すべきだろう。

三人とも良案を思いつけず、唸《うな》っているとバルバロスが口を開いた。

「やっぱり、器の交換しかねえんじゃねえの？　ありもしねえ方法考えるより、あの女を頷かせる方法考えた方が現実的だろ」

この男にしては珍《めずら》しく正論である。

新しい体を造ること自体は簡単なのだ。

ゴメリやシャックスを呼び戻せばホムンクルスの製造は容易で、その元となる細胞はネフィから髪《かみ》の毛の一本でももらえば解決する。三日もかかるまい。

ザガンは呆れて頭を振る。

「それができれば苦労はない」

「んなこと言ったってどうしようもねえじゃねえか。つうかあいつ、なんなの？　生きる方法があんのに拒否るとか、自殺願望でもあんのかよ」

なにやらアルシエラが耳が痛そうに顔をしかめるがいまは関係がなさそうだ。

ザガンは首を横に振る。

「……あいつだって死にたくはないだろう。だが、ホムンクルスの体を使ってまで生きたいとも思っていないんだ」

「はー、贅沢《ぜいたく》な悩《なや》みで羨《うらや》ましいこった」

そろそろ殴《なぐ》った方がいいだろうか。ザガンが拳《こぶし》を握ると、アルシエラがなにか閃《ひらめ》いたように顔を上げた。

「あら、もしかしたらそれ、名案かもしれませんわね」

「なんの話だ？」

「ネフテロス嬢を頷かせる、という話ですわ」

ザガンは眉《まゆ》をひそめる。この吸血鬼《きゅうけつき》はバルバロスほど馬鹿ではなかったはずだ。なにかしらの根拠《こんきょ》でもあるのだろうか。

アルシエラは自分の胸の前に手を掲《かか》げると、確信を持ってこう言った。

「要するに、手段を選んでいられなくなるくらい、生きていたいと思わせればよいのでしょう？」

「そんな方法があるのか？」

「あらあら、銀眼の王さまがそれをお訊《き》きになりますの？　簡単なことではありませんの」

ザガンが首を傾《かし》げると、アルシエラは堂々とこう宣言した。

「あの娘に、恋《こい》をさせればよいのですわ」

ザガンとバルバロスは真顔で返した。

「「お前はなに言ってるんだ？」」

ふたりは同時にため息をもらす。

「……アルシエラ。俺は真面目な話をしているつもりなんだが」

「はー、やだね。女ってのはどうしてこう頭ん中お花畑なんだか。うちのポンコツでも真面目にやればできるやつだぞ？」

「そうだぞ。ネフィだって俺が悩んでるときに下らん冗談《じょうだん》なんぞ言わん」

アルシエラが心底呆れた顔をした。

「貴兄ら、自分の胸に手を当てていまの台詞《せりふ》をもう一度言ってごらんなさい？」

「「…………」」

視線を逸《そ》らすことしかできなかった。

せめてもの反論に、ザガンは言う。

「しかし恋愛《れんあい》なんぞ他人が誘導《ゆうどう》してどうこうなるもんでもなかろう？」

「そうでもありませんわ。ネフテロス嬢はこの前のフォルと同じなのですわ。恋には興味を持っているのです。それに、よい殿方《とのがた》もいるではありませんの」

娘に好きな男ができた瞬間を想像してしまい、一瞬壮絶《いっしゅんそうぜつ》な怒り《いか》と絶望がこみ上げた。

それはともかくとして、アルシエラの言っていることは理解できた。

「……リチャードのやつか」

ネフテロスの護衛に当たっている聖騎士の名である。あれが心根も真《ま》っ直《す》ぐで、文句の付けようのない青年であることは、ザガンも認めている。

強《し》いて挙げるなら、聖騎士長並みの力があれば余計な心配をしなくてすむのだが……。

しかし、とザガンは首を横に振《ふ》る。

「あいつ、あれだけ健気《けなげ》にアプローチしているのにネフテロスのやつ、まったく気付いていないんだぞ？　残り数日でどうにかなると思うか？」

「クスクスクス、銀眼の王さまが真実をお告げになったいまだから、可能性はあると思うのですわ」

「……？　どういうことだ？」

「まあ、見ていればよいのですわ」

アルシエラは怪《あや》しく微笑《ほほえ》むばかりで、答えはしなかった。

だが、不本意ながらいまのザガンには一番確実性の高い話で、乗る外なかった。

◇

同じころ、リリスはとぼとぼとキュアノエイデスを歩いていた。

ザガンへの誕生日プレゼントは、ナベリウスが面倒《めんどう》を見てくれるというので、各々《おのおの》贈《おく》りたいものを用意してもらえることになった。〈魔王《まおう》〉ともあろうものがなぜそうも親切なのかという疑問はあったが、彼《かれ》はすでに十分すぎる報酬《ほうしゅう》をもらったと笑っていた。

あとは、ザガンにバレないように宴《うたげ》の準備をすればいい。時間的にもなんとか間に合うだろう。

もうこの街に用はない。さっさとザガン城へ帰るべきなのだが、戻《もど》ればフルカスと顔を合わせてしまう。

ちゃんとフルカスの告白に向き合うと約束したものの、そうなると今度は気まずくてまともに話せる気がしなかった。

そうして、ネフィたちが帰路についたあとも重たい足取りで街を歩いているのだった。

――そろそろ帰って厨房《ちゅうぼう》を手伝わないと。……セルフィのことも気になるし。

あの幼馴染《おさななじ》みも朝から様子がおかしかったのだ。

セルフィのあんな顔には、見覚えがある。

アトラスティアから家出をする直前、同じような顔をしてリリスとも話してくれなくなったのだ。

あのとき、リリスがちゃんと気付いていれば彼女《かのじょ》は家出なんてしなかったのではないだろうか。

もちろん、セルフィにはセルフィの事情があったのだろう。

それでも幼馴染みなのになんの相談にも乗ってあげられなかったことに、後悔《こうかい》だけがいつまでもこみ上げてくる。

今度こそ、ちゃんと話をしなければ。

「……フルカスに返事をしなくちゃいけないのに、なんでアタシ、セルフィのことばっか考えてるんだろう」

このふたつの問題が同時に起きてしまったのだから仕方がないとも言えるが、なんだか自分が薄情《はくじょう》な人間のような気がしてきた。

そうして、また行く当てもなく歩いてはため息をもらすのだった。


「「はあ……。本当に、どうしたらいいんだろう」」

自分が口にしたのとまったく同じ言葉が聞こえて、リリスは顔を上げる。

そこには、緋色《ひいろ》の髪と瞳《ひとみ》をした聖騎士の少女がいた。歳《とし》は向こうの方がひとつかふたつ上だろう。外でなにか戦いがあったのか、豪奢《ごうしゃ》な鎧《よろい》は少し汚《よご》れている。ザガンの城などで何度か見かけた覚えがある。向こうも驚いたような顔でリリスを見つめていた。

「あれ、アンタ……ええと、王さまのところによく来る聖騎士の人……？」

「シャスティルだ。そういうあなたは、ザガンのところにいる夢魔殿《むまどの》か？」

「あ、うん。リリスって言うの」

思えば、これだけ近くにいながら、不思議と言葉を交《か》わす機会はなかった。お互《たが》い名乗り合ってみると、形容しがたい共感《シンパシー》を覚えた。

それは聖騎士の少女も同じだったようで、まるで生き別れの姉妹《しまい》にでも出会ったかのごとく、親愛に満ちた眼差《まなざ》しを向けてくれている。

ポンコツとポンコツは惹《ひ》かれ合うものなのか。出会うべくして、ふたりの少女は出会ったのだった。

聖騎士――シャスティルはコホンと咳払《せきばら》いをしてから言う。

「その、もしよければだが、少し話さないか？　もちろん、あなたの時間が許すならの話だが」

「……！　あ、ありがとう。嬉《うれ》しいわ。ちょうどアタシも、誰《だれ》かと話したかった……気がするの」

シャスティルが近くの店に足を向けたことで、リリスもそれに倣《なら》う。

どうやら紅茶屋の一種のようで、サンドイッチのように簡単な食べ物と飲み物が注文できる。飲み物の方が主らしく、たくさんの種類がある。中にはとうていひとりでは食べきれないような塔《とう》のごときデザートまである。

客の入りも多く混雑した店内で、ふたりで使うには小さいようなこぢんまりとしたテーブルを挟《はさ》んで、ふたりは席に着いた。

そうしてふたりが注文したのは、奇《く》しくも同じハーブティだった。

「あ、聖騎士さんもカモミール飲むのね」

「シャスティルでいいよ。以前は紅茶ばかり嗜《たしな》んでいたんだが、心労を心配した友人から勧《すす》められて飲み始めたんだ。これを飲むとすごく落ち着く気がする」

「わかるわ。寝《ね》る前に飲むとよく眠《ねむ》れるし、香りもいいのよね。……その、シャスティルさん」

早速《さっそく》共通の好物を見つけたことで微笑み合うが、このカモミールというハーブティは心労への回復とリラックス効果で有名な飲み物だった。ポンコツはポンコツゆえに、心労を重ねてしまう生き物なのだ。

そんな効果は知る由もなかったが、友人と聞いてリリスは声を上げる。

「友人って、もしかしてネフィさんのこと？　アタシもネフィさんに勧めてもらったの」

「あー……いや、元を辿《たど》れば同じところなのだろうが、マニュエラという服屋の店員だ」

その名前に聞き覚えがあったことで、リリスは身を強張《こわば》らせた。

「マニュエラさんって、もしかして城にときどき遊びにくる翼人族《よくじんぞく》の……？」

リリスやセルフィと同じく非魔術師で、しかも部外者であるにも関わらず堂々と城に出入りしている謎《なぞ》の人物である。

「……もしや、あなたも被害《ひがい》に？」

「いや、アタシは大丈夫《だいじょうぶ》なんだけど、幼馴染みの黒花《くろか》って子がずいぶん気に入られちゃったみたいで……」

顔を合わせるたびに、変な服を着せられて悲鳴を上げていた。ネフィも変に慣れてしまったようでなかなか仲裁《ちゅうさい》をしてくれなくて困っていたのだ。まあ、さすがにやりすぎだと思ったときは止めてくれるが。

ちなみに際どい服を着せられた黒花を見て、シャックスという魔術師がひどく動揺《どうよう》した顔をしたり執事《しつじ》のラーファエルに追い回されたりするところまでが、一連の流れである。

シャスティルは全てを察したように顔を覆《おお》った。

「悪い人間ではないのだが、ネフィやうちの教会の者がよく被害に遭《あ》っていると聞く」

どうやら、シャスティルも直接被害に遭ったわけではないらしい。カモミールティを勧めてくれたことも考えると、もしかするとあの翼人族はポンコツには手心を加える主義なのだろうか。

――いや、アタシたちポンコツじゃないけど。

しかし、少し話しただけでもう打ち解けたような気がする。向こうも同じ気持ちなのだろう。シャスティルは穏《おだ》やかな表情で口を開く。

「マニュエラのことは置いておくとしてだ。その、浮かない顔をしていたが、城でなにかあったのか？」

まともに話したのはこれが初めてだというのに、シャスティルはひと言で核心《かくしん》をついていた。

思わず目を丸くしていると、シャスティルは気遣《きづか》うようにゆっくりと話す。

「ザガンを信用していないわけではないが、あなたが魔術師ではないのに魔術師の中で生活していることは聞いている。彼らに話せない悩みもあるだろう。私でよければ、相談に乗るが？」

なんと聡明《そうめい》で、優《やさ》しい人だろう。

きっと彼女だっていまなにかの悩みを抱えているはずなのに、リリスの苦悩《くのう》をひと目で見抜《みぬ》いて親身になってくれているのだ。

思わず目頭《めがしら》が熱くなり、涙《なみだ》がこぼれそうになるのを誤魔化《ごまか》すようにリリスは言う。

「そ、そういうわけじゃないわ。そういう聖騎士さんだって困ってるような顔をしているわよ？　教会の人にどんな苦労があるのかは知らないけれど、聖騎士長なんていう立場にのしかかる重責は、少しは理解できるつもりだもの」

リリスとてリュカオーンの三大王家のひとつ、ヒュプノエルの第一王女なのだ。

滅びの危機にある同胞《どうほう》や希少種のため、王族としての職務に奔走《ほんそう》してきた。〈魔王〉相手にひとりで交渉《こうしょう》を持ちかけたことだってあるのだ。人の上に立つ者としての苦悩は理解してあげられるはずだ。

そう返すと、シャスティルはなぜか胸を押《お》さえてよろめいた。

「だ、大丈夫？」

「いや、大丈夫だ。その、私のことをそんなふうに見てくれる人は少なかったから……」

なんということだろう。お互いまだ十代の身空で普通の人間が知る由もない苦悩と重責を背負ってきたというのに、彼女の周りには理解者がいなかったのだ。

リリスはテーブルから乗り出し、シャスティルの手を握《にぎ》る。

「あなたは立派な人だと思うわ。アタシにできることは少ないけれど、なんでも気兼《きが》ねなく話してほしいわ」

「……っ、あ、ありがとう！」

まるで生涯《しょうがい》の友を得たように、シャスティルは歓喜《かんき》の涙を滲《にじ》ませた。

友情を確かめ合ったものの、リリスはまだ最初の質問に答えていないことを思い出した。

「その、アタシの方は悩みっていうほどのものじゃないんだけど……実は、最近城に新しい人が住むようになったの」

「ふむ。魔術師か？」

「うーん、どうなのかしら。元はそうだったらしいんだけど、本人はそのことをなにも覚えていないの。それでも魔術師と呼べるなら、そうだと思うわ」

あれでも〈魔王〉のひとりだと言う。

リリスの知る〈魔王〉はザガンやマルコシアスのように、威厳《いげん》と強大な力を持つ魔術師である。中にはオリアスのように優しそうな人もいるようだが、彼女とてふと笑《え》みを消せばまともに顔も見られないほどの威圧《いあつ》感を放つ。

とうてい、いまのフルカスからは想像もつかない。

「その人が、なにか問題でも起こしたのか？」

「問題といえば、そうなのかしら……」

それから、一度深呼吸をしてからリリスは口を開いた。

「……その人から、告白されてしまって、どうしたらいいのか、わからなくて」

シャスティルは目を見開き、それからなぜか我《わ》が身《み》のことのように頷いた。

「なるほど……。それは、困惑《こんわく》してしまうな」

「きっと、あの人は本気でそう言ってくれたんだと思う。だけど、アタシは記憶《きおく》を失う前のその人が、ある人を好きだったんだって知っちゃって……」

話していると、胸が痛くなってしまい、キュッと押さえる。

「そいつが好きだった人は、アタシの大切な友達だったの。本当に不器用で、アタシには隠《かく》してるつもりみたいだけど、すごく辛《つら》い思いをして、それでもがんばってきた人で……」

魔術師のいない国で生きる千年がどれほど凄絶《せいぜつ》なものなのか、それはリリスの想像を超えている。それでも、誰かに気を許してもすぐ別れになってしまう千年が、辛くなかったわけがない。

アルシエラだって、もっと幸せになっていいはずなのに……。

「がっ、ごおっ、ふぐぅ……っ？」

なのだが、なぜかシャスティルが我が身のことのように胸を押さえて悶絶《もんぜつ》した。

「ど、どうしたのシャスティルさん？」

「いや、なんでもない。なんでもないんだ……。続けてくれ」

額からだばだばと冷《ひ》や汗《あせ》を伝わせており、とうていなんでもないようには見えないのだがシャスティルは頑《がん》として答えなかった。

医者に連れていかなくて大丈夫だろうかと不安を覚えたが、促《うなが》されてリリスは言葉を続ける。

「いまアタシに向けられてる気持ちは、本当はその人に向けられるべきものなんじゃないかなって……。その人はそんなことないって言ってくれたけど、アタシはその人が受け取るべきものを横取りしたことになるんじゃないかって……」

「――そんなことはない！」

シャスティルはリリスの肩《かた》を掴《つか》んで強く否定した。

「もしもその男が、あなたの友人の代わりにあなたに好きだと言ったのなら、見下げ果てた男だ」

そんな話ではないということは、シャスティルもわかっているのだろう。

次の言葉はしっかりとリリスの目を見て紡《つむ》がれた。

「だが、そうでないなら、その男は自分の気持ちに決着を付けたからあなたのことが好きになったのだ」

そして瞳に涙さえ浮かべて、切実な声音《こわね》で聖騎士《せいきし》の少女は言った。

「あなたに向けられた気持ちは、きっとその友達に向けられていた気持ちよりも大きなもののはずだ！」

まるで自分の実体験でも語るかのような熱意に、リリスは圧倒《あっとう》された。

「シ、シャスティルさんにも、経験があるの……？」

その問いかけで我に返ったらしい。シャスティルの顔が顎《あご》の先から耳まで真っ赤に染まった。

「あうぅ……や、これはそのっ」

やはり年上の女性ともなると、恋の経験も豊富なのだろう。その言葉を、意外なほどすんなりとリリスは受け入れられた。

「そっか……。もっと大きい気持ち……そういうふうに考えたことは、なかったわ」

「う、うん！　きっとそのはじゅ」

もう呂律《ろれつ》も回っていなければ、自分でなにを言っているのかもわかっていなそうな顔だったが、シャスティルは肯定《こうてい》してくれた。

あの気持ちは、本当はアルシエラが受け取るべきだったのではないか。それを横からかすめ盗《と》ったようで、とても汚《きたな》いことをしているのではないか。

フルカスと向き合おうとすればするほど、アルシエラへの罪悪感だけでなく、彼を騙《だま》しているような気持ちがこみ上げてきた。

でも、それはリリスが勝手に思い込んでいるだけだったのかもしれない。

ようやく、リリスは口を開いた。

「たぶん、いますぐに返事なんてできないと思う。だから、まずは彼のことを知るところから、始めてみるわ」

そう答えると、シャスティルもホッとしたように表情を和《やわ》らげた。顔が真っ赤なのも涙ぐんでいるのもそのままではあるが。

「私も、それでいいと思うよ。あなたにだって、他に好きな人ができてしまうかもしれないし」

「好きな人……ッ？」

そう言われて、なぜか頭の中に浮かんだのはあの脳天気な幼馴染みの顔だった。

――な、なに考えてるのよ。アタシたち、女同士じゃない。

動揺を振り払《はら》うように、リリスは言う。

「その、相談に乗ってくれてありがとう。シャスティルさんにも、やっぱりこういう経験があるの？」

「へうぅっ？　いや、その、そういうわけではないというか、まったくないわけでもないというか……」

シャスティルはまたしても火を噴《ふ》きそうな顔をして首を横に振る。

それから、なにか思い直したようにうつむいた。

「いや、あなたは話しにくい悩みを打ち明けてくれたのだ。私も、話すべきかな」

「そんな！　アタシはただ誰かに聞いてほしかっただけで、シャスティルさんが無理をして話すようなことじゃないわ」

リリスは感謝しているのだ。

しかしシャスティルはもう一度首を横に振り、どこか儚《はかな》げな表情で語り始めた。

「……その、ザガンのところのフォルがいるだろう？」

「え？　ええ。いい子よね」

思いがけない名前に、リリスは呆気《あっけ》に取られた。

フォルは〈魔王〉ザガンの娘《むすめ》でありながら厨房でいっしょに料理を手伝ってくれるし、今日もみんなといっしょに騒《さわ》いだりして、とても楽しそうだった。あれで正体は竜《りゅう》だというのだから信じられない。ああいう姿は本当に魔術師どころか普通《ふつう》の娘なのに。

彼女が誰かを悩ませるなど想像ができないが、なにかあったのだろうか？

首を傾げていると、シャスティルは両手の人差し指を絡《から》めながら言いにくそうに、怖《お》ず怖ずと口を開く。

「先日、あの子が私を訪ねてきてくれたのだが、そのとき……」

とても口に出せないというように言葉を詰《つ》まらせるが、やがて聖騎士の少女は顔を覆いながらこう言った。


「こ、恋の話を聞かせてくれと言われたのだ！」


衝撃《しょうげき》の言葉に、リリスも目を見開いた。

「そ、それ、王さまが聞いたら大変なことになるんじゃないの……？」

「う、うむ。私もそう思って、ザガンには黙《だま》ってある」

現実にはその日の晩にはザガンの耳に入り、ザガン陣営《じんえい》に属する最大戦力を集めた家族会議にまで発展したのだが、リリスたちにはあずかり知らぬ話だった。

ひとつ打ち明けて少し落ち着いたのか、シャスティルはようやく顔を覆う手を下ろして続きを語る。

「色々恥《は》ずかしいことを聞かれたが、そのことはまあいいのだ。あの子だっていつかは恋をしたりするんだろうし、ああいう行動も成長の証なんだと思う」

確かにそれくらいならおませな子供の好奇心《こうきしん》と笑ってすませる話である。〈魔王〉は世界を滅ぼしかねない勢いで大騒《おおさわ》ぎするかもしれないが。

では、なにがシャスティルを悩ませているのか。

「その、私には少し前まで、好きな人がいたんだ。その人には出会ったときにはもう恋人《こいびと》がいたし、私が好きになっちゃいけない人だったんだ。でも、とても辛い目に遭ってきた人で、寄り添《そ》ってしまいたくなってしまって」

どこかで聞いたような話に、リリスは首を傾げる。

――アルシエラくらい苦労してる人なんてそうはいないと思うけど……。

自分とこの王さまやネフィのことを思いつかなかったリリスは、勝手に納得《なっとく》した。

「まあ、その人には結局振り向いてもらうどころか、気付いてももらえなかったんだ。私も彼らの邪魔《じゃま》をしたかったわけじゃないし、そのことは自分の中で決着のついたことだとは思っている。……思っている、つもりなんだ」

そう言って微笑む顔はとても晴れやかとは言えなかったが、かといって引きずるような曇《くも》ったものでもなかった。

本人の言う通り、割り切ることのできた過去なのだろう。

リリスはまだ本当の意味で恋というものを知らないし、それが叶《かな》わなかった辛さなど想像の及ばぬ話である。

──フルカスはそういう思いをして、長い間苦しんできたってことなのよね……。

同情するわけではないが、そう考えると胸の奥《おく》が痛くなった。

ただ、シャスティルはそこでまた顔を赤くしてうつむいてしまう。

「それはもういいのだが、その、フォルに恋の話を聞かれたとき、別の人の顔が浮《う》かんでしまって……」

意外な言葉に、リリスは目を見開いた。

そうなのである。リリスは〈アーシエル・イメーラ〉では酔《よ》い潰《つぶ》れ、無人島ではセルフィといっしょにバカンスの支度《したく》に追われ、シャスティルとバルバロスがいっしょにいるところを見たことがないのである。

リリスは身を乗り出して問いかける。

「ど、どんな人なの？」

「うえあっ？　その、どんな人と言われても……あまり、紳士《しんし》ではない、かな。私のことをすぐポンコツとか言ってバカにするし、かと思えば野武士扱《あつか》いしたり、私の知らないところで悪いこともしてきたんだと、思う。うむ。最低な男だ」

およそ聖騎士が関わってはいけない部類の人間というか、逮捕《たいほ》しなければいけない相手のような気がするが、リリスは賢明《けんめい》に口をつぐんだ。

言っていてシャスティルも腹が立ってきたのか、後半は語気も荒《あら》い。

なのだが、言い過ぎたと思ったのか、もごもごとつぶやく。

「でも、たまにいいところもあるんだ。本当にたまに、だけど。その、可愛《かわい》い髪飾《かみかざ》りとかくれたこともあるし」

言われてみれば、シャスティルの髪には蝶《ちょう》をあしらった可愛らしい髪飾りが留《と》められている。素材も真鍮《しんちゅう》ではなく本物の金のようで、間違《まちが》っても遊びで贈《おく》るようなものではない。

「それに、彼はずっと私のこと守ってくれていたんだ。元々はザガンからの依頼《いらい》だったようなんだが、たぶんそれとは無関係に助けてくれている、みたいだ。だって、依頼なら無視していいようなことまで助けてくれてるし……」

リリスは、ようやくフォルが彼女を訪ねた理由を理解した。

――なるほど、これが惚気《のろけ》ってやつなのね！

よくよく考えるとうちの王さまとネフィは遠目に眺《なが》めるのが暗黙《あんもく》の了解《りょうかい》であるため、彼らの口からお互いのことを聞く機会は少ない。もちろん訊けばそれなりのことが聞けるのだろうが、それは糖の過剰摂取《かじょうせっしゅ》というものである。

その点、シャスティルは隠し事《ごと》ができないこともあって、こんなふうに素直《すなお》に惚気てくれるのだ。それは恋に興味があるなら真っ先に当たるだろう。

だが、そうなるとなにが彼女を悩ませているのだろうか。

次の言葉を待っていると、やがてシャスティルは困ったように口を開く。

「……なのに、そいつが今日はまったく姿を見せないのだ。話しかけても応えてくれないし……いや、別に寂《さび》しいわけではないのだが、なんと言ったらいいんだろう」

キュッと胸元《むなもと》を押さえ、喘《あえ》ぐようにシャスティルは言う。

「私は気遣いなどできる人間ではない。だから、なにかしてしまったんだろうかとか、そんなことを考え始めたらものすごく不安になったり、苦しくなったりして……」

それから、泣きそうな声でこう続けた。

「嫌《きら》われたくない……とか、そ、傍《そば》にいてくれないことを不服に感じたり、すごく自分勝手な感情がこみ上げてきてしまって」

ひどく悩んでいる様子ではあるが、リリスには疑問だった。

「自分勝手って、それはおかしいこと……なの？」

まるで罪でも犯《おか》したかのように、聖騎士の少女は呻《うめ》いた。

「だ、だって、好きという気持ちは、見返りを求めるものじゃないだろう？」

ああ、とリリスは理解した。

――そこが食《く》い違《ちが》っているのね。

シャスティルが言っているのは〝無償《むしょう》の愛〟というものだ。もちろん、それは尊く崇高《すうこう》なものではあるが、恋とは違うもののはずだ。

「これはアタシの友達が言ってたことだけど〝恋〟と〝愛〟って別のものなのよ」

「恋と、愛……？」

「そう。愛っていうのは与《あた》えるものなのよ。それこそ母親が子供にそうするように」

シャスティルが言いたいのはこちらの方ではないだろうか。

「でも恋っていうのは違うんだって。相手を知りたくて、欲《ほ》しいって思う欲求なんだって。

だから激しくて泣いたり笑ったりするんだって」

果たしてあの吸血鬼の少女がそんな激しい恋をした姿など想像もできないが、アルシエラは恋というものをそう語ったのだ。

「そういうふたつの気持ちが同時に存在するから〝恋愛〟って言うんだって。どちらか片方だけで存在するものじゃなくて、両方ともないとダメなんだって」

もちろん、これはアルシエラの受け売りだ。リリス自身の体験でも言葉でもない。

――でも、いまのシャスティルさんに伝えなきゃいけないことだと思う。

その言葉はどこまで届いたのか、シャスティルは噛《か》みしめるようにつぶやく。

「両方あるから、恋愛……」

リリスは、ふと先ほどシャスティルが言ってくれた言葉を思い出した。

――あなたに向けられた気持ちは、きっとその友達に向けられていた気持ちよりも大きなもののはずだ――

もしかすると、それはシャスティル自身の気持ちだったのではないだろうか。

だっていまの彼女は、そんな大きすぎる自分の気持ちに戸惑《とまど》っているようにしか見えないのだから。

しかし、シャスティルは受け入れがたいように肩を落とす。

「でも、その人のことが好きなのか、自分でもよくわからないんだ」

恋する乙女《おとめ》の手本のような表情で、聖騎士の少女は言う。

「なにより……」

ため息とともに、その言葉は吐《は》き出された。

「少し前まで好きな人がいたのに、もう違う人を好きになるだなんて、尻《しり》の軽い女だとは思わないか？」

「――そんなこと、ない！」

反射的に、リリスはそう言った。

「恋が叶わなかったのに、次の恋をしちゃいけないなんて、ない。ちゃんと次の恋を見つけられるって、すごいことなんじゃないの？」

シャスティルの両手を握って、リリスは言う。

「アタシの知ってる人は、次の恋を見つけられなかったからずっと彷徨《さまよ》って、誰を捜《さが》していたのかもわからなくなってしまった。アタシの友達だって、口には出さないけどずっともう会えない誰かを愛してるんだと思う」

そんなに長い間、たったひとりの誰かを愛せるなんて、素晴《すば》らしいことかもしれない。きっとザガンとネフィはそういう関係だ。

「アタシはまだ、ちゃんとした恋ってものを知らない。でも、そんな恋が叶わなかったらすごく痛くて、辛いんだと思う。なのにまた誰かに恋をできるって、すごいことなんじゃないの？」

恋も知らぬ小娘《こむすめ》が語るには滑稽《こっけい》な話である。

——でも、アルシエラとフルカスを見てたら、そう思うの。

きっと、誰かに恋をするというのは、とても勇気のいることなのだ。

ぽろりと、シャスティルの目から涙がこぼれた。

「え、ええっ？　あの、ごめんなさい」

「ち、違うんだ……。その、そんなふうに言ってもらえるなんて、思わなく、て……」

ひとりで思《おも》い悩《なや》んできたのだろう。

——辛《つら》かったわよね……。

安堵《あんど》とともにこぼれた涙はとても綺麗《きれい》なものに見えた。

「そのことで、ずっと悩んでいたのね……」

これで少しは彼女の悩みも晴れただろうか。そう思ったのだが、シャスティルは目元を拭《ぬぐ》うと首を横に振った。

「あ、いやそういうわけではないのだ」

「違うのっ？」

だったらこれまでの話はなんだったのだ。

愕然《がくぜん》とするリリスに、シャスティルは決まりが悪そうにつぶやく。

「その、今日、別のところで誕生日の話を聞いたんだ。私はその人に髪飾りとかもらったのに、よく考えたらなにも返してないことに気付いてしまって……」

「あー……それで、誕生日プレゼントでお返しをしたいってこと？」

恥じらうように、シャスティルは頷《うなず》く。

「ただ、彼の誕生日がいつなのかわからなくて……。訊《き》いても教えてくれそうにないし、他の友人のことを考えると、もしかしたら彼も自分の誕生日を知らないんじゃないかという可能性もあるんじゃないかと」

なるほど、それでは本人に訊くのは危《あや》ういかもしれない。

「本人以外で一番知っていそうな人物は、そもそも誕生日を祝うという習慣自体知らなかった。正直、手の打ちようがなくて途方《とほう》にくれていたのだ」

「な、なるほどね……」

正直、先ほどの失恋《しつれん》と次の恋《こい》の話の衝撃が大きすぎて、いまいち真面目な話に聞こえないが、リリスは頷く。

それから、ふとフォルが自分の誕生日をネフィたちの子供になった日に決めたことを思い出す。

「ええっと、誕生日がわからないなら、無理に誕生日を調べなくてもいいんじゃないかしら？」

「どういうことだ？」

「誕生日じゃなくても、ふたりの記念日とかを作って、その贈り物をするとかはどうかしら。きっと喜ぶと思うわ」

「ふ、ふたりの記念日っ？」

シャスティルは頭の横で束ねた髪《かみ》の先まで跳《と》び上がるが、真っ赤な顔のままふむと頷く。

「なるほど、一理あるな。しかし、いったいいつを記念日にしたものか……」

「ふたりが出会った日とかは？」

「出会った日……」

そうつぶやいて、シャスティルはなぜか苦悶《くもん》の表情で頭を抱《かか》えた。

「ど、どうしたの？」

「……いや、初対面のとき、私は彼に誘拐《ゆうかい》されたのだと思い出して」

「どうしてそんな人を好きになっちゃったのっ？」

「ま、まままだ好きと決まったわけじゃないもん！」

どの顔でそう言うのか……。

まあ、ここは触《ふ》れてはならないデリケートな部分なのだろう。リリスは生暖かく見守ることにした。

苦笑《くしょう》しながら店の外に目を向けると、いつの間にかすっかり陽が落ちていた。

「あ！　いけない、晩餐《ばんさん》の支度すっぽかしちゃった」

「すまない。私が長話に付き合わせてしまったから」

「そんなことないわ。アタシだって悩みを聞いてもらったもの」

「だがこんな時間だ。城まで送っていこう。この界隈《かいわい》であなたに手を出す愚《おろ》か者はいないだろうが、近頃《ちかごろ》はシアカーンのこともあって物騒《ぶっそう》だからな」

そう言われると、断るわけにもいかなかった。

——じゃあ、お願いしちゃおうかしら？

そう言おうとしたときだった。

「――アホかポンコツ。てめえ勤務時間もう終わってんのに、ポカやらかさねえと思ってんのか?」

どこから現れたのか、顔色の悪い魔術師《まじゅつし》がシャスティルの頭をわしゃっとかき回した。

リリスもザガンの城やリュカオーンの無人島などで、何度か見かけた覚えがある。

「バ、バルバロス? お前、今日は一日どこにいたのだ! 呼びかけても応えないし!」

「ああん? 巡回《じゅんかい》くらいでいちいち呼び出すんじゃねえよ。手に負えねえのが出てきてから呼べ」

「じ、巡回してたことは知ってるんじゃないか!」

「はー、うるせ」

まさかとは思うが、シャスティルが話していたのはこの男のことなのだろうか。

唖然《あぜん》としていると、魔術師は面倒臭《めんどうくさ》そうにリリスを見遣《みや》る。

「あー……。お前、名前なんつったっけ? まあいいや。ザガンの野郎《やろう》がそろそろ城に戻《もど》れとよ。ったく、俺《おれ》は運び屋じゃねえつってんのによ。送ってやるからさっさと帰れ」

どうやら魔術《まじゅつ》で送ってくれるらしい。

「えっと、ありがとう……ございます」

素直にお礼を言って、リリスは見てしまった。

魔術師の耳は真っ赤になっているのだ。リリスの視線でシャスティルも気付いたらしい。

ヒクックッと、顔を引きつらせた。

「……あの、バルバロス」

「んだよ」


「もしかして、聞いてたのか？」


「はーっ？　別に〝影《かげ》〟伝いに聞こえてきたりなんかしねえしっ？　盗《ぬす》み聞きなんてするわけねえだろっ？」

「ほ、ほほほほ本当か？　なにも聞いてないよなっ？」

いやもう最初から全部聞こえてましたと言われているようなものなのだが、シャスティルには受け入れられなかったようだ。無理もない。人は信じたいものを信じる生き物なのだから。

シャスティルが必死に自分の動揺を鎮《しず》めようとしていると、バルバロスは明後日の方向を見ながらなにやら思い出したようにつぶやいた。

「そ、そういうや俺、蟹《かに》の月の十五日生まれなんだわ」

こちらも動揺していたのだろう。もっとさりげなく告げるなり時間を空けて話すなりできただろうに、勢いでぽろっと口にしてしまう。

シャスティルを現実逃避《とうひ》から引き戻すには十分過ぎるひと言だった。

「あの、やっぱり聞いてたんじゃ……?」

「………」

上手《うま》い誤魔化し方を思いつけなかったらしい。魔術師はそっぽを向いたまま沈黙《ちんもく》した。

「……きゅうっ」

「ポ、ポンコツゥッ！」

もうリリスですら見ていられない光景だった。

魔術師は慌《あわ》ててシャスティルを抱《だ》きかかえるが、完全に目を回した彼女《かのじょ》が目覚める気配はない。

「え、えっ、おいこれどうすんだよ?」

うろたえる魔術師を見て、リリスは『ああ、この人も一応人間なんだな』と他人事のように思った。

それから視線に気付いたのか、魔術師はリリスをふり返る。

「ひえっ？」

リリスが思わず跳び上がると、魔術師はなぜか周囲をキョロキョロと見回し——みな関わり合いになりたくないようで誰《だれ》も視線を合わせない——声を落として囁《ささや》く。

「あー……。お前、なにも見てねえよな？」

「え、ええっと……」

リリスが戸惑っていると、魔術師はそっとテーブルになにかを載せる。見れば精緻《せいち》な紋《もん》様《よう》が施《ほどこ》された短剣《たんけん》だった。リリスでも十分扱えそうな刃渡《はわた》りである。

「それやるからなにも見なかったことにしろ。いいな？」

「えっと……はい」

これがなんなのか問い返す勇気は、リリスにはなかった。

と、そこで自分がなにをしに来たのか思い出したのだろう。

「ポンコツを教会に放り込んでくるからちょっと待ってろ」

そう言って、立ち上がろうとして、魔術師はなにやらホッとしたような顔をする。

「おっと、その必要はねえか。お前、別の迎《むか》えが来てるぜ」

窓の向こうに目を向けると、いつの間にかそこにはひとりの少年の姿があった。

「——あ、もういいのか？　遅《おそ》いから迎えにきたぜ！」

悩みのなさそうな笑《え》みを浮かべるのは、フルカスだった。

——アタシも、ちゃんと向き合わなきゃいけないのよね。

リリスの試練が終わるのは、まだまだ先になりそうだった。

◇

帰りは馬車に乗ることになった。

城からはネフィやフォルたちの買い出し、街側からシャスティルやマニュエラなど、ザガン城とキュアノエイデスの行き来は存外に多い。それゆえ、お互《たが》いの行き来用にザガンが馬車を一台専用に借りているのだ。

一台しかないため一度城に向かったら戻ってくるまで使えないが、リリスがネフィたちと別れて数刻が過ぎている。シャスティルと話し込んでいるうちに、ずいぶんと時間が経《た》っていたようだ。

馬車なら片道一刻、急がせれば半刻で着くような距離《きょり》であるため、もう戻ってきていた。

六人掛《が》けの広々とした馬車の中に、乗客はリリスとフルカスのふたりだけだ。さすがに隣《となり》に座《すわ》る勇気はなかったので、向き合って腰掛《こしか》けている。

沈黙。

——ええっと、なにかしゃべらなきゃ……。

この少年とちゃんと向き合うと決めたのだ。

少なくとも向こうはこんな遅くに、それも歩けば相応に時間のかかる城から迎えにきてくれるくらい、リリスを心配してくれているのだ。それだけでも誠意を持って接してくれているのはわかる。

実際には少し離れた場所からキメリエスの監視がかけられているのだが、ふたりには知る由もないことである。

だがしかし、そうなるとなにを話せばいいのか。

リリスが頭を抱えて唸《うな》っていると、フルカスの方が先に口を開いた。

「なあリリス。その手に持ってるのはなんだい？」

「え？　ああ、これ？　さっき王さまの使いの人……でいいのかしら？　その人からもらったんだけど……」

口止め料のようなものだろうから、もらった経緯《けいい》を詳《くわ》しく話すわけにもいかない。

「たぶん、馬車代みたいなものよ」

「え、馬車代？」

まあ、城への専用馬車は月単位でザガンが代金を支払《しはら》ってくれているので、リリスたちが出す必要はないのだが。

フルカスはなにやら衝撃を受けたような顔で言う。

「それ、ちょっと見せてもらっていいか?」

「……?　ええ、どうぞ」

リリスが短剣を手渡《てわた》すと、フルカスは半ばまで刀身を抜《ぬ》く。それからピューッと器用に口笛を吹《ふ》いた。

「すごいなこれ!　めちゃくちゃ難しい魔術が仕込んであるよ。空間ごとかっさばくような魔術かな?　たぶんザガンのアニキでも仕込むのは難しいと思うぜ。……できないわけじゃないと思うけどよ!」

存外に具体的な話に、リリスは目を丸くした。

「アンタ、魔術のこと思い出したの?」

「え?」

どうやら自覚はなかったらしい。フルカスは不思議そうに首を傾《かし》げた。

「そういえば俺、なに言ってるんだろう。見たこともない〝回路〟のはずなのに」

記憶を失っていても、彼《かれ》は〈魔王《まおう》〉なのだ。ザガンの下で魔術を学ぶうちに、感覚的なものは思い出しているのかもしれない。

「ふうん。じゃあこれ、もしかしてすごいものなの？」

「すごいっていうか、売れば小さな城が建つくらいの金額になるんじゃないかな」

「ぴゃっ？」

それで馬車代という言葉に疑問を抱いたらしい。

「な、なんでそんなものさらっとよこすのよ……」

「金額もすごいけど、込められた魔術の方がすごいぜ。理屈《りくつ》じゃ、これで斬《き》れないものはないっていうものだと思う」

「そ、そうなんだ……」

ザガンといっしょにいるところを何度か見かけたことがあるが、毎度のように殴《なぐ》られていたし雑な扱いを受けていたように思う。しかし〈魔王〉の配下ともあろう魔術師なのだ。それは一流や超一流《ちよういちりゆう》がそろっているのは当然のことかもしれない。

——黒花が好きなおじさんも、結構すごい人らしいし。

シャックスと言う魔術師なのだが恐《おそ》ろしく察しの悪い男で、城にいるときは毎晩黒花が愚痴《ぐち》っている。それでいて、ザガンからは『有能なのになあ』と惜《お》しまれるほどの手腕《しゆわん》の持ち主らしい。

とはいえ、いまは短剣である。

「そんなの、アタシが持っていいのかしら？」

「アニキの使いの人がくれたんだろう？　だったらリリスを守るためのものなんじゃないかな。俺は持っておくべきだと思うぜ！」

「ま、まあ、そういうことなら……」

実際のところは口止め料なのだが、とんでもないものをもらってしまったらしい。

――いや、あの人にとっては、それくらい秘密にしておきたいってことかしら。

まあ聖騎士長と魔術師が恋仲《こいなか》だなんて秘密にしなければ仕方がないだろうが、これは口を滑《すべ》らせるわけにはいかないようだ。

それに魔術師側も、ちゃんと好意を持ってくれているように感じられた。シャスティルの恋も報《むく》われるといいのだが。

短剣を返してもらうと、リリスはそれを膝《ひざ》の上に抱えた。今度これを着けられるような剣帯《けんたい》かなにかを用意しよう。

「短剣の扱いなんて、護身術くらいしか知らないんだけどなあ」

「へえ、リリスは護身術とか使えるのか」

「と言っても黒花……って、アンタは会ったことなかったわね。幼馴染《おさななじ》みから少し手解《てほど》きしてもらった程度よ。聖騎士みたいなのを期待されても困るわ」

そこで、ふと自分がずいぶん自然に話せていることに気付く。話の取っかかりを得られて、いつの間にか緊張《きんちょう》が解けたのかもしれない。

今度はリリスから話しかけてみることにした。

「そういえばアンタ、今日はなにしてたの？」

「俺か？　今日は魔術の勉強をしながらリュカオーンの伝記を調べてたぜ！」

「リュカオーンの？　なんでまた……」

「アニキは銀眼の王って呼ばれてるだろう？　どんな意味があるのか知りたくてさ！」

ああ、なるほどとリリスは頷く。

――というかこいつ、ずいぶん王さまに懐《なつ》いてるわね……。

まあ悪いことではないと思うが、不思議には思う。

そう思っていると、フルカスはやにわにはにかんでこう続けた。

「それに、リュカオーンはリリスの故郷だって聞いたし、知りたかったんだ」

ド直球な好意をぶつけられ、リリスも思わず仰《の》け反《ぞ》った。自分の顔が赤くなっているのを自覚する。

それを誤魔化《ごまか》すように、リリスは問い返す。

「え、ええっと、なにか気に入った逸話《いつわ》はあった？」

「おう！　黒竜《こくりゅう》マルバスとの戦いとかすげえ格好よかった！」

「あ、わかるわ。あれ、アタシも銀眼の王の伝説の中でもかなり好きな話なの。小さいころ、何度もアルシエラに話してってせがんだわ」

言ってから、アルシエラの名前を出してしまったのは迂闊《うかつ》だったかと口を押《お》さえる。しかしフルカス本人はその名前を気にも留めず、目をキラキラと輝《かがや》かせた。

「本当か！　俺たち、案外趣味《しゅみ》が合うのかもしれないな！」

「そ、そうね……」

複雑そうな表情を返すと、フルカスはうんうんと頷く。

「あと、他には〈呪腕《じゅわん》〉のアスラの話とかよかったな」

「銀眼の王に仕えた英雄《えいゆう》のひとりよね。たったひとりの女の子を守るために、魔獣《まじゅう》と相討《あいう》ちになった」

「そうそれ！　あとは〈千里眼《せんりがん》〉のバトーとか」

「銀眼の王の片腕《かたうで》だった名軍師ね。最期《さいご》にはひとりで万の軍が籠城《ろうじょう》しているように見せかけて、銀眼の王を逃《に》がしたっていう」

銀眼の王の伝説はそれこそ百回は読み返しているのだ。リリスは得意げに相づちを打つ。

フルカスもそれが心地《ここち》よかったようで、気さくな笑顔を浮かべる。

「どっちも格好《かっこ》いいよな！　あれが男の生き様だって感じで！」

「……バカね。死んだらなんにもならないでしょう？」

ときおり思うのだ。

リュカオーンの伝説に登場する英雄たちは、最後には死んでしまう者がほとんどだ。あの中のいくつかは、アルシエラもその場にいたのではないかと。

もちろん、伝説のできごとがそのまま起こっていたとまでは思っていない。それでも、過去のできごとを拾い上げた可能性は低くないのではないかと。

そしてもしそうなら、置いていかれたアルシエラはどんな気持ちだったのだろうと。

リリスが思わず物憂《ものう》げな顔をすると、フルカスががしっと手を握《にぎ》ってきた。

「俺は死なない！　絶対にリリスを置いていったりしない！　だから安心してくれ」

いきなり迫《せま》られ、リリスは小さく悲鳴を上げる。

「ひえっ、ち、近い近い……！」

「あ！　ご、ごめん……」

フルカスも我に返ったようで、パッと離《はな》れる。

沈黙。お互い、顔が赤くなっているのがわかった。

——ど、どうしよう。なんか、ドキドキしてきちゃった……。

いまさらながら、自分のことを好きだと言った異性とふたりきりの空間というのは、迂闊だったことに気付いてしまう。

馬車が城に到着《とうちゃく》したのは、そのときだった。


「リリスちゃん、お帰りなさいッス」

馬車は門を越《こ》え、城の玄関前《げんかんまえ》まで進んでくれる。扉《とびら》が開くと、そこにはセルフィが待っていてくれた。

「セルフィ！」

朝から様子がおかしかった幼馴染みだが、出迎《でむか》えてくれた笑顔はいつも通りの明るいものだった。

声を弾《はず》ませて、リリスも馬車から飛び降りる。それからハッと我に返り、ぷいっと顔を背《そむ》けて腕を組む。

「ふ、ふん。その様子だと、元気になったみたいね。朝から変だったからって別に気にしてたわけじゃないけど」

「およ、心配してくれたッスか？」

「し、しししし心配なんてしてないわよってふにゃあっ？」

なにを思ったのか、セルフィはぎゅっとリリスを抱きしめたのだ。

「心配かけてごめんなさいッス。ちょっと考えごとしてただけッスよ」

そう言って、なぜか頬《ほお》ずりまでしてくる。

「ひうぅっ？　ど、どどどどどうしたのセルフィ？　なんかいつもより近いっていうか密着してるっていうかすりすりしすぎっていうか！」

「んー。もうちょっとだけ。今日はリリスちゃんがいなくて寂しかったッスから、リリスちゃん成分を補給させてほしいッスよ」

まるでぬいぐるみのように抱きしめられ、リリスは為《な》す術《すべ》もなくされるがままになった。

――こ、これ以上抱きつかれてたら頭が茹《ゆ》で上がっちゃう！

心臓はバクバクと早鐘《はやがね》を打っているし、目の前がぐるぐるしてなにも考えられなくなっていく。この幼馴染みに抱きしめられると、心地よいしなんだかいいにおいがするし――というかセルフィの方もドキドキしてるような――とにかく頭の処理が追いつかない。

なけなしの気力を振《ふ》り絞《しぼ》って、リリスは訴《うった》える。

「あの、あの、そ、そろそろ放してくれりゅと嬉《うれ》しいんだけど……」

「むう、仕方ないッスねぇ……って、大丈夫《だいじょうぶ》ッスかリリスちゃん？」

最後にギュッと腕に力を込めると、セルフィはようやくリリスを放してくれた。しかしリリスは腰《こし》が砕《くだ》けて、そのままへなへなとへたり込んでしまう。

そんな光景に、フルカスが呆気《あっけ》に取られて引きつった笑《え》みを浮かべる。

「な、仲いいんだな」

「そりゃ幼馴染みッスから」

そう言って、セルフィはふにゃりと笑う。

いつもと変わらぬ、気の抜けた笑顔。そのはずなのに、なぜかその笑顔からは殺気めいた凄絶《せいぜつ》な迫力《はくりょく》が感じられた。

「譲《ゆず》らないッスよ？」

「へ？　譲らないって、なにが……？」

「譲らないッスから」

なんの力もないはずの一般人《いっぱんじん》の微笑《ほほえ》みに、〈魔王〉の一席を担《にな》う少年は後退《あとずさ》ることしかできなかったという。

「ふん。裏切り者の末路など、惨《みじ》めなものだな」

とある寂れた街を見下ろし、ヴァリヤッカは嘲笑《ちょうしょう》とも自虐《じぎゃく》ともつかぬ声をもらした。

聖騎士《せいきし》長のひとりであり、シアカーンの走狗《そうく》と成り下がった男である。それを悟《さと》られ、〈魔王〉ザガンから身の毛もよだつ〝警告〟を与えられた。

それだけでも板挟《いたばさ》みだと言うのに、先日のラジエル宝物庫襲撃《しゅうげき》に於《お》ける魔術師の手引きが疑われ、教会から背信の容疑までかけられているというのが、この男の状況《じょうきょう》である。

――なぜだ。なぜ私だけがこんな目に……！

確かに教会からかけられている容疑のうち、ザガンとビフロンス、ふたりの〈魔王〉の侵入《しんにゅう》は彼の関与《かんよ》していないところであるため、全てが自《じ》業《ごう》自《じ》得《とく》というわけでもないのだが。

――ここで与《くみ》する相手を間違えたら終わりだ。

勝ち馬に乗らなければならない。

「ようよう騎士さん。それで俺たちはなにをすりゃいいんだい？」

後ろから声をかけてきたのは、緋色《ひいろ》の髪をした少年だった。

かつての副官やその妹と同じ、緋色の髪と瞳《ひとみ》。この顔を見ていると己の罪を突《つ》き付けられているような気分だ。年も十代半ばごろで、シャスティルと近いのもよくない。

その隣にはひょろりとした青年が佇《たたず》んでいるが、こちらもにやにやしていてなにを考えているのかわからなかった。

このふたりはシアカーンからの〝手助け〟として与えられた部下である。

――シアカーンからの監視《かんし》だろうな。ここでやつの信頼《しんらい》を勝ち取る必要がある。

ヴァリヤッカはいかにも紳士的《しんしてき》な微笑《びしょう》を作ってふり返る。

「我々がシアカーン殿《どの》より与えられた任務は、反逆者の捕縛《ほばく》だ」

「反逆者ってどんなやつなんだい？」

「十四、五ほどの小娘に見えるが、見た目に騙《だま》されるな。あれは強力な魔術師だ。貴重な検体らしく、生死は問わないが遺体は必ず回収しろとのことだ。できるだけ、傷は少ない方がいい」

実際には、いまはほとんどの魔術を使えないだろうとは聞いている。それでもどんな隠《かく》し球《だま》を持っているのかわからないのが、魔術師という存在だ。抵抗《ていこう》される前提で殺しに行った方がいい。

ヴァリヤッカにはもう、あとがないのだから。

続けて容姿を説明してやると、少年は吐き気《け》を堪《こら》えるような顔をする。

「うへえ、じゃあ女の子ひとりを男三人で追いかけろってのか？　それ命令したやつ、恥《は》ずかしくねえの？」

「口を慎《つつし》め。それだけシアカーン殿は慎重《しんちょう》だということだ」

これは嘘《うそ》である。

いまのシアカーンは追い詰《つ》められている。協力者だったはずのビフロンスは同盟を破り、ザガンに居所を知られればそれで終わりである。そこに腹心である双子《ふたご》の片割れの離反《りはん》ときたのだ。

いまや自分以上にあとがない哀《あわ》れな〈魔王〉だが、それでもヴァリヤッカは彼を勝ち馬と判断した。

――あんなものを見せられては信じるしかあるまい。

シアカーンは本気で世界を支配するつもりだ。いや、作り直すと言うべきだろうか。いずれにしろ、あの〈魔王〉が動き始めたらザガンも教会も勝ち目などない。

それに、シアカーンはヴァリヤッカにかけられた魔術を解いてくれると約束した。

その約束の担保に、双子の回収は絶対である。

──ただ、監視というのはやはり目障《めざわ》りだな。

ヴァリヤッカは毅然《きぜん》とした態度で告げる。

「無論、女ひとりをこの人数で追う必要はない。現在あの街には他勢力の犬が入り込んでいる。貴様らの役目は、その犬の足止めだ」

犬の正体はザガンの手下である。現在のシアカーンの隠れ家《が》はこの近くにあった。あの恐るべき〈魔王〉の手は、ついにシアカーンの喉元《のどもと》に届いてしまったのだ。

そう命じると、今度は優男《やさおとこ》の方が首を傾げる。

「足止めでありますか？　てっきり始末を命じられるものかと思いましたが」

もちろん始末を命じたいのが本音である。

──ザガンのやつめ、教会の人間まで使っている！

教会の人間を殺すのは、結果的にでもまずい。ザガンからの〝警告〟に抵触《ていしょく》し、頭の中に埋《う》め込まれたナイフが顕在化《けんざいか》してしまう。

ヴァリヤッカはコホンと咳払《せきばら》いをして首を横に振る。

「ただでさえ汚《よご》れ仕事なのだ。無駄《むだ》に人の命を奪《うば》うようなことがあってはならない」

「「ふーん……」」

シアカーンの手下は、まったく信用していない眼差《まなざ》しでそうつぶやく。

忌《い》ま忌ましさを堪えきれなくなり、ヴァリヤッカは声を荒《あら》らげる。

「これはシアカーン殿の命令でもあるのだぞ？」

「……へいへい。逆らいやしねえよ。そもそも逆らえねえし」

悪態をつきながら、ふたりは姿を消す。

もう一度眼下の街を見下ろす。

そこをローブ一枚を羽織った惨めな少女が逃げ惑《まど》っている。

いまのヴァリヤッカと同じく、四面楚歌《しめんそか》ですがる相手もいない、哀れな少女だ。

自分と重なって見えるからこそ、苛立《いらだ》って仕方がない。

「せいぜい、憂《う》さ晴《ば》らしに付き合ってもらうぞ」

追い詰められたヴァリヤッカが同じように弱った者を見て抱いたのは、同情や共感ではなく、より弱い者への嗜虐《しぎゃく》心だった。

◇

『――というわけだ。シアカーンの居所はほぼほぼフェオで間違いないぜ、ボス』

ザガンとネフィがお互いの誕生日を知った次の日。

魔術による念話でそう報告してきたのはシャックスだった。シアカーンの居所を掴《つか》むため、彼と黒花を諜報《ちょうほう》に向かわせてちょうど一週間後のことである。

察しの悪さ以外は実に有能なあの男は、ついにシアカーンの潜伏《せんぷく》先を突き止《と》めたのだ。

『ご苦労。ならばそちらはもう切り上げて戻ってこい。こちらでやってもらいたいことができた。貴様の力が必要だ』

そう告げると、さすがに疲《つか》れたような声が返ってくる。

『まったく、人使いが荒いぜボス。俺は魔術師だからかまわねえが、クロスケは普《ふ》通《つう》の女の子なんだぜ？』

『貴様はそれを本人に言ってやれ。……だが、そうだな。次の任務が終わったら黒花と旅行にでも行ってこい。口実はこちらで用意してやる。ラジエルによい温泉があると聞いたことがあるぞ』

『ぶふおっ？　いやいやいや待ってくれボス。俺が言いたいのはそういうことじゃなくてだな』

なにやら抗議《こうぎ》の声を上げるシャックスを、ザガンは冷たくあしらう。

『黒花への労《ねぎら》いであろう？　ならば適しているはずだが』

『そりゃねえぜボス！』

悲鳴のような声を上げるシャックスに、ザガンはため息をもらす。

『往生際《おうじょうぎわ》が悪いぞシャックス。貴様らの仲をどうこういうつもりはないが、男として忠告はしておく。いい加減、黒花になにか返事をしてやれ。応える断るは貴様の自由だが、いつまでも宙ぶらりんでは哀れだ。ラーファエルが一番腹を立てているのはそこだぞ』

そんなことをザガンがつつくのはお門違《かどちが》いかもしれない。

しかし好きだという明確な言葉こそ口にしていないものの、黒花が明確に好意を訴え始めてからすでに三か月が過ぎている。

その間、黒花の目の治療《ちりょう》もあって、シャックスの方もかいがいしく世話を焼いたり、なにかと気に懸《か》けており、十分思わせぶりな態度は返しているのだ。

なのに黒花の気持ちに対しては、まったく知らぬふりを貫《つらぬ》いている。これはさすがに気の毒というものである。

もちろん下着の件はあるが、ザガンの目にはラーファエルの怒《いか》りの原因はここにあるように見える。シャックスが真面目に頭を下げて交際を申し込めば、なにもあそこまで怒りはしなかっただろう。

いや、やはり怒《おこ》っているような気はするが、顔を合わせるたびに斬りかかるような事態には発展しなかったと思う。

いずれにしろ、まさかここで説教が始まるとは思わなかったようでシャックスは露骨《ろこつ》にうろたえる。

『そ、そうは言うがボス。クロスケはまだ未成年だぜ？』

この言葉だけでも、この男が黒花のことに気付いていないわけでもなければ、疎《うと》ましく思っているわけでもないのは明らかだった。

『それは貴様の都合であろう。それを理由に待たせるなら、貴様が〝待ってくれ〟と頼《たの》むのが筋だ』

『うぐっ、そ、それは……うぅ、その通りなんだが……』

少々高圧的なもの言いにはなってしまったが、本人もこのままではよくないことくらいわかっているのだろう。それ以上の反論はなかった。

――というより、反論できなくなるくらいには進展があったということか？

城にいるとそれはもうラーファエルがすごい剣幕《けんまく》で怒るため、ふたりきりで行動させてみたのだが効果はあったのかもしれない。

まあ、ラーファエルの気持ちも痛いくらいわかるので、咎《とが》めるつもりはないが。

しかし余計なことを言ってしまったのも事実だろう。ザガンはやんわりと言葉を引っ込める。

『まあ、出過ぎたことだったな。忘れるがいい。いまはシアカーンの始末が先決だ。だが、そのあと功労者の貴様には休暇《きゅうか》を与《あた》えるつもりだとは伝えておく』

『……了解《りょうかい》だ、ボス』

シャックスとて男なのだ。ここまで言われれば、なにかしらの誠意を見せるだろう。

もっとも、黒花のことがなくとも休暇を与えるつもりではあった。でなければ、この先いつ休めるかもわからないのだから。

シアカーンの居所がわかった以上、こちらから打って出ることになる。

ネフテロスのことはアルシエラが任せろと言っていたが、果たしてどこまで信用したものかわからない。

加えてビフロンスの動向も警戒《けいかい》しておく必要があり、さらに〈アザゼル〉もいつまた現れるともわからない。

なにより、ネフィの誕生日である。昨日はネフテロスのことで手一杯《ていっぱい》で、まだプレゼントがなにも用意できていない。

問題が山積みで息をつく間もない。だというのに……。

――どうしよう。いますぐネフィとくっついて頭を撫《な》でたい気分になってきた。

昨日は一日外を駆《か》け回っていたし、ネフィもネフィで忙《いそが》しそうだったため、ほとんどくっつくことができなかったのである。

だが、その間に考えているのはお互いのことのわけで、愛《いと》しいという気持ちは際限なく高まっていくわけである。

『それじゃあ、俺たちはこれから帰投する。〈転送〉を頼むぜ』

〈転送〉というのは、その名の通り場所から場所へ瞬間的《しゅんかんてき》に移動できる魔術である。あいにくとバルバロスのようにどこへでもとはいかないが、ザガンでも城とシャックスの位置くらいの決まった場所同士なら繋《つな》ぐことができる。

これを自由に使えるのはザガンと他数名くらいだ。

——昨日も一度しかネフィを膝に乗せてないし、頬ずりくらいせんと収まりがつかん。

頭の中は煩悩《ぼんのう》まみれであったが、ザガンは〈魔王〉の威厳《いげん》を込めて告げる。

『いや、そのまま帰ってこい。〈転送〉はなしだ』

『なしって、一日ばかりかかるぜ？　急ぎだって話だったと思うが、いいのかい』

『戻《もど》ったら馬車馬のように働いてもらう。帰りの時間は息抜《いきぬ》きに使え』

休みも与えずに配下がよい仕事をするとは思っていない。それにあの反応は黒花ともなにか進展があったのではないかと推測できる。

明日には忙しくなるのだとわかっていれば、お互い過ごし方も変わってくるだろう。黒花の欲求不満が収まれば、結果的にシャックスの悩《なや》みも減って仕事の効率も期待できる。

そうして指示を終えると、玉座の間ですべきこともこれで最後だった。

そろそろネフテロスの様子を確かめにいかねば。そしてネフィの誕生日プレゼントを探しにゆかねばならないのだが……。

——その前にネフィとくっつきたい！

口を開くと迂闊なことをしゃべってしまいそうではあるが、それはそれとしてネフィといっしょにいたい。

そうして玉座の間をあとにしようと、扉を開いたときだった。


「——ひゃ」


小さな悲鳴とともに扉の向こうから誰かが倒《たお》れ込んできて、ザガンは反射的にそれを抱き止めた。

「え、ネフィ？」

ザガンが抱《だ》き止めたのは愛しい少女だった。

どうやら扉に寄りかかっていたらしい。ザガンが扉を開けたせいで支えをなくして姿勢を崩《くず》してしまったようだ。

——え、なにこれ会いた過ぎて幻覚《げんかく》を見てるわけじゃないよな？

引っ付きたいと思っていたら、向こうから腕の中に飛び込んできてくれたのだ。あまりに都合がよすぎて自分の認識《にんしき》を疑ってしまった。

当のネフィはなにが起きたかわからないという顔でザガンを見上げている。

見つめていると、ふわりと軽《かろ》やかな香りが鼻をくすぐった。

甘《あま》さはあるものの、どこか草木のような清涼《せいりょう》感を覚えるにおい。ひと足早い春の訪《おとず》れを感じさせられた。季節の変わり目ということもあって、香油《こうゆ》を変えたらしい。ネフィらしい、ささやかにして細やかな心配りである。

いつもとは少し違《ちが》う香りを堪能《たんのう》していると、ネフィもようやく我に返ったようだ。

「はわ、はわわわわっ？」

「だ、だだだ大丈夫か？」

ツンと尖《とが》った耳の先まで真っ赤にする少女に、ザガンもうろたえた声をもらす。

ネフィは紺碧《こんぺき》の瞳をぐるぐる回しながら言う。

「え、ええっと、用というわけではないのですが、その……昨日はあまりごいっしょにいられなかったものですから、少し寂《さび》しくなってしまったというか！」

「ほわあああっ？」

あまりに健気《けなげ》な訴えに、ザガンの心臓はただならぬ衝撃《しょうげき》を受けた。

うろたえるザガンを見て、ネフィも自分がなにを言っているのか自覚したらしい。さらに顔まで真っ赤にして言いつくろう。

「じ、じゃなくてですね！　ええっと、ええっと……」

口は動けど言葉は追いつかず、やがてネフィは観念したようにザガンを見上げた。

「ザガンさま」

「う、うむ」

「いまだけ、ほんの少しだけでいいので、いっしょにいたい、です」

ザガンは知る由もないことだが、ネフィの方も相手の誕生日というまったく同じ悩みを抱《かか》えている。なおかつこちらは急を要することもあって、じっとしていられなくなったのだった。

「よかろう！」

「ひゃうっ？」

ザガンはそのままネフィを抱きかかえると、玉座へと引き返す。もちろん扉は魔術《まじゅつ》で固く施錠《せじょう》して。

突然《とつぜん》のことにネフィは硬直《こうちょく》するが、日ごろから突発的《とっぱつてき》なこと——主にザガンのせいだが——には耐性《たいせい》があるのだ。

「え、えへへ……」

お姫様抱《ひめさまだ》っこという状況を堪能するようにふにゃりと笑うと、そのままザガンの胸に頭をこすりつけてくる。ツンと尖った耳が嬉しそうに小刻みに震《ふる》えた。

——ぬううっなんという判断の早さ！

しかも大胆《だいたん》さが突き抜けたかと思えば、その両手は抱きついてくるわけでもなく、ちょっと恥ずかしそうに胸の前で握ったままなのだ。あまりの奥《おく》ゆかしさで気が遠くなりそうだった。

思わず膝を突きそうになりながら、それでもザガンは踏《ふ》みこたえる。

ザガンは両腕《りょううで》に強大な力を込めると、ネフィの体を少し持ち上げた。

「ふえっ？」

そして、キョトンとするネフィのおでこに自分の頬を擦《こす》り付けた。

「――っ――っっ――っ？」

二度目の困惑《こんわく》にネフィが声にならない悲鳴を上げた。激しく動揺《どうよう》した耳が胸元《むなもと》で暴れてくすぐったい。

心臓が口から出そうなくらいバックンバックン震えていたが、幸せだった。

――うむ！　これだけでシアカーンを始末するくらいまではがんばれそうだ！

と、そこでネフィが火を噴《ふ》きそうなほど赤い顔でザガンを見上げていることに気付く。

さすがに額に頬ずりは予想外過ぎて処理が追いつかなかったようだ。

「ああっと、その、なんだ……俺《おれ》も、引っ付きたくて辛抱《しんぼう》ならんところだった。来てくれて嬉しかったからだな、つい……」

素直《すなお》な気持ちを打ち明けると、ネフィは羞恥心《しゅうちしん》だか歓喜《かんき》だかの感情が制御《せいぎょ》できなくなったようにわなわなと唇《くちびる》を震わせた。

それでも、最後の力を振り絞るように微笑み返す。

「ザガンさまが、そんなふうに甘えてくださったのは、初めてのような気がします」

「そ、そうだったか？」

「はい。なので、わたしは、満足、です……」

玉座の間に入ってほんの数歩。その言葉を最後に、ネフィは力尽《ちからつ》きたようにがっくりと意識を手放した。

「ネフィー！」

恥ずかしいことや予想外のことに耐性ができても、溜《た》まりすぎた欲求が急速に満たされる衝撃は受け止めきれなかったらしい。

無理もない。ザガンとて常にネフィの愛らしさから受ける衝撃は、魔術を駆使《くし》してようやく耐《た》えているくらいなのだ。その衝撃は〈魔王〉オリアスでさえ、一度は受け止めきれずにここを去ろうとしたほどである。

そしてネフィのそんな純真な反応は、カウンターとしてザガンの心臓を襲《おそ》っていた。

ネフィの安らかな寝顔《ねがお》を見つめて、ザガンもまた地に膝を突くのだった。

◇

「――やれやれ、ボスにも困ったもんだぜ」

本当に困ったのはほんの少し引っ付いただけでぶっ倒れている現在の〈魔王《まおう》〉の状況なのだが、幸か不幸か黒花とシャックスが知ることはなかった。

ここは城塞《じょうさい》都市フェオ。城塞といっても防壁《ぼうへき》の残骸《ざんがい》を残すだけの寂れた街。噂《うわさ》ではこの防壁は千年も昔のものだという。現在の住民は最盛期《さいせいき》の四分の一にも満たず、周囲は草木もまばらな枯《か》れた土地だ。

これでも井戸が掘《ほ》れたことと、しっかりとした岩盤《がんばん》の上に建っていることから、かつては陸路の拠点《きよてん》として栄えたという。それも国という単位が形骸化《けいがいか》し、防壁が意味を成さなくなってから一気に衰退《すいたい》したらしい。

いまでは寄りつく者も少なく、荒くれ者の流れ着く先としてほそぼそと存続している。

そんな廃墟《はいきよ》じみた街が、シアカーン追跡《ついせき》の先に行き着いた場所だった。見つけてみればいかにも、、、、というところではあった。

この街か、その周辺に〈魔王〉シアカーンの隠れ家がある。

定時連絡《れんらく》を終えるなり渋面《じゆうめん》を作って独りごちるシャックスに、黒花はきょとんとした瞳を向ける。あの〈魔王〉は無理な仕事を振る人物ではないはずなのだが。

困った様子のシャックスは出張中ということもあって普段《ふだん》よりも無精髭《ぶしようひげ》が伸《の》び放題《ほうだい》。髪《かみ》も三割ばかり多めにボサボサになっている。長身のくせに猫背《ねこぜ》でなんとも頼《たよ》りない風貌《ふうぼう》ではあるが、ザガンがふたりの腹心に次いで信頼する魔術師《まじゅつし》である。

——困ったとか言いながら、結局なんとかしてしまうんですけどね。

そんな青年を見上げて、黒花は頭の上の三角の耳をひくひくと震わせる。

こちらは黒猫《くろねこ》の耳とヒトの耳の両方を持ち、臀部《でんぶ》からは二股《ふたまた》に分かれた尻尾《しっぽ》を持つ猫妖精《ケット・シー》である。服装はリュカオーン特有の民族衣装《いしょう》を模したものだが、その手に握られているのは教会の杖《つえ》だった。

ふたりは数日かけて、ようやくシアカーンが取り寄せたと思《おぼ》しき物資の最終搬入《はんにゅう》先を割り出したところだった。

黒花は首を傾《かし》げて問いかける。

「なにかトラブルですか?」

「あー、いや。トラブルってほどのことじゃねえんだがな。帰ったら次の仕事が待ってるとさ」

黒花はおかしそうに微笑む。

「それだけシャックスさんが頼りにされているってことだと思いますよ。お兄さんは、よほど信頼していない限り人を頼ったりできない性格ですし」

しかも今回はシアカーンの行方《ゆくえ》という、極《きわ》めて優先度の高い用件である。

この通り名も持たぬ魔術師が誰《だれ》かに認められると、黒花はなぜか我《わ》が身《み》のことのように嬉しくなってしまう。

「でも、次の仕事があるならもう戻るんですね」

転移魔術を使えば、次の瞬間《しゅんかん》には城である。

黒花たちがザガンの城を発《た》ってから今日で一週間になるが、正直ふたりきりの時間というのはとても嬉しかったのだ。もう帰らねばならないというのは、少しだけ残念である。

そんな黒花の胸中をどう見たのか、シャックスがそっと頭に手を伸ばしてくる。

これももう慣れたやりとりで、反射的に猫《ねこ》の耳がぺたんと寝《ね》る。そこをポンポンと慰《なぐさ》めるようにシャックスの手が乗せられた。あったかい手が心地よくて、ついつい目を細めてしまう。

「そんな顔をするな。ボスは一日かけてのんびり帰ってこいとさ」

「え、いいんですか？」

「息抜きをしてこいってことだよ」

「やった！」

思わず跳《と》び上がって喜びの声を上げてしまう。

その勢いのまま腕《うで》にしがみ付くと、シャックスはわかりやすくうろたえた声を上げた。

「お、おい、そんな引っ付くな！」

「いまさら別にいいじゃないですか」

こちらはすでに下着どころか、裸《はだか》まで見られてしまっているのだ。この程度のことで怯《ひる》むものか。

――恥ずかしくないわけじゃないですけども！

トクトクと早鐘を打つ心臓の音は、悔《くや》しいがシャックスには筒抜《つつぬ》けだろう。向こうは医《い》療魔術《りょうまじゅつ》の専門家なのだから。

シャックスは困った顔をするが、振り払《はら》おうとはしなかった。

「……ったく、俺なんかといっしょでそんな楽しいもんかね」

「はい。楽しいですよ？」

「…………」

直球で返すと、シャックスの耳が少し赤くなった。

そういう小さな反応が無性《むしょう》に嬉しくなってしまう。

「あ、そうだシャックスさん。遊んでいいのなら、あたしお酒っていうものをちゃんと飲んでみたいです」

飲んだことがないわけではない。暗部にいたころには訓練で口にしたことがあるし、先

日などは夏梅酒などを一気飲みしてしまったがために醜態《しゅうたい》を晒《さら》した。

でも、シャックスやザガンはなんとも美味《おい》しそうに飲むのだ。自分もそういうふうに飲めるようになりたい。

シャックスは優《やさ》しく撫でてくれていた頭をわしゃわしゃとかき回す。

「うわぷっ、なにするんですかあ」

「バカ。酒なんて大人になってからにしろ」

またしても子供扱《あつか》いされたことに、黒花はぷくっと頬を膨《ふく》らませる。

「なに言ってるんですか。あたしもう十八歳《さい》なんですから、教会の教えじゃお酒を飲んでもいい歳ですよ？」

「だから未成年は……って、え？　十八？」

シャックスがなにやら絶句した。

成人の定義は地方によってまちまちだったりするが、教会の教えでは十八を迎《むか》えた者はもう大人なのだ。飲酒も許されるし婚姻《こんいん》だって結べる。

――なのに、この人はいつまでもいつまでも人を子供扱いして……。

黒花の怒りも少しはわかってもらいたいものである。

シャックスは現実を受け入れたくないようにつぶやく。

「ええっと、クロスケ……？　お前、十七歳だと思っていたんだが」

「もう、先月十八歳になりましたよ」

だから数日前にも言ったのだ。『あたしは子供なんて言われる年じゃない』と。

水瓶《みずがめ》の月の二十二日が黒花の誕生日である。出発前にふたりの幼馴染《おさななじ》みがささやかな誕生祝いをしてくれた。故郷が滅《ほろ》んだいま、黒花の誕生日を知っているのはあのふたりと、それともしかしたらアルシエラくらいのものだが。

シャックスは最後の砦《とりで》が陥落《かんらく》したかのごとくよろめく。

それからハッと我に返ったように頭を振る。

「お前な……。そういうことはちゃんと言え」

「大人になったってことですか？」

「違う。誕生日だ。知らないものは祝いようがないだろうが」

言ってから、知らなかったのは自分の怠慢《たいまん》だったとでも言うように自責に駆られた顔をするが。

まさか祝ってもらえるものだとは思わなかった黒花は、自分の顔が赤くなるのを感じた。

「えっと、その、すみません。先月の二十二日が誕生日でした」

「……いや、確かめなかった俺が悪い」

そう言って、仕方なさそうに頷《うなず》く。

「んじゃ、誕生祝いに酒をご馳走《ちそう》してやるか。あまり気は進まねえが」

「はい！」

どうやら楽しい帰路になりそうだ。

そう喜んで、黒花は尻尾の毛を逆立たせた。

「――シャックスさん、敵です」

楽しい休暇は、どうやら少しお預けになりそうだった。

◇

「――よう、悪いな。邪魔《じゃま》しちまったみたいで」

フェオの人口は中心部に集中しており、そこを外れると大半が無人の旧市街となっている。そこまで移動すると、追跡者《ついせきしゃ》は姿を現した。

現れたのはふたりだった。

片方は緋色の髪と瞳をした少年で、魔術師なのだろうか打撃《だげき》用の手甲《てっこう》を着けている。帯《たい》剣《けん》はしていないが革《かわ》の胸当てを着けていて、野盗《やとう》のような格好だった。

もうひとりは軽鎧に身を包み長剣《ちょうけん》を携《たずさ》えた剣士《けんし》で、糸のように細い目が特徴《とくちょう》だ。こちらは男にしては長い髪で、いまひとつ年齢《ねんれい》が読めない。十代ということはないだろうが、二十代にも五十代にも見える。

悪びれた様子もなく言ったのは少年の方だった。

見たところ、ふたりとも魔術師というより傭兵《ようへい》という印象を受ける。

傭兵とは聖騎士《せいきし》崩《くず》れや小手先の魔術を覚えた駆け出しの魔術師など、腕っ節《ぷし》にものを言わせる連中の商売である。小さな商隊や教会と仲の悪い貴族など、いっぱしの魔術師を雇《やと》えぬ者が雇うような人種だ。当然、実力もたかが知れてくる。

——シアカーンからの刺客《しかく》が傭兵……？

いまやシアカーンは万の軍勢を用意している可能性が高い。そうでなくともデクスィアのような配下もいる。それがひと山いくらの傭兵を差し向けてくるなど、ちょっと考えられない話だ。

黒花は確認《かくにん》の意味も込めて問いかける。

「シアカーンの手の者ですか」

「おっと、バレてるのか」

降参するように両手を挙げて、少年は言う。

「話が早いのはありがたいんだが、ちょいと話ができねえかと思ってな」

「……話？」

「ああ。確かに俺たちはあんたたちの始末を命じられたわけなんだが、正直あんたらが何者かもわからねえのに殺せとか言われてもなあって思ってな」

威圧《いあつ》のつもりなのか〝始末〟だとか〝殺せ〟だとかの言葉に強い響《ひび》きがあった。なにかを確かめるかのようにも聞こえる。

いつでも杖から短剣《たんけん》を抜《ぬ》けるように身構えると、シャックスが前に出る。

「おいおい、それじゃ俺たちが善良な一般《いっぱん》市民だって言ったら見逃《みのが》してくれるのかい？」

「あー、なんつうか、それができるのかも含《ふく》めて試してみたくてな」

人を殺すのになんの感情も動かないというのか、少年は気さくに笑ってそう言った。

——試《ため》すって、なにを試すんでしょうか。

相手の意図は読めなかったが、こういう駆け引きはシャックスの専門分野だ。黒花はおとなしく見守ることにした。

シャックスは腰《こし》に手を当てると、いかにも軟弱《なんじゃく》そうな笑《え》みを返す。

「勘弁《かんべん》してくれよ。こっちは見ての通りなんの取り柄《え》もねえ一般人と、荒事《あらごと》には無縁《むえん》なか弱い女の子だぜ？　どこで殺されるような恨《うら》みを買うってんだ」

「はは、いやまあ、俺もそう思ってたんだけどさ……」

苦笑《くしょう》を浮《う》かべた少年が、鋭《するど》く目を細める。

「俺の経験上、あんたみたいに昼行灯《ひるあんどん》ぶってるやつが一番おっかないんだよな」

──この人たち、もしかしたらいい人かもしれない！

黒花は両手でキュッと拳《こぶし》を握《にぎ》ってうんうんと頷いた。

シャックスがため息をもらす。

「……クロスケ。そこで得意げになるのはやめてくれよ」

「あ、すみません。つい嬉《うれ》しくて……」

そんな光景に、糸目の剣士がおかしそうに噴き出す。

「アスラ殿《どの》。どうやらからかわれているようですが」

「え、やっぱりこれ、そうなのか？　チクショウ！　人が下手に出てやったのに、馬鹿にしやがって！」

なにやら少年は涙《なみだ》ぐんで激昂《げきこう》する。

若干《じゃっかん》、申し訳ない気持ちにはなったが、いまの言葉から黒花は鋭く観察していた。

――この人たち、少年の方が力関係は上……？

剣士の方が明らかに年上なのだが〝君〟などではなく〝殿〟という敬称《けいしょう》で呼んでいるところを見るとその可能性が高い。それに、からかうような口調ながらも、その声からは敬意のようなものが感じられた。

杖を構えて、黒花はシャックスの隣《となり》に並ぶ。

「まあ、どの道シアカーンの部下がこのまま逃《に》がしてくれるわけないですよ」

「俺としてはもう少し情報収集しておきたかったんだがな」

仕方なさそうに身構えると、追跡者の少年は両手の手甲をぶつけて吠《ほ》える。

「やるぞ、バトー！　俺はあっちのひょろいのをやる。お前は女を押《お》さえろ」

「えぇー……。私、女性に向けるような剣《けん》は持っていないのですが」

「俺だって女を殴《なぐ》るような趣味《しゅみ》はねえ！」

「はー、もしかしてアスラ殿、童貞《どうてい》ですか？　顔真っ赤ですけど」

「頭に来てるから赤くなってんだよおっ！」

……なんというか、向こうは向こうで緊張感《きんちょうかん》のない相手だった。

「行きます」

――見た目は大したことなさそうだけど、そう見せてるだけかも。

相手は〈魔王〉が差し向けた刺客なのだ。油断など微塵《みじん》もするつもりはない。

踏み込もうとする黒花の背中を、シャックスが二本の指でトトンと二度叩《たた》いた。

――生け捕《ど》り――了解しました。

シャックスの指示に視線で応えて、黒花は糸目の剣士へと肉薄《にくはく》する。

右手で仕込み杖から一本だけ短剣を抜くと、踏み込みながらぐるりと身を捻《ひね》る。一度背中を向けてから巻き込むように斬《き》りかかった。

体重を乗せた反面、隙《すき》の大きな一撃《いちげき》だ。剣士はゆるりと腰から長剣を抜き、上段から押さえ込むように黒花の剣を受け止める。

「ほう、その体躯《たいく》でよくぞこれほどの一撃を」

ビリビリと互《たが》いの剣が衝撃で震え、剣士が賞賛の声を上げる。いまの一撃をたやすく止めるあたり、この剣士もただ者ではないようだ。

だが、黒花はなにも考えなしにこんな大振《おおぶ》りをしたわけではない。

「――ふうっ！」

背中を向ける間にもうひと振《ふ》りの短剣を抜いていた。身を捻った勢いのまま、一撃目に重ねるように左の短剣を打ち下ろす。

キィンッと鋭い音を立てて、剣士の長剣が半ばからへし折れた。

「なかなかの業物《わざもの》だったみたいですね、その剣」

黒花が本気で剣を振るえば、たいていの刀剣《とうけん》は打ち合った瞬間へし折れる。

いまのところ、折れなかったのは聖剣《せいけん》くらいのものだ。それが二本抜いて〝技〟を仕掛《しか》けなければならないというのは、結構なことである。問答無用で折りに行ったのは気の毒だったかもしれない。

そのまま反撃《はんげき》の隙を与えず、剣士の首元に短剣を突《つ》き付ける。

折れた自分の剣と黒花を何度も見返し、剣士は引きつった笑みを浮かべた。

「ええー……。ええっと、あの、降参で……」

折れた剣を握ったまま、剣士は両手を挙げた。

「剣も放してもらえますか？」

「……ですよね」

折れた剣とはいえ、なにか隠《かく》し球《だま》があるかもしれない。黒花がそう告げると、剣士もしぶしぶ剣を手放した。それを遠くに蹴《け》飛《と》ばしてから、ようやく黒花はシャックスに目を向けた。

本当は縛《しば》るなりなんなりで拘束《こうそく》してしまいたいところだが、手元にロープのようなものはない。せいぜい刃物《はもの》を突き付けるくらいしかできていないが、この場では十分だろう。

「シャックスさん。こちらは無力化完了《かんりょう》しました」

「おう、よくやった」

なにやらシャックスまで冷《ひ》や汗《あせ》を垂らしていたが、褒《ほ》めてもらえたことで黒花のしっぽはピンと立ってしまった。

そんな光景に、少年の傭兵が呆《あき》れの声を上げる。

「バトー、お前なにやってんのっ？」

「いやだって、剣折られちゃったのにどうしろと……」

情けない声をもらすが、黒花は警戒を解いてはいなかった。

――この人、まったく本気を出してない……いや、出すつもりがなさそうでした。

なにが狙《ねら》いかはわからないが、この状況《じょうきょう》は向こうの想定内だと考えるべきだろう。

事実、無力化したはずなのに黒花はここを離《はな》れることができない。こちらも動きを封《ふう》じられたようなものだ。

向こうの少年の方が格上のようだった。できればシャックスの加勢に入りたかったが、ここで剣士に隙を見せてはならないと、黒花の勘《かん》が告げている。

シャックスもそれは感じているのだろう。手の平を向けて、黒花に動かぬよう指示してくる。

とはいえ、いきなり相方が無力化されたのである。少年は地団駄《じだんだ》を踏みながらも、スッと鋭く目を細めた。

「ちえっ、頼りにならねえ相棒だぜ。いいかお前！　俺をバトーと同じだと思ったら痛い目に遭《あ》うからな！」

見た目以上に子供っぽい言動ながら、黒花たちはその言動が虚栄《きょえい》でないことを思い知ることになる。

少年が右腕《みぎうで》を掲《かか》げると、突如《とつじょ》として強大な魔力《まりょく》が吹《ふ》き荒《あ》れた。

「魔術――」

「――じゃねえな」

黒花が上げた声を、シャックスが否定する。

少年は勝ち気な笑みを浮かべた。

「へへん、ちったぁわかってるみてえだな。こいつは――〈呪腕《じゅわん》〉――俺は〈呪腕〉のアスラだ！　刻みな！」

その名前に、黒花は耳を疑った。

「〈呪腕〉のアスラって、まさか……！」

「クロスケ、なにか知ってるのか？」

リュカオーンに住んでいて、その名前を知らない者はいないだろう。黒花もお伽噺《とぎばなし》で何度も耳にした。

「リュカオーンの伝説に登場する、千年前の英雄《えいゆう》の名前です」

そう答えると、ぴしんと空気が凍《こお》り付いた。

「「「せ、千年前っ？」」」

愕然《がくぜん》とした声を上げたのは黒花以外の全員だった。

「いや、なんでおたくらまで驚《おどろ》いてるんだよ」

「だ、だって千年後とか聞いてねえし。え、嘘《うそ》だろ？」

「ええっと……。このお嬢《じょう》さんの反応を見た限りでは事実ではないかと……」

こちらの動揺を誘《さそ》う虚言《きょげん》かと思いきや、向こうの方が取り乱していた。

剣士の方も先ほどまでの飄々《ひょうひょう》とした態度は影《かげ》をひそめ、頬《ほお》に冷や汗を伝わせている。演技だとしたら大したものだが、動揺を隠しきれなかったように見える。

——そういえばこっちの人は〝バトー〟って呼ばれてましたけど、〈千里眼〉のバトーということでしょうか？

こちらも銀眼の王の伝説で有名な軍師の名である。

——でも、目の前のふたりが千年前の英雄だなんて、あり得るんでしょうか？

魔術でアンデッドは作れるが、死者の完全な蘇生《そせい》は不可能だという。ネフィのような魔《ま》法《ほう》なら可能性があるのかもしれないが、それにしたって千年前の塵《ちり》も残っていないような死者を蘇《よみがえ》らせることは敵《かな》わぬだろう。

——言動の意図が読めない。

黒花たちの動揺を狙うなら、もっと身近な名前を使うだろう。よしんば本物の英雄を蘇らせたのだとしても、こんなところで傭兵の真似事《まねごと》などさせるだろうか。

「——へんっ、ちと驚いたがお前らをやっつけることに変わりはねえぞ！」

どうやら降参してくれるわけではなさそうだ。少年は掲げた右腕にさらなる魔力をまとわせる。

やがて、その腕には深紅《しんく》の手甲が紡《つむ》ぎ上げられていた。

ガラスのように透《す》き通った甲冑《かっちゅう》。大きさこそ及《およ》ばぬものの、黒花の目にはその形が〈魔王〉ザガンが振るう〈天鱗《てんりん》・右天〉に酷似《こくじ》しているように見えた。

ゾワッとした怖気《おぞけ》が背筋を駆け抜け、黒花はしっぽの毛並みを逆立たせて叫《さけ》ぶ。

「シャックスさん！　その腕、なにか危険です」

「……わかってる。魔力の物質化？　いや、〈呪腕〉と言ったな。その腕、まさか呪《のろ》われてるのか？」

シャックスが慎重《しんちょう》に観察しながらつぶやくと、少年――アスラは面食《めんくら》ったように目を丸くした。

「呪《のろ》いだって？　ふうん、なるほど……これを呪いと呼ぶのか」

その言葉からなにを読み取ったのか、少年は納得《なっとく》したように頷く。どうやらこちらも馬鹿を装《よそお》っているが、思慮《しりょ》が浅いわけではなさそうだ。

深紅の手甲を掲げ、アスラは獰猛《どうもう》な笑みを浮かべる。

「どれ、ひとつ手合わせ願うぜ？」

嫌《いや》な予感がする。

「させない――」

「――おっと、私を自由にしてくれるんですか？」

駆《か》け出そうとすると、剣士がにこやかに微笑《ほほえ》む。

――動けない。

どうやら黒花は剣士の策に嵌《は》まってしまったらしい。初手で降参してきたため、剣士の手の内がまったく読めない。殺してしまえばてっとり早いのだが、自分はもう暗殺者ではないのだ。なにより、シャックスがそれを望んでいない。

そんな黒花を安心させるように、シャックスは笑う。

「クロスケ、心配すんな。これでも俺はボスに信頼《しんらい》されるくらいには、有能なんだぜ？」

シャックスは少年の手甲を正面から受けるように駆け出す。

「いい度胸だ！」

「――うわっと？」

勢いよく飛び出したかと思ったら、シャックスは足をもつれさせて派手にすっ転ぶ。

少年は手甲を振りかぶったまま、にわかに信じがたいように硬直していた。

「……なんだそりゃ？」

「いやいやいや、待ってくれ！　ちょっと仕切り直しをだな」

「ふざけんな！」

シャックスは尻餅《しりもち》をついたまま見苦しく後退《あとずさ》る。それがまた神経を逆撫《さかな》でしたようで、少年は怒《いか》りで顔を真っ赤にする。

当然そのまま殴りかかってくるのだが、後退ったシャックスを殴るためには前に踏み込まなければならない。

ちょうど、シャックスがわざとらしく転倒《てんとう》した位置へと。

「ぶっ潰《つぶ》す！」

「――できるといいな」

少年の足下《あしもと》で、地面が爆発《ばくはつ》した。

即席《そくせき》のトラップを仕掛けていたらしい。並みの魔術師ならひとたまりもないだろう爆発だったが、粉塵《ふんじん》が収まるとそこには無傷の少年の姿があった。

どうやら手甲は形状も自在らしい。甲冑がバラバラになるように広がり、盾《たて》となって爆《ばく》風《ふう》を凌《しの》いでいた。

「チイッ、こんな攻撃《こうげき》で俺を倒《たお》せると思うなよ！」

「倒れてもらうさ」

「――っ？」

粉塵に紛《まぎ》れて、シャックスは少年の背に回り込んでいた。

そのまま、手甲のない左腕《ひだりうで》を掴《つか》むとくるりと捻って突き倒す。

「痛でででっ？」

「おっと、動かねえ方がいいぞ。人間の関節ってのはこういう方向には曲がらねえんだ。

無理すると折れるぞ」

さすが医療魔術師《いりょうまじゅつし》というべきか、人体の構造を熟知しているからこその〝技〟だった。

これで決着――と、思いたかったのだが……。

「こんな姑息《こそく》な手で、やられると思ってんのか！」

少年は手甲で大地を掴むと、腕を極められたまま自分の体を持ち上げる。

「お、おい――」

「おらあっ！」

驚いたことに、少年は人間ふたりの体を片手で宙に押し上げていた。

そのまま前転をするように体を捩《ねじ》り、シャックスの腕から逃《のが》れる。

「……マジか」

シャックスは着地を待たず、少年の体を踏み台《だい》に跳躍《ちょうやく》して距離《きょり》を取る。

「次はこんな小細工効かねえからな！」

「……だろうな」

小細工のうちに終わらせたかったというのは本音だろう。だが、それだけがシャックスの力ではないことを、黒花は知っている。

覚悟《かくご》を決めたシャックスの腕に、いくつもの魔法陣《まほうじん》が纏《まと》わり付いているのが見えた。

──あれは、まさか！

再びシャックスと少年が地を蹴《け》る。

今度は本当に正面から真《ま》っ直《す》ぐ。

そして、シャックスの拳と少年の手甲が衝突《しょうとつ》した。

魔力が衝撃《しょうげき》に変換《へんかん》され、円環《えんかん》を描《えが》いて広がる。踏み込んだ足が大地を陥没《かんぼつ》させ、周囲の建物から窓ガラスが爆《は》ぜ割れる。

「──んだとっ？」

競《せ》り負けたのは、少年の方だった。

吹き飛ばされて背後の壁《かべ》へと衝突し、廃屋《はいおく》ごと瓦礫《がれき》に変える。

「どうだい。うちのボスのゲンコツは、なかなか痛えだろ？」

名付けるなら〈魔王の鉄拳《てっけん》〉といったところか。

他者の魔術《まじゅつ》を食らって際限なく強化される〈魔王〉ザガンの拳。《煉獄《れんごく》》バルバロスや〈魔王〉アンドレアルフスすら倒した一撃である。それを〝魔術喰《まじゅつく》らい〟を使えぬシャックスが己《おのれ》の解釈《かいしゃく》で再現した魔術だった。

ただ、その一撃の代償《だいしょう》は小さくなかった。

シャックスの拳から前腕《ぜんわん》、上腕《じょうわん》にかけてがぐしゃりと嫌な音を立て、血しぶきが噴き上がった。

「がっ――ぐうううっ」

こと肉体強化に於《お》いて最強の〈魔王〉ザガンだからこそ、自在に振るえる拳である。医療魔術師として同じく肉体強化に精通するシャックスですら、その反動には耐えられなかったようだ。

一方、瓦礫の中から身を起こす少年はというと、吹き飛ばされはしたもののその手甲に損傷はなかった。

「痛てて……っ、チクショウ、やったな！」

シャックスはすでに砕《くだ》けた右腕の修復を始めている。なんとか拳を握れる程度には回復しているようだが、再び〈魔王の鉄拳〉を放てば今度は腕そのものがなくなる。

それでも迎え撃《う》とうとする背中に、黒花はギリッと奥歯《おくば》を噛《か》みしめる。

「――ダメです、シャックスさん！」

「おっと、行かせませんよ――っ？」

行く手を遮《さえぎ》ろうとした剣士が、その細い眼を見開く。

駆け出した黒花の体が、ぼろりと崩《くず》れたのだ。

それは吸血鬼《きゅうけつき》アルシエラがコウモリに変化する様《さま》に似ていたかもしれない。ただ、決定的に違《ちが》うのは、その体がコウモリではなく無数の蝶《ちょう》に変貌《へんぼう》したことだった。

虹色《にじいろ》に輝《かがや》く、光でできた蝶。

〈朧夜《おぼろや》〉のような〝技〟ではなく、ネフィが操《あやつ》る魔法のような現象である。

――なにこれ……〈天無月《あまのむつき》〉がやってるの？

黒花自身にも初めての現象。しかし、不思議とどう動けばよいのかは理解できた。

光の蝶はシャックスを庇《かば》うように集まり、再び黒花の体を紡ぎ上げる。

「なんだ？」

アスラは困惑《こんわく》の声を漏《も》らすも、深紅の手甲を振り上げる。

「――いけません、アスラ殿！」

剣士の声に、アスラが立ち止まる。

「撤退《てったい》です」

「……わかった」

存外に素直《すなお》に頷くと、少年は地面に手甲を叩き付けた。

シャックスの拳と打ち合える手甲である。大量の土埃《つちぼこり》が巻き上げられ、傭兵たちの姿が遮られる。

土煙《つちけむり》が晴れたそこに、傭兵の姿はなかった。抜け目《め》ないもので、黒花が蹴飛ばした折れた剣までもがなくなっていた。

「逃げられた……というより、見逃してもらえた、かな？」

シャックスの腕からはまだ血が伝い落ちている。

それを見て、黒花は静かに宣言した。

「——追います」

◇

「——ここまで来りゃ大丈夫《だいじょうぶ》だろ」

アスラたちが足を止めたのは、崩れかけた教会だった。他に人の気配はなく、身を隠す程度の壁はあるが周囲の建物も崩れて拓《ひら》けた場所になっている。彼《かれ》らに視認《しにん》されず、二十歩以内に近づくのは不可能だろう。

——先回りされなければ、の話ですけど。

視力が戻《もど》ったいまでも、黒花の嗅覚《きゅうかく》と聴覚《ちょうかく》は通常の猫獣人《ねこじゅうじん》のそれを凌駕《りょうが》している。加えて、ここで調査をして回っていた黒花には、彼らが逃げ込むだろう場所などすぐに予想できることだ。

気配を殺して壁の陰《かげ》に身を潜《ひそ》め、黒花は聞き耳を立てる。

「で、あの女の能力みたいなの、そんなヤベえのか？」

「はい。私が知るものとはずいぶん形が違いましたが……」

剣士は注意深くその名前を口にした。

「恐《おそ》らくあれは――〈アザゼル〉です」

その名前をここで聞くとは思わず、黒花は物音を立てそうになった。

アスラも警戒《けいかい》を込めて問い返す。

「……おいおい、そいつは天使どもの〝神〟の名前じゃねえのか？」

立て続けに聞き捨てならない言葉を聞き、黒花も動揺《どうよう》を隠せなくなってくる。

――シャックスさんにも来てもらえばよかった……。

黒花にも諜報《ちょうほう》の心得くらいはあるが、同じ言葉からでも黒花とシャックスでは拾える情報量というものが違う。彼が負傷したから黒花が追いかけてきたわけだが、通信の魔術くらいかけてもらうべきだった。

アスラの言葉に、剣士の方がうっかりしていたという声を上げる。

「なるほど。アスラ殿の時代では、〈アザゼル〉はそういった存在でしたね」

「あんたの時代じゃ違うみたいな口ぶりだな？」

なかなか奇妙《きみょう》な会話に、黒花は眉《まゆ》をひそめた。

まるでアスラと剣士が違う時代の人間であるかのような、それをすでに共通の認識《にんしき》としているような口ぶりである。

――本当に一千年前の英雄だとでも言うんでしょうか……。

〈呪腕〉のアスラと〈千里眼〉のバトー――どちらも〝銀眼の王〟の伝説に登場する軍師の名だ。故郷にいたころはよくリリスといっしょに書庫で読みあさっていた。伝説では、このふたりが登場する時代に違いはなかったはずなのだが……。

真偽《しんぎ》の判断はザガンやシャックスに任せるとして、いまはその前提で聞いた方がいいのかもしれない。

「はい。私の時代では〈アザゼル〉は銀眼の王によってふたつに別《わか》たれ、一方は恐るべき神のまま、一方は剣となっておりました。我々は〝天剣《てんけん》〟と呼んでいましたがね」

天剣〈アザゼル〉――天使の剣という意味だろうか。しかしザガンは〈アザゼル〉を十三番目の聖剣と仮定して探《さぐ》っていたこともある。

黒花は手の中の〈天無月〉に目を向ける。アルシエラの話では、かつて〝銀眼の王〟もこの剣を振るったという。

──この剣は、いったいなんなんでしょうか……。

アーデルハイドの里が残っていればなにか伝承も残っていたのだろうが、いまの黒花には知らない話ばかりだった。

「あれの所持者ということは、彼女《かのじょ》がこの時代の〝銀眼の王〟と考えるべきでしょう。ふたりがかりでも、少々荷が重いかと思います」

あいにくと現在その名で呼ばれているのは別人だが、しかしただの勘違《かんちが》いとは切り捨てられないものを感じた。

のちに知ることになる。

彼らが黒花を〝当代の銀眼の王〟と称《しょう》したのは、ある意味では真実だったのだと。

アスラが怪訝《けげん》そうな声をもらす。

「赤眼な上に女だったぜ？」

「千年も経《た》てば称号《しょうごう》も形骸化《けいがいか》してしまうものかと」

確かめるように、アスラはその名前を口にした。

「銀眼の王ってのは――――のことか？　あの女は銀眼ってわけじゃなかったが、その血族ってことになるのかな」

黒花には、その名前がうまく聞き取れなかった。

――違う。聞こえなかったんじゃない。魔術かなにかで阻害《そがい》されてるような感じ……？

剣士の方も同じだったようで、名前を聞き返す。

「すみません。なんとおっしゃったのですか？　よく聞こえませんでした」

「あん？　――――だよ。俺《おれ》たちのリーダーだった」

剣士はふむと考え込む。

「奇妙なことを申し上げますが、いまアスラ殿が口にした名前を、私は認識できません」

「……どういうこった？」

「アスラ殿がおっしゃる方が銀眼の王だとすると、あのお方は〝神〟を斬ったことになります。なにかしらの対価――つまり呪いのようなものを背負った可能性があるのではないでしょうか」

「呪い……さっきの男も〈呪腕〉を見てそう言ったな」

剣士が苦笑したのがわかった。

「マルコシアスは力を失った天使たちを、徹底的《てっていてき》に滅ぼしましたからね。天使の〝まじない〟は〝のろい〟と言い換《か》えられ、忌《い》むべきものとされたんですよ」

「あんたの〈呪剣《じゅけん》〉もかい？」

「さすがにお気づきでしたか。はい、これもです」

どうやら、やはり剣士の剣もなにか曰《いわ》く付きのものだったらしい。あのとき手放させなかったら、窮地《きゅうち》に追い込まれていたかもしれない。

「んで、まあ名前が聞き取れねえんならその〝銀眼の王〟でいいけどさ。なんでそんなことになったのか、あんたの時代じゃわかってなかったのか？」

剣士は言いにくそうに答える。

「はい……。なんというか、その場から生還《せいかん》した者はいなかったものですから」

「――ッ、全滅《ぜんめつ》したってのか」

それから、悲しげな声をもらす。

「じゃあ、アーシェのやつも、死んだのか……」

「アーシェというのは、アルシエラ殿のことですか？」

身近な名前が飛び出したことで、黒花もヒュッと声をもらしそうになった。

「ならばご安心ください。彼女は私の時代まで生きていましたよ。少なくとも、私が戦死するまではご存命でした」

「そっか……。うん。ならよかった」

「………」

アスラの声には心からの安堵《あんど》が滲《にじ》んでいたが、沈黙《ちんもく》する剣士からはなにか隠しているような含みが感じられた。

すでに自分を死んだ身として語る男たちに、黒花は頭が痛くなってきた。持ち帰らねばならない情報が多すぎる。

それから、剣士は改まった口調で言う。

「ひとまず、得られた情報を整理しましょうか。ひとつ、ここは私が生きていたころから千年もあとの時代である」

「俺はそこからさらに二、三十年遡《さかのぼ》ることになるわけか？　ま、そりゃあ世界だって豹《ひょう》変《へん》するわな」

どうやら、やはりアスラの方が前の時代の人間のようだ。千年前といまとで、どれほど世界が変わったのか。黒花にはわからないことだが、衝撃を受ける程度の変貌はあったのだろう。

「はい。ふたつ。剣の技術は我々の時代からそれほど進歩していない」

「あん？　ひと太刀《たち》しか振るわなかったけど、あいつ女にしとくのがもったいないくらいの腕に見えたが？」

「はい。私の時代の〝銀眼の王〟と戦っても引けを取らないと思います。ですが、それを大きく上回るものではない。恐らくこれは、あの時代ですでに剣技というものが完成されてしまったということではないかと思います」

道具の形が変わらぬ以上〝技〟の発展にも限界があるということだ。

進歩がないと言われているようでもやもやした気持ちを覚えたが、いまは必要ない感情なので頭から追い払《はら》う。

それから、剣士が声に緊張を込めて言う。

「みっつ。剣に対して魔術は恐ろしく発展している」

「男の方が使ってたやつか？　まあ、正面から〈呪腕〉と打ち合えるくせに、あの兄ちゃん戦闘《せんとう》は不得意みたいな顔してたしな」

「いえ、確かに威力《いりょく》も目を見張るものがありましたが、回復の方です。〈呪腕〉と打ち合って千切れる寸前だった腕が、ものの数秒でほとんど治っていました。あれ、本当に人間ですか？　あの回復を他者にもかけられるのなら倒しようがありませんよ」

黒花は舌を巻いた。こちらが観察する以上に、向こうも観察していたのだ。シャックスの医療魔術《いりょうまじゅつ》の精度を、ひと目でここまで理解するとは。

そこで、今度はアスラの方が言う。

「よっつ。〝あの騎士《きし》〟の命令に、強制力はない」

「はい。降伏《こうふく》も撤退もできましたし、アスラ殿の嘘にも影響《えいきょう》はありませんでした」

ここに来て第三の名前が出たことに、黒花は目を細めた。

――〝あの騎士〟……？　聖騎士でしょうか。

聖騎士以外に騎士が存在しないわけではないが、この時代で騎士と言えば普通《ふつう》は聖騎士を指す。どうやらアスラたちはその騎士の指揮下にいるような口ぶりだが。

「俺、あいつ嫌《きら》いだな。なんていうか仲間見捨てて逃げるやつのにおいがする」

「ははあ、アスラ殿もそう思われますか。私もああいううさんくさい男はどうにも反りが合いません」

「同族嫌悪《けんお》ってやつだよな。俺でもわかるぜ」

「………………」

剣士《けんし》は閉口するが、アスラはからからと笑っていた。

「しっかし、いまいち理屈《りくつ》がわかんねえな。シアカーンの命令には絶対服従なんだろ？　で、俺たちゃシアカーンから〝あの騎士〟に従えって命令された。なのに、逆らうことができている。あの連中の様子を見た感じじゃ、抵抗《ていこう》できるもんじゃなさそうなんだが」

ふむと黒花は首を傾《かし》げる。

——シアカーンは洗脳魔術も使えるんでしょうか？

どうにもアスラたちはシアカーンに逆らえない立場にいるようだが。

剣士が考えを整理するようにつぶやく。

「考えられるのは、シアカーンの口から直接聞いた命令にしか効果がない。もしくは……」

「あれは命令じゃなかった、か？」

「おっしゃる通りです」

このあたりは黒花に理解できる話ではなさそうなので、聞き覚えるに留《とど》める。彼らの事情がもう少し見えてくれば判断もできるのだろうが。

アスラがいぶかるように言う。

「その場合、シアカーンのメリットってのはなんだ？　事と次第《しだい》によっちゃ、俺たちはやつを裏切ることだってできるわけだろ。意味ねえじゃねえか」

「そうですね。彼には彼の事情がありそうですが、考えられる可能性はふたつ。ひとつはシアカーンがあの騎士に弱みを握《にぎ》られている場合」

「あの騎士の方が弱み握られてそうだったぜ。もうひとつは？」

「我々を自由に行動させる必要があった」

「いや、それが意味わからんって言ってんだよ」

剣士の言いたいことが、黒花にはわかる気がした。

――シアカーン自身が支配してしまうと、行動を読まれる危険があった？

シアカーンは自分が思いもよらない行動を、アスラたちに期待しているということだ。

ということは、あの〈魔王《まおう》〉にザガン以外にもそんな警戒をしなければいけない相手ができたということになるが。

ちょうど、ザガンへの報告でシャックスがそんな話を聞いたばかりではないか。

――つまり、この人たちの役目はビフロンスへの牽制《けんせい》？

なるほど、それは黒花たちを敵として認識すべきなのか戸惑《とまど》うところだろう。

――あ、じゃあ『殺せ』って命令されたって話が嘘ですか。

どうやら情報収集に関しては向こうの方が一枚上手だったようだ。最初から最後までなにひとつ無駄《むだ》な行動を取っていない。恐ろしく洗練された働きである。

それから、アスラが笑う。

「――というわけだ。俺たちの事情に付き合わせた詫《わ》びには、十分な情報だろ？」

それは、明らかに黒花に向けられた言葉だった。

「……」

黒花が潜んでいることに、彼らは気付いていたようだ。先回りされていることをわかった上で、こんな話を聞かせてくれたのだ。

──もしかしたら、本当に千年前の英雄なのかもしれませんね。

悔《くや》しいが、完敗だ。

「……感謝します」

「アスラ殿《どの》、後ろだったみたいですが」

壁の向こうを観察してみると、アスラは明後日の方向を指さしていた。どうやら先回りに気付いていても、居場所までは掴めていなかったようである。

剣士はほがらかに言う。

「そうそう。私たちを時間稼《かせ》ぎに向かわせた騎士ですがね、この街に逃《に》げ込んだ女の子を追っているようでした。もしかしたら、あなた方のお仲間だったりしますか？」

つまるところ『雇《やと》い主《ぬし》が邪魔《じゃま》なので始末してくれない？』ということらしい。

──でも、女の子……？

黒花には心当たりがない。ザガンの陣営《じんえい》ならば彼が気付かぬはずがないし、先ほどの定時報告でシャックスが耳にしているはずだ。それ以外の陣営となると、さすがに見当もつかない。

そもそもこんな辺鄙《へんぴ》な場所に好んで来る者で、しかも女の子など……。

――いや、もしかしたら……。

確証はないし、まさかとは思う。

そもそも彼女たちはシアカーンへの忠誠も厚かったと聞いている。仮に任務の不始末で見捨てられたのだとしても、なぜいまごろという疑問が残る。

――でも、もしあの子たちのどちらかなら……。

別に助ける義理もなければ、むしろ黒花にとっては恨《うら》みのある敵である。生け捕《ど》りにすればなにか情報を持っているかもしれないが、彼女たちが生きようが死のうがどうでもいい話である。

それにいまはシャックスが負傷しているのだ。余計なトラブルは抱《かか》え込みたくない。そのはずなのだが……。

「さて、どうでしょうね――」

そう言い残すや否《いな》や、黒花は駆け出していた。

◇

「――一本！　そこまで」

ところは変わってキュアノエイデス。

教会前の広場にて、ひと振《ふ》りの木剣《ぼっけん》が天高く撥《は》ね飛ばされていた。

「おお、アルフレッドが負けた！」

試合《しあ》っていたのは目の覚めるような蒼《あお》の鎧《よろい》に身を包んだ痩躯《そうく》の騎士と、若く平の洗礼鎧に身を包んだ青年である。

撥ね飛ばされた木剣を呆然《ぼうぜん》と見上げていた痩躯の聖騎士は、それが地面に落ちる音でようやく我に返る。そして、感心したようにため息をもらす。

「……見事だ。強くなったな、リチャード」

「ありがとうございます！」

勝者の名はリチャード。対戦相手は蒼天《そうてん》の三騎士のひとり、アルフレッドという長剣《ちょうけん》使いだった。

かつて蒼天の三騎士は、キュアノエイデスの精鋭《せいえい》部隊のひとつでしかなかった。

しかし〈魔王〉ザガンに挑《いど》んでは返り討《う》ちに遭ううちに、いつしかキュアノエイデス聖騎士団最精鋭にまで上り詰《つ》めていた。

中でもこのアルフレッドという聖騎士は、シャスティルに次いでナンバー二《ツー》――つまり聖騎士長を例外とすれば、この街で最強の騎士だったのだ。

それゆえリチャードも無理を言って稽古《けいこ》を付けてもらってきたのだが、本日ついに彼から一本を取ることができたのだった。

アルフレッドは涙《なみだ》を堪《こら》えるように天を仰《あお》ぐ。

「くうっ、これより蒼天の三騎士の席は貴様のものだ！　末永く、シャスティルさまをお守りするのだぞ！」

「えっ？　いや、それはちょっと……」

リチャードは困ったような声をもらすが、周囲の聖騎士たちは気付かずアルフレッドの下に集まる。

「貴様も見事だった、アルフレッド！」

「……これが、世代交代というものか。寂《さび》しくなるな」

「言うなトーレス。アルフレッドほどの男が後継者《こうけいしゃ》と認めたのだ。我らが受け入れずしてなんとする！」

なんだか口を挟《はさ》めない状況《じょうきょう》になってきて、リチャードは冷《ひ》や汗《あせ》を伝わせた。

──ど、どうしよう。私は出世したいわけではないですが……。

蒼天の三騎士はキュアノエイデス最高の精鋭部隊なのだ。その肩《かた》で担《にな》う任務は多岐《たき》にわたり、昼夜問わず激務に打ち込むこととなる。端的《たんてき》に言うとものすごく忙《いそが》しいのだ。

一方、リチャードはネフテロスを守るために、そして彼女を庇護《ひご》する〈魔王〉ザガンに認めてもらうために、強くなりたいのだ。それでネフテロスの傍《そば》にいられなくなるのでは意味がない。

出世したら、いまのようにネフテロス専属の護衛として傍にいられなくなってしまう。

なのだが、なんかもうアルフレッドはすっかり地位を譲《ゆず》る気になってしまっているし、周囲もその潔《いさぎよ》さに感動してしまっている。もちろん彼のことは聖騎士として尊敬しているが、これはありがた迷惑《めいわく》というものだった。

どうしようかと慌《あわ》てふためいていると、どこからともなく甘《あま》い笑い声が響《ひび》いてきた。

「クスクスクス、まるでお祭り騒《さわ》ぎなのですわ」

真昼の広場に不似合いなコウモリが集まり、そこから黒衣の少女がカツンと靴《くつ》の音を鳴らして舞《ま》い降《お》りる。腕には不気味なぬいぐるみ。吸血鬼アルシエラである。

「むう！　貴様は執務室《しつむしつ》に入り浸《びた》っている吸血鬼！」

「こんなところになに用だ！」

「執務室にマカロンを用意しておいたのに！」

すぐさま蒼天の三騎士が陣形《じんけい》を組み、アルフレッドも木剣を拾い上げる。なんだか関係ない台詞《せりふ》が混じっていたような気がしたが、リチャードは聞こえなかったふりをした。

当のアルシエラの方は最後の台詞を聞き流すことに失敗したようで、戸惑うように引きつった微笑《びしょう》を返す。

「……ええっと、のちほどいただきに参るのですわ」

「今日は珍《めずら》しい時計草《パッションフルーツ》の果実を使った特別製だ。時間が経つと味が落ちるゆえ、できるだけ早く食べるのだぞ！」

「いつも貴兄《きけい》の手作りだったんですのっ？」

全てを見透《みす》かしているかのような、吸血鬼アルシエラの目を以《もっ》てしても見抜《みぬ》けなかった事実がそこにあった。

大盾のライアンはやにわに赤面して顔を覆《おお》う。

「……いまのは忘れてください」

蒼天の三騎士は、思ってたほど忙しくないのかもしれない。

出鼻をくじかれよろめきながらも、アルシエラは健気《けなげ》に微笑む。

「まあ、今日は少しお祝いに駆けつけたのですわ。あたくしのお気に入りに護衛の方が増えるのでございましょう？」

「む……？　なんの話だ？」

眉をひそめるアルフレッドに、アルシエラは仰々《ぎょうぎょう》しく驚《おどろ》いてみせる。

「あら、そこの殿方《とのがた》はネフテロス嬢《じょう》の護衛でございましょう？　それが昇進《しょうしん》したとあれば、その部隊で護衛の任に就くものと思いましたけれど」

それから、スッと目を細めて意地の悪そうな笑《え》みを浮《う》かべる。

「なにせ、教会でもっとも神聖視されるハイエルフであり、〈魔王〉ザガンの花嫁《はなよめ》ネフェリア嬢の妹君――つまりは共生派の象徴《しょうちょう》とも言うべき存在なのですから」

「ふぐうっ」

突然《とつぜん》、槍《やり》のトーレスが膝《ひざ》を突《つ》いた。

「どうしたトーレスゥッ！」

「な、なんでもない！　なんでもないぞお？　ちょっと嫌《いや》な思い出を想起しただけだ。なにも問題はない」

トーレスは額からぼたぼたと冷や汗を流し、槍を握る腕もガクガクと震《ふる》えていた。

たまに彼が起こす発作《ほっさ》である。詳《くわ》しいことは知らないが、彼はエルフ絡《がら》みの話題を聞くと希《まれ》にこういった発作を起こしてしまう。リチャードも実際に見たのはまだ二度目だ。最近ではだいぶ収まっていたと聞いていたのだが。

困惑していると、アルシエラが意味の有り気な視線を向けてきていることに気付く。

その真意は計りかねるが、リチャードは乗ってみることにした。

「えぇっと、アルシエラ殿。それはまだ決まったことではありませんし、なにより蒼天の三騎士はやはりこのお三方だからこその三騎士ですから」

アルシエラはさも驚いたかのように目を丸くした。

「あらあら、ではあたくしの早とちりというものでしたのね。これは申し訳ありませんわ」

やんわりと辞退を申し上げると、アルフレッドは無念そうに首を折る。

「すまぬリチャード！　だが貴公には栄光の道が開けているぞ」

トーレスを担《かつ》いで聖騎士たちは各々《おのおの》の持ち場へと解散していく。

あとに残されたのは、リチャードとアルシエラのふたりだけだった。

「お礼を、申し上げるべきでしょうか？」

「あら？　あたくし、勘違いをしてしまっただけですのに？」

リチャードはふむと頷《うなず》く。

──シャスティルさまの話では悪いお方ではないらしいが……。

やはり言動の読めない吸血鬼を警戒するなというのも無理な話である。

「それで、私になにかご用でしょうか？」

「…………」

警戒を込めて問いかけると、アルシエラはすぐには答えなかった。言いにくそうに金色の髪《かみ》を指で揃《すく》い、しばしの沈黙を挟んでからようやく口を開く。

「……そうですわね。率直《そっちょく》におたずねしますわ。貴兄は、ネフテロス嬢の異変に気付いていますかしら？」

「異変というと……ときおり、具合が悪そうにしていることでしょうか？」

以前、突然倒《とつぜんたお》れたことがあった。しかもそのときは飲み物を用意しようと目を離《はな》した隙《すき》にいなくなってしまい、リチャードはずいぶんと慌てた。このひと月ばかりは安定しているように見えるが、それでも目眩《めまい》や頭痛のようなものがあるようだ。

本人は気丈《きじょう》に隠《かく》そうとしているため、見ていて胸が痛くなる。

アルシエラは悩《なや》ましいようにうつむく。

「やはり、気付いていたのですね」

「はい。……もしや、ネフテロスさまの身になにか？」

沈痛《ちんつう》な表情で頷くと、アルシエラは静かにこう告げた。

「ええ……。単刀直入に申し上げますわ――」

「貴兄はもう、ネフテロス嬢に近づかないでもらいたいのですわ」

突然の宣告に、リチャードは目を見開いた。

「……それは、どういう意味でございますか？」

「言葉のままなのですわ。貴兄はネフテロス嬢に好意を抱《いだ》いてしまっているのでございましょう？　それがよくない」

「――ッ、私は、公私の分別くらいは付けているつもりでございますが？」

アルシエラは物憂《ものう》げに吐息《といき》をもらす。

「貴兄を批難しているわけではないのです。これ以上、ネフテロス嬢に関わると、貴兄が辛《つら》い思いをするのですわ。もう、おやめになった方がよいのです」

一瞬《いっしゅん》、カッと頭に血が上るが、すぐにアルシエラの警告がネフテロスの容態に関係しているのだと気付く。

思い返せば、今朝からネフテロスはどこか上の空で様子がおかしかったではないか。

──私が辛い思いをする……？　まさか！

リチャードはその勘《かん》が間違《まちが》いであることを祈《いの》るように問いかける。

「まさか、ネフテロスさまの容態はそこまで深刻なのですか？」

ここのところは倒《たお》れることもなく、快復しているように見えたのに。

アルシエラは首を横に振る。

「忠告は、したのですわ」

それだけ言い残すと、吸血鬼の体は無数のコウモリとなって消えていった。

──私は、どうすればよいのだ……。

答えのない問いかけに、リチャードはひとり立ち尽《つ》くすことしかできなかった。

◇

「──はあっ──はあっ──」

ひとりの少女が、薄暗《うすぐら》い廃墟《はいきょ》の裏路地を駆《か》けていた。

泥《どろ》に汚《よご》れた顔には青い瞳《ひとみ》。トレードマークの赤いリボンはすでになく、惨《みじ》めに乱れた金色の髪。左の手首には妹の青いリボンが大切そうに巻かれていた。

シアカーンに仕える双子《ふたご》の魔術師《まじゅつし》――その片割れデクスィアである。

上等ながらサイズの合わないローブを羽織っているが、その下は拾った襤褸《ぼろ》で申し訳程度に胸と腰《こし》を隠しただけの、裸《はだか》と変わらぬ姿。靴もなく、素足《すあし》で走り続けたせいでいつの間にか爪《つめ》が剝《は》げ、一歩足を進めるたびに血の滴《しずく》をこぼしていた。

――最悪。こんなところで、あんなやつに追いつかれるなんて……。

フェオ近くの隠れ家《が》で目を覚まし、命からがら抜《ぬ》け出したのが昨晩のこと。

それからなんとか人里まで逃げ延《の》びたものの、服もなければ金もない。水も食料も得られないまま、なんとか最低限の身体強化を施《ほどこ》し、ようやくまともに動けるようになったところで追手に追いつかれた。

いまのデクスィアは、ほとんど魔術を使えない。

このローブには魔術《まじゅつ》が仕込まれているはずだが、借りものであるため自分には起動できない。つまりあの難解な魔《ま》法陣《ほうじん》を毎回一から書き上げなければ、魔術ひとつ使えないのがいまのデクスィアである。

魔力《まりょく》はあっても、ひとつの魔術を使うだけで何時間、大がかりなものになれば数日、数か月という時間が必要になるのだ。主から切り札に与《あた》えられた禁呪《きんじゅ》〈纏視《てんし》〉など、年単位で準備が必要になるだろう。

かの〈魔王〉ザガンはそんな魔法陣を初見で、しかも後出しで相手とほぼ同時に書き終えるという。デクスィアには想像も付かない処理速度である。

せめてもの救いは、身体強化だけは間に合ったことだろうか。それでも一晩を費《つい》やす羽目になってしまったが、これがなければこうして逃げることすら敵《かな》わなかっただろう。

「アリステラ……」

心細さから口を突いて出たのは、ここにはいない半身の名前だった。

——アタシがバカで弱くて、覚悟《かくご》もなかったから……。

だから犠牲《ぎせい》になってしまった半身。命を賭《か》けて救わなければいけない妹。最後に見た姿はかつての愛らしい面影《おもかげ》は微塵《みじん》も見出《みいだ》せない、醜《みにく》い肉の塊《かたまり》だった。

——死ぬのは、怖《こわ》い。嫌だ。使い捨ては、嫌だ——

それが彼女との最後の会話だった。

アリステラはデクスィアよりも早く間違いに気付いてしまった。だから、自分たちがしてきたことに、犯《おか》した過《あやま》ちの大きさに悩んで、苦しんでいた。なのに、それをわかってあげられなかった。

あの子を守ってあげるつもりで、逆に守られ生かされてしまった。

——アタシの方が姉だったのに！

情けなくて涙が出てくる。

あの子を助けることが、いまのデクスィアのたったひとつの生きる意味なのだ。シアカーンの下から逃げ出した自分には、もうそれ以外なにも残っていないのだから。

ここで逃げ延びたところで、どうすればいまのアリステラを救えるのか。そもそもシアカーンに保管されている彼女に近づくことなどできるのか。

でも、デクスィアが生き延びなければあの子は絶対に助からない。半端《はんぱ》な殺し屋紛《まが》いの魔術師など、敵こそあれど誰《だれ》も助けようなどと思わないのだから。

そうして必死に走り続け、瓦礫《がれき》の散らばる路地を曲がったところだった。

「――っ、行き止まり？」

土地鑑《とちかん》もなく逃げ回っていたのだ。袋小路《ふくろこうじ》にぶつかってしまっていた。

――これくらいの壁《かべ》なら飛び越《こ》えられる。

住居の大半が廃墟という街だ。壁も崩《くず》れかけており、魔術で強化した脚力《きゃくりょく》なら十分飛《と》び越えられる高さだった。

そうして飛び越えようとした瞬間《しゅんかん》のことだ。

「あがっ――っ」

後頭部に鈍《にぶ》い衝撃《しょうげき》が走り、デクスィアは派手に地面を転がった。

「痛う……うぅっ」

　額を切ったのか、ボタボタと血が垂れてきて視界が赤く染まる。

　常人ならとうに心臓が破裂《はれつ》しているだろう距離《きょり》を、全力疾走《しっそう》していたのだ。手足がガクガクと震え、とっさに立ち上がることもできなかった。

「鬼《おに》ごっこはおしまいか、小娘《こむすめ》」

　地面で喘《あえ》いでいると、後ろからそんな声がかけられる。憎悪《ぞうお》とさげすみの入り交じった嫌な声。聞いただけで悪寒《おかん》が走った。

　なんとか顔を上げると、そこには腰に大剣《たいけん》を携《たずさ》えた聖騎士の姿があった。

　その顔には見覚えがある。

　聖騎士長ヴァリヤッカ――聖剣《せいけん》〈カマエル〉の所持者である。

　そんな栄華《えいが》ある肩書《かたが》きは虚構《きょこう》のもの。五年前にシアカーンに敗れて以来、教会の内部情報を流すことと引き換えに生かされた隷属《れいぞく》だ。デクスィアとアリステラが顎《あご》で使っていたことさえある。

　洗礼鎧の手甲《てっこう》で殴《なぐ》られたのだ。身体強化を施していたとはいえ、頭が砕《くだ》けていてもおかしくない打撃《だげき》だった。激しい吐《は》き気《け》がこみ上げてきて、焦点《しょうてん》が定まらない。

それでも焼けるように痛む喉《のど》でなんとか息を吸い、デクスィアは身を起こす。

「はっ、その小娘にヘラヘラおべっか使ってた三下が、今日はずいぶん偉そうじゃない」

せめてもの抵抗に悪態をつくと、ヴァリヤッカは小さくため息をもらす。

「……はあ。君は、自分の立場がわかっていないのかな？」

そうつぶやくや否や、聖騎士はデクスィアの髪の毛を掴《つか》み上げる。

「痛ぃ……ッ――あがっ！」

痛みで身を仰《の》け反《ぞ》らせた瞬間、さらけ出してしまった腹部に拳《こぶし》がめり込んだ。

呼吸ができなくなり、目の前が真っ白になる。ブチブチと髪が千切れる音。意識が遠のくが、直後に全身を衝撃に襲《おそ》われ意識を覚醒《かくせい》させられる。

殴られた勢いで壁に叩《たた》き付けられたのだと、なかなか理解できなかった。

続いて襲いかかってきたのは、体の内側からの痛みだった。

「かひゅ――はっ――えおぉっ……っ」

はらわたをメチャクチャにかき回されたような感覚。堪《たま》らず嘔吐《おうと》するが、口からこぼれたのは血の混じった胃液だけだった。

腹を押《お》さえて嘔吐《えず》いていると、ヴァリヤッカはその手ごと蹴《け》り上げる。指をへし折られ、体が宙に撥ね上げられた。

息ができない。地に投げ出された手足がピクピクと痙攣《けいれん》する。二度目の打撃で、口から大量の血液を吐き出してしまう。臓腑《ぞうふ》のどれかが破裂したのだとわかった。

動けないでいると、今度はゴリッと頭を踏《ふ》みつけられる。

「口の利《き》き方《かた》に気をつけろ。私が貴様に腹を立てていないとでも思っているのか？」

これも、きっと因果応報というものなのだろう。

シアカーンの配下として見下してきた男から、シアカーンを裏切った瞬間に追い詰められる。ちんけな裏切り者には相応《ふさわ》しい最期《さいご》だ。

――ふざけんなっ！　アタシは、アリステラを、助けるんだから……！

身勝手な理屈だろうとも、デクスィアは生きなければならない。だってこの命はアリステラから分けてもらったものなのだ。こんなところで死ぬわけにはいかない。

涙ぐみ、靴の下からにらみ返すと、聖騎士は面白《おもしろ》がるように眉《まゆ》を跳ね上げた。

「ふん。生意気なガキだ。……だが、それならそれで、楽しませてもらうとするか」

「……？　うぐっ」

言葉の意味を図《はか》りかねていると、今度は肩を蹴られた。すでに抵抗する力など残っていないのだ。だらんと仰向《あおむ》けに転がされてしまう。

そこで、自分が小さな乳房《ちぶさ》をさらけ出してしまっていることに気付く。腰に巻いた襤褸もない。殴られ蹴られるうちに、ローブ以外解けてなくなっていた。

「〜〜っ」

羞恥心《しゅうちしん》で顔が赤くなるのがわかった。胸を隠そうと震える手を伸《の》ばすが、それも聖騎士に押さえつけられ虚《むな》しい抵抗に終わった。

「ははっ、どうした？　いつものように生意気な口を叩いてみろ！」

男が馬乗りになる。嘲《あざけ》りながらズボンのベルトを外す姿に、これから自分がなにをされるのか悟《さと》ってしまった。

デクスィアは、初めて恐怖《きょうふ》した。

——怖い……。

妹を助けなければならないのだ。

ああ、もっともな理由があるではないか。生き延びねばならぬのだ。靴の裏でも一物でも喜んで舐《な》め、屈服《くっぷく》して従順になったふりをすればいいのだ。腐《くさ》っても聖騎士なのだ。哀《あわ》れっぽく命乞《いのちご》いをすれば許してもらえるかもしれない。

一時の屈辱《くつじょく》がなんだ。

自分を肯定《こうてい》できる言葉はいくらでも浮かんだ。そのはずだったのに……。

ペッと、胃液混じりの唾《つば》を男の顔に吐き付けていた。

腕を振り払う力もなく、切れた唇《くちびる》は声を出そうとするだけでひどく痛む。あとはもう嬲《なぶ》られるだけの惨めな有様で、それでもデクスィアは嘲るように笑う。

「罵《ののし》って、ほしいわけ？　ドMかよ。バーカ……」

恐怖が心に染《し》み出しても、デクスィアという人間の魂《たましい》は抵抗することを選んだ。

男の顔から、すっと表情が消える。

「ひっ――」

悲鳴をもらしかけたときには、男の両腕《りょううで》が首にかけられていた。喉笛《のどぶえ》に親指が食い込む。

メリメリと声帯ごと脊椎《せきつい》が軋《きし》むのがわかった。

窒息《ちっそく》する前に折られる……いや、首を引きちぎられるだろう。

――ごめん、アリステラ……。

命をもらったのに、逃がしてもらったのに、なにも返してあげられなかった。

本当に、不出来な姉でごめんなさい。

目の前が砂嵐《すなあらし》のような光と闇《やみ》に明滅《めいめつ》し、足下《あしもと》から死が広がっていく。

しみったれた悪党に救いの手など訪《おとず》れるはずもなく、ボキンッとなにかが折れる音が響いて、デクスィアの意識は闇の中へと落ちていった。

ただ、最後になぜか、いつだったか思い上がっていた自分たちを真《ま》っ直《す》ぐ叱《しか》ってくれた少女の横顔を見たような気がした。

◇

ボキンッと鈍い音が響く。黒花のつま先は、少女にまたがっていた男の鼻骨《びこつ》をへし折っていた。

「――ぷあっ？」

渾身《こんしん》の回し蹴《げ》りは、洗礼鎧に身を包んだ大の男の体を枯《か》れ木《き》のように吹《ふ》き飛ばす。そのままボールのように地面を弾《はず》む男を視界の隅《すみ》に捉《とら》えたまま、すぐさま少女の首に手を当てて状態を確かめる。

――ひどい……。

意識はなく、呼吸も止まっている。口からは血を吐いており、直前まで絞め付けられていた首には指の跡《あと》がくっきりと残っている。腹部には惨《むご》い痣《あざ》が広がっていて、内臓も痛め

つけられているのがわかった。

——でも、まだ脈はある。

杖《つえ》を握ったまま、黒花は言う。

「シャックスさん。この子をお願いします。助けてあげてください」

「任せろ」

頼《たよ》れる魔術師は、すでに少女の治療《ちりょう》を始めていた。

アスラたちの会話を聞き終えたあと、黒花はすぐさまシャックスの下に戻《もど》って〝追われる少女〟とやらを探した。

元々超人的《ちょうじんてき》な聴力《ちょうりょく》と嗅覚《きゅうかく》をシャックスの魔術でさらに強化してもらえば、慌てて逃げる足音を聞き取ることは難しいことではない。もちろん走る音というのはいくらでもあったが、その中で血のにおいをこぼしながら走る音というのはひとつしかなかったのだ。

足音が消えたあとも、争う音、言い合う声、ずっと聞こえていた。

だから、黒花は真っ直ぐここに直行することができた。

デクスィアが最後まで抵抗したがゆえに、黒花は彼女《かのじょ》を見失わなかったのだ。

衣服を剥ぎ取られ、本当に死ぬ寸前まで暴行された少女を意識する。

はらわたが煮《に》えくり返る思いだった。黒花が暗殺してきた魔術師たちは、それは見下げ果てた者も多かった。だが、目の前の男は聖騎士《せいきし》でありながら、それらの魔術師よりも遙《はる》かに唾棄《だき》すべき存在である。

それでも洗礼鎧に守られた聖騎士である。

男は大量の鼻血を垂らしながら、すぐに立ち上がった。

「ばあっ、えぼおっ、ぎざっ、貴様ああああああっ！」

見覚えのある顔だった。

男は鼻を押さえながら、目を血走らせて叫《さけ》ぶ。

「貴様っ、私を誰だと思っているっ！　こんな真似《まね》をして、ただで済むと思うなよ！」

「……ええ、よく知っていますよ。聖剣〈カマエル〉所持者ヴァリヤッカ聖騎士長殿」

答えながら、黒花はふところから一枚の仮面を取り出す。

教会の十字架《じゅうじか》が刻まれた仮面。もうかぶることはないと思っていたが、調査の役に立つかもしれないと持っていた暗部の証である。

「私の名前は黒花・アーデルハイド。教皇直下第十三特務執行者《しっこうしゃ》〈アザゼル〉の生き残り、と申し上げればご理解いただけるでしょうか？」

肩書きを並べてみれば聞こえはいいが、所詮《しょせん》は殺し屋だ。殺しをやっているのだから殺されもする。〝在ってはならないもの〟なのだから、いつかは潰《つぶ》されていたのだろう。

あの場所にいた者たちに教会の〝正義〟という大義名分は与えられたが、誰もそんなものを掲《かか》げてはいなかった。みんな私怨《しえん》のため、あるいは金のために人を殺していた。守秘義務があるため、さすがに快楽殺人鬼《さつじんき》はいなかったが。

ただ、裏切りは別だ。

暗部〈アザゼル〉は、ひとりの聖騎士が〈魔王〉に情報を流したことで壊滅《かいめつ》した。元より存在しないはずの部署である。その裏切り者は誰に咎《とが》められることもなく、のうのうと生きている。

その聖騎士というのが、このヴァリヤッカ――シアカーンの手先と成り下がった聖騎士長である。

男の顔に浮かんだのは、嘲笑《ちょうしょう》だった。

「ふん。薄汚《うすぎたな》い殺し屋風情《ふぜい》がなんだと言うのだ。駄賃《だちん》でもほしいのか？」

予想通りと言えばその通りの反応だった。

――まあ、そんなことをいちいち覚えている人間なら、そもそも裏切りませんよね。

この男にとっては、暗部も蹴落《けお》としてきた有象無象《うぞうむぞう》のひとつでしかないのだろう。そこで誰が死んだかなど気にも留《と》めていまい。

黒花は静かに仮面をかぶる。

「別に復讐《ふくしゅう》なんて言うつもりはありませんけど、あそこにいた人たちも決して死んで当然の悪党だったわけじゃないんですよ」

黒花のように復讐に狂《くる》った者が大半だった。人として壊《こわ》れてしまって、殺し屋くらいしか生きる道のなかった者もいた。

それでも、仲間内で最年少だった黒花には優《やさ》しくしてくれた。

怪我《けが》をすれば手当てをしてくれる人がいたし、休みの日には買い物に連れ出してくれた女もいた。死んだ家族の肖像画《しょうぞうが》を収めたロケットを見せてくれた男もいた。思えば、彼《かれ》らは黒花に引き返す道を示唆《しさ》してくれていたのかもしれない。

魔術師なんかと関わらなければ、人生を狂わされなければきっと普通《ふつう》の家庭を持って、幸せに生きることもできた人たちだったのだ。

——あの人たちが生きた証までは、否定させない。

「〈アザゼル〉最後のひとりとして、けじめは付けさせてもらいます」

シャンと音を立て、錫杖《しゃくじょう》から短剣《たんけん》を抜く。

男も激昂《げきこう》して腰の剣《けん》に手をかけた。

「粋《いき》がるな、小娘えっ！　八《や》つ裂《ざ》きにしろ――〈カマエル〉！」

躊躇《ちゅうちょ》なく聖剣の力を解放した――つもりだったのだろう。

「お前はもう終わりだ。ちんけな殺し屋風情が聖騎士の頂点に敵うと思っているのか。手足をもいで心臓が止まるまでいたぶり尽くしてやる！」

すでに終わっていることにも気付かずがなり立てる男に、黒花は小さなため息をもらす。

それから、手にした短剣を軽く振って、血のりを拭《ぬぐ》う。袋小路に赤い飛沫《しぶき》が飛び散るが、それが終わってもぼたぼたと液体のこぼれる音が響いていた。

まるでいま付いたばかりのような血に、男は不思議そうな顔をしていた。

――そういえば、鋭《するど》すぎる刃物《はもの》で斬《き》られたとき、痛みを感じないなんて話がありましたっけ。

どうにも気付いていないようなので、黒花は杖に短剣を収めながら教えてあげる。

「……あの、止血した方がいいですよ。左手は残っているでしょう？」

「は……？」

呆然とした声をもらしながら、男は自分の手を見下ろす。

そこには手首から先を失った右手が、ぼたぼたと血液を垂らしていた。

なくなった手首は、聖剣の柄《つか》を握《にぎ》ったままぶら下がっている。

「あ、あ、あ、あ、あ、ああああああああ、あああああっあああっあああっ？」

男が帯剣《たいけん》しているのは聖剣だ。

かつて同じ聖剣所持者のシャスティルと斬り合ったときは、結局押し切ることができなかった。ヴァリヤッカは聖騎士長の中でも古株で、序列で言えばシャスティルより上だという。油断など微塵もするつもりはない。

だから、抜かれる前に黒花はその右手を切り落としていた。

これがいまの黒花と、聖騎士長クラスとの力の差。純粋《じゅんすい》な剣技なら【天使告解】を操《あやつ》るミヒャエル・ディークマイヤーすら凌《しの》ぐだろう。

〈魔王《まおう》〉ザガンが与えた力――洗礼鎧と同種の力は、黒花をそれほどの高みに登らせてしまっていた。

「命までは取りませんけど、聖騎士としては死んでもらいました」

利き手《て》を失ったこの男が聖騎士を続けることはできない。魔術ならば治療もできるだろうが、聖騎士が魔術師を頼れば異端者審問《いたんしゃしんもん》にかけられかねない。

いずれにしろ、あとの処遇《しょぐう》は教会が勝手に決めることだ。

黒花が背中を向けると、男は激昂してわめき立てた。

「きさ、ま……っ、貴様、きさま貴様キサマ貴様ああああっ！」

失った手首を押さえながら地面をのたうち、そして男は口にしてはならない言葉を続けてしまう。

「絶対に、許さん。地の果てまで追いかけて殺してやる。貴様もザガンもシャスティルも、全員だ！　絶対に――――だ、げ……？」

ぶしゃっと、男の額から鮮血《せんけつ》が噴《ふ》き出した。

激昂するヴァリヤッカは、いつしか自分の命を握る〝警告〟の存在すらも忘却《ぼうきゃく》してしまっていた。

暗部という、教会であって教会ではない黒花はまだ許された。しかしシャスティルに危害を加えると宣言して、生かされるはずもないというのに……。

自らが作り出した血だまりに顔を埋《うず》めるころには、かつて聖騎士長だった男はもう事切れていた。

「チャンスを与えられても、変われない人は、変われないんですね……」

〈魔王〉ザガンは確かにチャンスを与えたのだ。

やり直すことは、できたはずなのだ。

なのに、変われなかった。

万人《ばんにん》が変われるわけではない。救いようのない悪党などごまんといる。そんなことはわかっていたつもりだったが、こうして目《ま》の当《あ》たりにするとやるせない気持ちになった。

「……クロスケ。そいつは勝手に自殺しただけだ。お前が斬ったわけじゃない」

シャックスの言葉に、黒花は仮面を外してなんとか頷き返した。

「汝《なんじ》の罪は贖《あがな》われた。汝の魂に安らぎのあらんことを――」

標的を始末した暗部だけが使う、葬送《そうそう》の祈り。

廃墟の街に虚しく響き、静かに消えていった。

◇

「――それで、なんなんですの？　この空気は」

リチャードに〝忠告〟を告げたアルシエラが次に訪れたのは、教会執務室だった。

――次はネフテロス嬢に仕込みなのですけれど……。

執務室には三人の男女の姿がある。

ひとりは目的のネフテロス。自分の寿命《じゅみょう》を告げられたあとということもあって、到底笑《とうてい》っていられない状態である。これはわかる。アルシエラもこれをなんとかするために来たのである。

なのだが、この部屋の主であるはずの聖騎士長シャスティルが、どういうわけか羞恥《しゅうち》の極《きわ》みと言わんばかりに赤面して、顔を覆ったまま微動《びどう》だにしないのである。

この少女〝職務中〟はきちんとしていると思ったのだが、なにがあったのかその〝職務中〟に切り替《か》えができないようである。

そこに残る最後のひとりである。

普段《ふだん》〝影《かげ》〟の中から姿を見せない陰気《いんき》な魔術師バルバロスだ。ソファのひとつに腰をかけているのだが、これまたシャスティルと同じように顔を覆ったままピクリとも動こうとしないのである。

ここだけこの世の終わりみたいな空気である。

さすがにこの状況《じょうきょう》は予想できなかったのでアルシエラが途方《とほう》に暮れていると、ネフテロスが見かねたように口を開いた。

「……ええっと、なんか、あったみたい。その、昨日の夜に、致《いた》したとかしてないとか」

「「致してないから！」」

ようやく反応したと思えば、まったく同じ言葉を口にしてまたふたりとも悶《もだ》えている。

「いや、違《ちが》うんだ。私は、バルバロスを信じてる。……信じてる、つもりなんだ」

「は、はーっ、なに恥《は》ずかしいこと言ってやがんだ！」

「やっぱりなにかしたのかっ？」

「ち、違げえし！　なにもしてねえし！」

どうやらネフテロスが呆然《ぼうぜん》としている理由はこれもあるようだ。

――なんで人の命が危機にあるときに痴話《ちわ》ゲンカなんてしていますの？

特にバルバロスの方はネフテロスを救うことに協力を約束したはずである。それがなんだこの様《ざま》は。正直、アルシエラでもやれと叱りたくなる話である。

ちなみにもうひとりの協力者であるザガンの方はというと、ちょっと嫁《よめ》と引っ付いたかららと言ってぶっ倒れているのである。いまやネフテロスの命運はアルシエラのか細い双肩《そうけん》にかかっていたりするのだが、世の中知らない方がいいこともあるのだ。

途方にくれたように、ネフテロスは語る。

「なんか、シャスティルが昨日どこかで伸びちゃったらしいんだけど、それを送ったこいつが服を脱《ぬ》がしてたからどうのって……」

「ふ、服は脱がしてねえ！　鎧脱《よろいぬ》がしただけだよ。鎧着たまま寝《ね》かすわけにゃあいかねえだろっ？」

「で、でも、顔とかだって汚れてたのに綺麗《きれい》になってたじゃないか！」

「汚ねえ顔のままじゃ可哀想《かわいそう》だって思って拭いてやったんだろうが！」

「き、汚《きたな》い顔っ？　私、そんなにひどい顔……なのかぁ……」

「はーっ？　汚れてたって話してんだろうが！　不細工なんてひと言も言ってねえ。お前はその、ちゃんと……」

「え、ええっ、ちゃんと……なんなのだっ？」

「なんでもねえよクソッタレッ！」

「なんで怒《おこ》るのっ？」

犬も食わない不毛な言い合いを横目に、ふと思う。

――ところでこの娘《むすめ》、〝致した〟の意味を理解しているのですかしら？

本人がそれどころじゃないというのもあるだろうが、まるで動揺《どうよう》のようなものが感じられない。ザガンとネフィあたりなら、この場にいただけで赤面してしどろもどろになっているところだろう。

少し考えて、自分なりに解釈《かいしゃく》してみる。

ザガンたちの話では、ホムンクルスというものはあらかじめ知識を植え付けることができるという。ネフテロスの場合は、行為《こうい》の意味自体はすり込まれているが、そこに具体的な情緒《じょうちょ》が伴《ともな》っていないといった具合だろうか。

ようやく静かになったかと思ったら、涙《なみだ》ぐんでいたシャスティルがハッとしたように顔を上げる。

「え……ちょっと待ってくれ、拭いたって、どういうこと？」

「えっ、そりゃあその……」

「答えてくれバルバロス！」

こんなこと延々と繰《く》り返してはまた自己嫌悪《けんお》に陥《おちい》って黙《だま》り込むらしい。

アルシエラは同情を込めてネフテロスに言う。

「……貴姉も、災難ですわね」

「まあ、慣れてるわ」

「本当に、災難ですわね……」

まさか慣れるまでこんなものを見せつけられるとは……。

ともかく、ここでは話もできそうにない。アルシエラはテーブルの上に用意されたマカロン――これを食べに来たのも目的のひとつである――を皿ごと抱《かか》えると扉《とびら》を示す。

「少しお話ししませんこと?」

「……まあ、いいわよ」

「――それで、なんで懺悔室《ざんげしつ》?」

そうしてふたりが足を向けたのは、礼拝堂だった。ただ、ここも司祭や礼拝客など数人の人影《ひとかげ》があったため、アルシエラが足を踏み入れたのは懺悔室だった。

ここはふたつの椅子《いす》が入るだけの小さな個室を、さらに半分に仕切った空間である。片方に司祭が入り、もう一方に信者が入って罪の告白をする。個室はカーテンによって隠されていることもあり、内緒話《ないしょばなし》には最適だ。万が一にも先ほど焚き付けたリチャードと出くわさないという点が特によい。

アルシエラが入ったのは司祭の方であり、信者の方にはネフテロスが入っている。

マカロンを口に放り込むと、なるほど酸味というかなかなか独特な香りがした。マカロンは表面をカリッと焼き上げつつ焦《こ》がさず、なおかつ中はしっとりと水分を保たなければならないため調理の難しいメニューである。この仕上がりは見事と認めざるを得ない。

おかしそうに、アルシエラは答える。

「それはもちろん、貴姉の悩みを聞くためなのですわ」

「その口ぶりだと、あなたも知ってるのね。……私の、寿命のこと」

ひと月も傍《そば》で監視《かんし》していたのだ。ある意味ではザガンよりも理解している。

アルシエラは慈《いつく》しむように語りかける。

「貴姉は延命を望まなかったそうですわね」

「……そう、ね」

ネフテロスの声には諦観《ていかん》が滲《にじ》んでいた。

――まあ、これはよろしくありませんわ。実によくありませんわ。

思考と感情が停滞《ていたい》してしまっている。まあ、そうでなくては自分の死などそうそう受け入れられるものではないだろうが、それでは駄目《だめ》だ。

マカロンをひとつ口に放り込みながら――なるほど少し酸《す》っぱいような独特な香りで甘《あま》く美味《おい》しい――アルシエラは停滞を砕く策を練る。

正直、アルシエラとて人の恋路《こいじ》をつつくのは趣味《しゅみ》ではないが、いまは時間がないのだ。

それゆえ、信条に反するとしても踏み込む。

「では、残された時間をどう使うのか。あたくしが協力できるのはそれくらいですわね」

「残された時間……」

こうしているいまも、その時間は浪費《ろうひ》されているのだ。その事実が、ネフテロスを停滞から閉め出す。

こんなことをしなくても、ネフテロスは強い子だ。数日もあれば自分で立ち上がり、自分の人生の使い道を探し始めただろう。アルシエラがやっているのは、少しだけその背中を押してやるだけのことだった。

ネフテロスはぼんやりと問い返す。

「……普通の人って、どういうふうに、過ごすものなのかな」

「そうですわね。あたくしが見てきた限りでは、あえていつも通りに過ごす者、逆に自分勝手に過ごそうとする者、それまで世話になった者へ感謝を告げる者、さまざまだったのですわ」

ネフテロスが苦笑《くしょう》をこぼす。苦笑でも表情が動いたなら、感情が動き始めた証である。

「結構、たくさんいたんだね」

「それはまあ、長いことこの世界を見つめてきましたもの」

本当に、たくさんの人の生き死にを見てきた。

それを噛《か》みしめるように、アルシエラは言う。

「でも、みんな最後は同じ。愛する者の傍で過ごそうとするのですわ」

ネフテロスは再び途方にくれたように、それこそが抱《いだ》いてきた疑問のように、震《ふる》える声をもらす。

「愛する者……私には、よくわからない」

仕切りの向こうで、ネフテロスがなにか決意するように息を整えるのがわかった。

「よくわからないけど、知りたい……んだと、思う」

やはり、土台はもう築かれているのだ。

——ただ、その前にやはりひとつ足りてませんわ。

そこを踏み外《はず》しているから、この少女は目の前に答えが転がっているのにいつまでも気付かないのだ。

だから、それを毒のようにこっそりと囁《ささや》く。

「クスクス、ならそんな貴姉にひとつ助言を差し上げるのですわ。自分を愛せない者は他者も愛せない。まずは、ご自分を愛するところから始めてみるとよいのですわ」

「自分を、愛する……？」

「そう難しいことではありませんわ。普段から隣《となり》にあるささやかな喜びや、当たり前に消費している支えをふり返れば、きっと道しるべになるのです」

ネフテロスは、信じていいのか疑うように言う。

「アルシエラは、どうなの？　その、自分のことを、ちゃんと愛してるの？」

なかなかに鋭い切り返しだった。

でも、アルシエラはそれを受け入れるように微笑《ほほえ》む。

「もちろんですわ。あたくしはたくさんの人に愛してもらったのですもの。そのあたくしが自分の存在をなおざりにしていいはずがありませんわ。だって、みんなあたくしが幸せになって、笑って過ごせる未来を信じて生かしてくれたんですもの」

だから、千年という永い時間を〝生きて〟こられたのだ。

思い出を抱きしめるように、胸の前でキュッと手を握り、アルシエラは言う。

「あたくしはたぶん、貴姉よりも先に消えるのですわ。それでも、いまのこの状況はそう悪いものではない。取りこぼしたと思ったもの、もう会えないと思った者に会えて、いっしょに過ごせて、このまま静かに眠《ねむ》りたい」

もう、十分満足しているのだ。

でも、ネフテロスはそうではない。まだ早いのだ。

だから意地悪だとしても、余計なお世話だとしてもアルシエラは言う。

「貴姉にも、そんな安らかな最期があらんことを」

アルシエラが懺悔室を出ても、ネフテロスはじっと座《すわ》り込んだまま出てこなかった。

『ふぅん。これは面白くないなあ。少し見ない間に、僕《ぼく》の大事な人形に別の虫が付いちゃってるじゃないか』

大きな虫を潰そうと準備をしているうちに、小さな虫まで引っ付いている。まったくあの人形はそんなに虫を引っ付けてどこに行こうというのか。

キュアノエイデス上空。ザガンの結界の感知しうる範囲《はんい》を遙かに超《こ》えた高度を、ビフロンスは漂《ただよ》っていた。距離にして六〇〇〇メートル。酸素すらほとんどなく、魔力《まりょく》で守らねば塵状《ちりじょう》の体など一瞬《いっしゅん》で吹き散らされてしまうような強風が吹きすさんでいる。

ザガンに警戒《けいかい》されているビフロンスは、こんな場所でもなければキュアノエイデスに近づくことすらできなかったのだ。

『ひひひっ、虫が付いたのは面白くないけれど、なかなか面白い状況になっているね。やっぱりマルコシアスのじじいがここに居を構えていたのにも理由があるのかな？ まあいまはどうでもいいけど』

キュアノエイデスにいくつもの役者が集まってきている。

ネフテロスは言うに及《およ》ばず、教会の面々にザガン本人。街の外からはザガンの配下とビフロンスが使い捨てた〈アザゼル〉の少女。それにシアカーンの手駒《てごま》らしいふたり組。おっと、この前シアカーンへの嫌《いや》がらせで逃《に》がした実験動物もいっしょのようだ。

狂《マッド・ティーパーティ》ったお茶会を始めるには申し分ない観客たちである。

『さあさあ、お茶会が始まるよ！　楽しく壊れて踊《おど》ろうじゃないか』

宴《うたげ》の宣言をしようとした、そのときだった。


「――それは、ひとりでやってもらうのですわ」


それはささやくような小さな声だったはずなのに、強風を斬り裂《さ》くように鋭く響《ひび》いた。

『――ッッッ』

ふり返ろうとした瞬間《しゅんかん》、全身に刃物を突《つ》き立てられた幻影《げんえい》が、いや痛覚が脳を灼《や》く。

久しく味わっていない感覚。これは恐怖である。同じ〈魔王〉のザガンやシアカーンから得られるそれとは、次元の異なる殺気だった。

『……ああ、なるほど。そういえば、君もこの街に留まっていたんだね』

そこにはひとりの少女が浮《う》かんでいた。手には〝天使狩《が》り〟と呼ばれる武器。その銃口《じゅうこう》は塵《ちり》化して目には見えぬはずのビフロンスを真っ直ぐ捉えていた。

世界最強の吸血鬼《きゅうけつき》アルシエラ。自分から表舞台《おもてぶたい》に立つことはないと思っていたが、ビフロンスは裏側と認識《にんしき》されたのかもしれない。

——あー……。これは無理だね。ちょっと勝てない。

アンドレアルフスのように強いだけなら、どうとでもなる。シアカーンのように狡猾《こうかつ》でも、力が伴わぬなら少し愉快《ゆかい》なだけだ。

でもこれは駄目だ。アンドレアルフスが可愛《かわい》く見えるほど強大で、シアカーンが慈悲深《じひぶか》く思えるほど容赦《ようしゃ》がない。

口の利き方ひとつ間違《まちが》えるだけで〈魔王〉すら屠《ほふ》られるだろう。

——怖《こわ》すぎてゾクゾクしてきちゃうじゃないか！

この少女を相手に遊べたら最高にスリリングだろう。考えただけで股《また》が濡《ぬ》れてくる。恐《おそ》らくそれが人生最後のゲームになるだろうとも、勝ち目のないゲームをひっくり返す快楽はどんな魔術《まじゅつ》にも勝る。

無性《むしょう》にケンカを売ってみたい衝動《しょうどう》に駆《か》られるが、いまは駄目だ。ビフロンスはなけなしの理性で自制を働かせた。

『こんな空気の薄《うす》いところでお散歩かい？　なら僕とも話が合いそうじゃないか』

「あたくし、いま忙《いそが》しいのですわ。遊びたいのなら一週間ほどあとにするのです」

ひと言ひと言が魂魄《こんぱく》をそぎ取るような魔力を帯びている。この調子で数分も会話していれば、魔王候補あたりでも精神を破壊《はかい》されるだろう。

それでも、ビフロンスは怖いもの見たさに問い返す。

『もし、嫌だと言ったら？』

「…………」

アルシエラは答えなかった。

答えず、ただ涼《すず》やかに微笑んだ。

あたかもこれから子供たちにお菓子《かし》の作り方でも教えるかのような、そんな慈愛《じあい》さえ感じさせる笑《え》みである。

これから人を殺すのにこんなふうに笑える者がいるのか。ビフロンスは自分を最低の魔《ま》術師《じゅつし》だと自認《じにん》しているが、そんな自分がまだ甘い部類だったことを突き付けられた気分だった。

――嗚呼《ああ》、たまらない。この僕が駆け引きの舞台《ぶたい》にすら立てないだなんて！

ビフロンスは塵から人の姿に戻る。

少年とも少女ともつかぬ容姿の魔術師は、恭《うやうや》しく頭を垂れた。

「ふふふ、どうか非礼をお許しいただきたい。僕には貴方《あなた》を敵に回すような度胸はありませんよ」

「嘘《うそ》というものはもう少し説得力というものを伴わなければ、冗談《じょうだん》にすらならないものなのですわ」

「ふふ、手厳しいね。でもいまは敵対したくないというのは本当だよ？　僕にも時間がないものでね」

まずは、軽い揺《ゆ》さぶりである。いまの〝殺す者と殺される者〟という構図を崩《くず》さないことには、ゲームの前提すら成立しない。

そんな揺さぶりに、アルシエラは笑顔《えがお》のまま表情を変えずに口を開く。

「そういえば、先ほどの返事をまだ聞いていませんでしたわね。一週間後にするのか、そうしないのか」

人間と話している気がしなかった。

ザガンあたりでも姿を晒《さら》すくらいの誠意を見せれば聞く耳くらいは持ってくれるのだが、この少女にはそれすらも無意味のようだ。

この場の支配者は彼女なのだ。それは動かしようがない。

それどころか常に微笑みながら、魂魄をすりつぶすような殺気をぶつけてきている。ヒトの形を取っていなかったら塵の末端《まったん》から崩壊《ほうかい》し始めているころだ。

この辺りが、退く最後のチャンスだろう。

それでも、ビフロンスは前に出た。

「僕と貴方は、協力し合えると思わないかい？」

カチリと、〝天使狩り〟の撃鉄《げきてつ》が下げられた。

本能的に理解する。退くことができる最後のラインを超えてしまった。いかなる魔術を駆使《くし》しても、この恐るべき少女が放った弾丸《だんがん》からは決して逃《のが》れられない。

引き金にはすでに指がかけられている。

あとは、それを引くだけ。

もう、いまからでは逃がしてもらえない。肉体的にも精神的にも皮膚《ひふ》をナイフで削《そ》がれていくような感覚。

ビフロンスは似たような魔術を知っている。

――〈纏視《てんし》〉――視線を合わせただけで対象の精神すら破壊する禁呪《きんじゅ》である。

アルシエラの殺気はそれに等しい力を持っている。

冷《ひ》や汗《あせ》が頬《ほお》を伝うが、それでもビフロンスは口を開いた。

「――ホムンクルスの器の交換《こうかん》――僕の人形はそれを望まなかったろう？」

この言葉が、アルシエラの関心を引けなかったらゲームオーバー。ビフロンスはこの世から消えてなくなる。


なのだが、アルシエラは躊躇なく引き金を引いていた。


――しくじったっ？

撃鉄が信管へと撥《は》ね上げられるのが、ゆっくりに見えた。

それでも、最後のあがきにビフロンスは叫ぶ。

「僕なら、あれを生かせる！」

静寂《せいじゃく》。

果たして、弾丸は撃《う》ち出されなかった。

恐る恐る目を向けてみると、撃鉄が信管を叩《たた》く直前でアルシエラの親指がそれを止めていた。

滝《たき》のような汗が伝う。だが、首の皮一枚繋《つな》がった。

アルシエラは思案するように片目を細め、それからささやくように言う。

「話してみるとよいのです」

銃口は、まだ下ろされていない。

ビフロンスは恐怖《きょうふ》でドクドクと早鐘《はやがね》を打つ胸を押《お》さえ、懸命《けんめい》に口を開く。

「器を交換してもホムンクルスはホムンクルスだよ。いまを凌いだって数年後にはまた同じことを繰り返すんだ。そいつは結局、使い捨ての道具でしかないんだよ――」

そうして、打ち明けた。

自分の持っているカードを全て明かし、目的も手段もなにもかも提示してやった。

当然のことながら、アルシエラの逆鱗《げきりん》に触《ふ》れる内容だった。話していて、何度か死を垣《かい》間見《まみ》るような殺気を叩き付けられもした。それでも、最後まで語ることを許された。

全てを聞き終えたアルシエラは、微笑《びしょう》のまま沈黙《ちんもく》していた。

話していた時間はものの十数分ほどだろうか。その間も、〝天使狩り〟は一度として下げられはしなかった。

なにより、ずっとあの殺気をぶつけられていたのだ。〈纏視〉を連発されているようなものである。これには〈魔王〉と言えど、咄嗟《とっさ》に動けなくなるくらいには疲弊《ひへい》していた。

これはビフロンスが脆弱《ぜいじゃく》なわけではない。これと同種の殺気に数日晒され続けた〈魔王〉フルカスは精神を破壊され、自分が誰《だれ》かもわからなくなったのだ。数百年を生きる〈魔王〉

すら磨《す》り潰す拷問《ごうもん》だった。

ヒューヒューと掠《かす》れた息を漏《も》らしていると、アルシエラはひどく億劫《おっくう》そうに口を開く。

「あたくしは、話してみるとよいとは言いましたが、聞き入れるとは言っていませんでしたわね」

――駄目か……。

もはや逃走《とうそう》どころか抵抗《ていこう》の余力すら残っていない。体半分を犠牲《ぎせい》にすれば死を偽装《ぎそう》できるだろうか。いや、そんな小細工が通じる相手ではないだろう。

このゲームに、ビフロンスは勝てなかったのだ。

期待していたような恐怖はこみ上げてこなかった。恐怖を抱けなくなるほど精神を削《けず》り取られたのである。

――駆け引きは楽しかったけど、勝ちたかったな……。

死を覚悟《かくご》するが、しかしアルシエラは弾丸を放ちはしなかった。

それどころか、そっと〝天使狩り〟を下ろす。

「クスクスクス、その案は気に入りませんけれど、好きにやってみるとよいのです」

意外な答えに、ビフロンスは目を丸くした。

「へえ……？　お気《き》に召《め》さなかったのに、いいのかい？」

「恋《こい》というものは、伴う悲劇が大きければ大きいほど燃え上がるものなのですわ」

これにはビフロンスも疲弊を忘れて噴き出した。

「ひひひっ、やっぱり君、僕とは趣味が合いそうじゃないか」

「冗談はやめるのです。あたくしはただ、信じているだけですわ。あの子たちならきっと乗り越《こ》えられる」

いずれにしろ、ビフロンスはこのゲームに勝ったらしい。

勝利の余韻《よいん》などなく、ただひたすら疲労《ひろう》と安堵《あんど》がのしかかるばかりだったが。

そう気を抜《ぬ》いた瞬間、釘《くぎ》を刺《さ》すように少女は囁く。

「残念ですわ。もしも〝あの子を救いたい〟だとか心にもない台詞《せりふ》を言ってくだされば、あたくし引き金を引いて差しあげられたのですけれど」

それはつまり、ひと言でも〝嘘〟をついていたら殺されていたということだ。

吸血鬼は穏《おだ》やかに微笑むと、くるりと手の中で〝天使狩り〟を回転させ、スカートの中へとしまう。同時に、その姿は無数のコウモリとなって霧散《むさん》した。

少女の姿が見えなくなってから、ビフロンスはなにもない宙にごろんと転がる。

「……はー、怖かった。もう、あと百年はやり合いたくないね」

アルシエラの真意は、ビフロンスにもわからない。

結局、踏《ふ》み台《だい》としていいように使われるだけなのかもしれない。

それでも、次のゲームに繋げることができたのだ。勝ち残ってみせる。

それがネフテロスにとっては悪夢であっても、もうビフロンスを止める者はいないのだから。

◇

ガタンと大きな揺れを感じて、デクスィアは目を覚ました。

「う……っ」

見知らぬ天井《てんじょう》。狭《せま》いが、天井の造りはしっかりしている。窓には天幕のようなものがかかっていて、ややあってそこが豪華《ごうか》な馬車の中なのだとわかった。

だが、その前に黒猫《くろねこ》の少女の寝顔《ねがお》が飛び込んできて、デクスィアは身を強張《こわば》らせた。

頭の後ろには柔《やわ》らかくも温かい感触《かんしょく》。どうやら、膝枕《ひざまくら》をしてもらっているらしい。それがわかってしまったから、なおのこと困惑《こんわく》が深まる。

少女の方も馬車の揺れで目を覚ましたようだ。目をこすりながら赤い瞳《ひとみ》を覗《のぞ》かせた。

「う……ん……？　ああ、気が付きましたか？」

「あの……なんで……」

絞《しぼ》り出した声は掠れていて、喉《のど》がひどく痛んだ。

「無理にしゃべらなくていいですよ。あなたは死にかけて丸一日眠っていたんです」

言われてみれば、鉛《なまり》のように体が重い。腕《うで》を持ち上げることすら難しく、寝返《ねがえ》りも打ちようがない。少女の膝枕には存外に助けられていたらしい。

続いて、少女は状況を説明してくれた。

「ここはあたしたちの馬車の中で、いまはキュアノエイデスに向かっている最中です。一応、あなたのことは捕虜《ほりょ》という扱《あつか》いで保護しています。しばらくは安全でしょう」

主語が複数形だったことで室内を見渡《みわた》してみると、少女と対面して魔術師らしき青年が腰掛《こしか》けていた。こちらはずっと起きていたようで、鋭くこちらを見据《みす》えている。

その魔術師の隣には、ひと振《ふ》りの大剣《たいけん》が立てかけられていた。

視線に気付いて、少女は言う。

「それの持ち主は死にました。あいにく、その場に置いておけない理由があったので、あたしたちが回収したんです」

その言葉で、魔術師がため息をもらす。

「俺《おれ》としちゃあ、放置しておいた方がよかったと思うがな」

「シアカーンの部下に回収される危険が高いって言ったのは、シャックスさんじゃないですか」

「それはそうだが、下手をするとお前が教会に戻《もど》れなくなるんだぞ？」

「……そのときは、そのときですよ。どの道、聖騎士長《せいきし》を斬《き》っちゃったんですから、言い訳も利《き》かないですし」

デクスィアの頭は疑問に埋め尽《つ》くされていた。

——なんで？　こいつ、アタシのこと、助けてくれたの？

それも、教会での立場が危《あや》うくなるような真似《まね》までしてくれたらしい。

キュアノエイデスで遭遇《そうぐう》したときはコテンパンにされたし、アリステラなんて殴《なぐ》られた。

元々彼女《かのじょ》から目の光を奪《うば》ったのはデクスィアたちなのだ。いまでは殴られたのも当然だとは思っているが、それがどうして助けてくれたのか。

そんな疑問を察したのか、少女は指先でコツンと額を叩いて返した。

「まあ、まったく腹を立てていないわけじゃないですよ。おかげであたしたちの休暇《きゅうか》はパーになっちゃいましたから」

言葉とは裏腹に、その声には手のかかる子供でも見るかのような優《やさ》しさが滲んでいた。

「でも、あたしの尊敬する人が言っていました。どんな悪党にだって、一度くらいやり直すチャンスがあってもいいって。だから、これはそういうことなんです」

それから、少女はデクスィアに目を向ける。

「ああ、そういえばひとつ言い忘れていたことがあります」

どんな罵倒《ばとう》を投げかけられるのか。怯《おび》えるデクスィアに、少女はそっと手を伸《の》ばす。

そして、優しく頭を撫《な》でてくれた。


「よくがんばりましたね。最後まで戦ったあなたは、立派でしたよ」


ポロリと、涙が横にこぼれた。

「うぅ……」

泣きたいわけではないはずなのに、涙はいつまでも止まらなかった。

「お願いします、助けてください。アリステラを、妹を助けてください。アタシじゃ、助けられなかった」

少女と魔術師は顔を見合わせ、それから小さく頷《うなず》いた。

それから、少女は優しくデクスィアの頭を撫でてくれる。

「いまは、ゆっくり休んでください。きっと、これから大変なこと、が待っていますから」

彼女にはデクスィアに恨《うら》みだってあったはずだ。

なのになにも言わずに助けてくれて、こんなふうに優しくしてくれて――お姉様――そんな言葉が頭に浮かんだ。

――アタシも、アリステラにこんなふうにしてあげればよかったんだ……。

いいや、いまからでも遅《おそ》くはない。

あの子は生きてるはずだ。だから絶対助け出すのだ。

情けない顔を見られたくなくて、腕で覆《おお》い隠《かく》す。少女が貸してくれたものだろうか。教会の修道服のようなものを着せられていた。

そうして、体力を蓄《たくわ》えるために目を閉じる。

すぐに耐《た》えがたいまどろみが押し寄せてきて、再び意識を手放すまでそう時間はかからなかった。

ただ、眠りに落ちる瞬間、こんな声が聞こえたような気がした。

「……クロスケ。もしかしてお前、結構根に持つ方か?」

「そういうわけじゃないですけど、あの街に来た者への洗礼みたいなものかなって……」

言葉の意味は、馬車がキュアノエイデスに着いてから思い知ることになる。

降りた先にあったのは『プーリクラ』という防具屋だった。

「イィヤッホウッ！　久しぶりにいじり甲斐《がい》のある素材だわあっ！」

「主任殿《チーフどの》、怪我人《けがにん》みたいなんですから手加減してあげてください――ひいっ、ヤダヤダなんでクーまでえっ！」

デクスィアが最後に見たのは、バッサバッサと狂喜乱舞《きょうきらんぶ》する緑の翼《つばさ》と、悲鳴を上げる狐《きつね》獣人《じゅうじん》の少女の姿だった。

真に恐ろしい者は、力すら必要としないのだ。

◇

「――やっほーザガン。元気してた？」

キュアノエイデス繁華《はんか》街《がい》のど真ん中にて、ザガンは渋面《じゅうめん》を作って立ち止まっていた。

ネフテロスの様子を見に街へ降りてみたら、いきなり見知った顔と出くわしたのだ。

「ここでなにをしている――ステラ？」

「や、だって前にラジエルで会ったときはほとんどしゃべれなかったじゃん」

ミヒャエルが姿を消したことで、正式に聖騎士長となったステラだった。

公務ではないのか、洗礼鎧は身に着けていない。シャスティルと同じような礼服姿で腰《こし》には聖剣《せいけん》〈ザラキエル〉を提げているが、不似合いなことこの上なかった。

その隣にはリゼットと、これまたどういうわけかギニアスの姿まである。

――このクソ忙しいときに、なんでこんな面倒《めんどう》なメンツが揃《そろ》ってやってくるんだ。

本日はネフテロスの様子を確かめるのはもちろんのこと、帰還《きかん》したシャックスたちの迎《むか》え、さらにはネフィのプレゼント選びまであるのだ。特にネフィの誕生日プレゼントに関しては、なにひとつ妙案《みょうあん》を見つけられずにいるというのに……。

さすがにげんなりした顔をすると、リゼットが戸惑《とまど》うような声をもらす。

初めて出会ったときとは異なり、今日はシルクの上等なシャツとスカート。その上にブレザータイプのジャケットと薄手《うすで》のコートという取り合わせである。良家の子女と紹介《しょうかい》されてもまず疑わないだろう。裏路地の兄弟とは思えぬ上品な格好だった。

「ごめんね、マオー。迷惑《めいわく》だった？」

不安そうな顔をする兄弟に、ザガンは仕方なさそうに頭をガシガシと撫でてやった。

「……お前が気にすることじゃあない。いきなりやってきたこいつが悪い」

「はー？　お姉ちゃんに向かってなによその口の利き方《かた》は！」

「うるさいな。いま忙しいんだよ。帰れ」

鬱陶《うっとう》しそうに突き放《はな》すと、今度はギニアスが口を開く。

「ステラ殿に対してなんという態度を！　貴公は自分の姉君をなんだと思っているのだ。家族には、ましてや女性には敬意を払《はら》うものではないのか？」

こちらは本日も出会ったときと同じ洗礼鎧姿である。公務とかは関係ないのかもしれない。栗色《くりいろ》の髪《かみ》は前よりも少し伸びただろうか。緑の瞳は挫折《ざせつ》に澱《よど》んだものではなく、性懲《しょうこ》りもなく生真面目《きまじめ》な色を湛《たた》えている。

ふむ、とザガンは首を傾《かし》げた。

――こいつの性格で、名前呼び……？

以前会ったときは聖騎士には必ず〝卿《きょう》〟と付けていたし、姓《せい》呼びだったように思う。今回着いてきていることも考えると、それなりに仲が良いのだろうか？

ザガンは胡乱《うろん》げな視線を返す。

「なんでお前、こいつに懐《なつ》いてるんだ？」

「――っ、な、懐いてなどいない！　尊敬しているだけだ！」

「それを懐いていると言うんだが……」

そんな反応を見て、ザガンはなんとなく察した。

――あー……。そういえばステラは凹《へこ》んでるガキ見たら誰彼《だれかれ》かまわず慰《なぐさ》めてたっけ。

この少年もその被《ひ》害者《がいしゃ》だと考えれば、まあ頷ける話である。

同時に、ザガンに散々騙《だま》された上に殺されかけた彼《かれ》がここまで立ち直れたのは、ステラのおかげなのだということもわかる。

眉間《みけん》を押さえてしばし悩《なや》んだ結果、ザガンはリゼットにそうしたのと同じようにガシガシとギニアスの頭をなで回した。

「う、うわ、なにをする！」

「いや、なんかこいつが迷惑かけたんだろうなって……」

「迷惑などかけられていない！」

「……あんた、ボコボコに殴られてなかったっけ？」

やはりなにかあったらしい。リゼットから冷ややかな声をかけられて、ギニアスは複雑そうな表情を浮かべて赤面した。というか、このふたりはあまり仲がよくないようだ。

ひとまず、ザガンたちが立っているのは通りのど真ん中である。こんなところで立ち話などできようはずもないので、隅《すみ》の方へと移動する。

裏路地への入り口に陣取《じんど》ると、ステラが珍《めずら》しく真面目な顔をして問いかけてきた。

「それで、忙しいってなにかあったの？」

「……ああ」

思わず物憂《ものう》げなため息をもらし、ザガンは顔を覆いながらこう言った。

「ネフィの誕生日がわかったのに、いいプレゼントが思いつかんのだ！」

衝撃《しょうげき》の告白に、ステラたちは一様に目を見開いて硬直《こうちょく》した。

そんな中、真っ先に理解を示したのは意外なことにリゼットだった。

「そっかあ……。それは、大変だよね」

「うむ。わかるか」

「うん。誕生日なんて祝ってもらったことないもんね……」

ギニアスが予期せぬ方向から殴られたように仰《の》け反《ぞ》るが、そこにステラが続く。

「あたしは一応、祝ってもらったことあることになるのかな……？　一度だけ、兄貴が盗《ぬす》んだ絵本くれたことあるよ」

「ああ、あれそうだったのか……」

浮浪児《ふろうじ》時代、文字を読めたステラはいつも絵本を持ち歩いていた。ザガンも読み書きは彼女から教えてもらったのだ。

その兄貴とやらはザガンが殺しているため、なんだか居心地《いごこち》の悪い気分になったが。

「ではステラ、お前は自分の誕生日を知っているのか？」

実の兄が誕生祝いを贈《おく》っているのだ。祝い方を知っているなら協力を仰《あお》ぎたい。ザガンが問いかけると、なぜかギニアスが鋭《するど》く耳を傾《かたむ》けてきたが。

ステラは難しそうな顔でうなる。

「えー？　いつだったのかなあ。なんせずいぶん昔の話だから、ちょっとわかんないや」

まあ、裏路地でもステラが誕生日を祝ってもらっているところなど見たことがない。それにデカラビアの一件で、記憶《きおく》の一部も損失しているのだ。無理はない。

半ば予想できた答えに、ザガンも苦笑を返す。

「あそこの出身者はみんなそんなものか」

「だよねー」

この質問もここ数日で何度目だろうか。わかり切った答えに、ステラとリゼットもしみじみ頷いた。

「『確かに、それは困ったときに来ちゃったね……』」

「う……うあああああああんっ」

真面目な話をしているのに、突然《とつぜん》ギニアスが膝《ひざ》を突いて泣き出す。

「なんだうるさいぞ」

「世知辛過《せちがら》ぎる……！　私は、無力だ……」

それから、がしっとザガンの手を握《にぎ》り締《し》めてくる。

「こんなことが助けになるのかはわからないが、協力させてほしい。少なくとも、私は父から誕生日を祝ってもらったことがある」

「本当か！」

まさかこんなところで有力な協力者を得られるとは。

ステラたちもギニアスを囲うように集まる。特にステラと密着する形になって、純真な少年は耳まで真っ赤にした。

「それで、誕生日ってなにするの？」

「え、ええっと、私の場合は贈り物にペンや時計などをいただいてました。一昨年までは、ですけど」

「一昨年？　なんで？」

首を傾げるリゼットに、ギニアスはぎこちなく笑った。

「一昨年、父が戦死したもので、昨年は祝ってくれる者もいなくて……」

一年と数か月前、大きな戦いがあった。賢竜《けんりゅう》オロバスを始め、数多《あまた》の聖騎士や魔術師が命を落とした戦いだ。先代〈魔王《まおう》〉マルコシアスもその戦いの傷が元で崩御《ほうぎょ》したという。その中に、ギニアスの父親もいたのだ。

なんだか悪いことをした気持ちになって、ザガンはもう一度ギニアスの頭にポンと手を乗せた。見ればステラとリゼットまで慰めるように肩《かた》を叩いている。

「……まあ、なんだ。ラジエルでは、悪かった」

「いえ、私も結局貴公に助けられていましたから」

先日のわだかまりは、いつしか消えてなくなっていた。

ザガンはふむと頷く。

——しかし時計か……。悪くないかもな。

衣服などにしか考えが向かなかったが、ペンや時計という実用品もいいかもしれない。

ギニアスがどこか恥《は》ずかしそうに言う。

「ええっと、差し出がましくなければ、いまからなにか探しに行かれますか?」

「ああっと……そうしたいところではあるんだがな。これから配下を迎えに行かねばならんのだ」

それから、ステラに目配せをする。

シャックスたちがデクスィアを拾ったという報告は、すでに聞いている。果たしてリゼットと会わせてよいものか。

しかしステラにはさっぱり伝わっていないようで、キョトンとして首を傾げている。

仕方がないので、ザガンはリゼットの前にしゃがんで視線の高さを合わせた。

「これから俺が会う連中の中に、もしかしたらお前と関係があるかもしれないやつがいる。かもしれないというだけで、なにも知らん可能性の方が高い。だが、そういう相手がいるということだ。……お前は、どうしたい？」

「ど、どうしたいって言われても……」

「自分の過去なんぞほじくり返してもロクなことがない。そう思うのなら、ステラとその辺で時間を潰《つぶ》しておけ。だが、もし知りたいと思うのなら、着いてきてもいい」

突然の選択《せんたく》を求められ、リゼットは戸惑うように視線を泳がせる。

それでも、しっかりと頷き返す。

「……私、会ってみたい。会ってどうなるかはわからないけど、でも知りたい」

「わかった。なら着いてこい」

リゼットが硬《かた》い表情で頷くと、その隣《となり》にギニアスが並んだ。

「……なによ」

「いや、私もステラ殿も、貴公の味方だ。貴公が何者でも、なにがあってもだ」

「……っ、ふんだ」

仲がいいのか悪いのかわからなかったが、リゼットの顔から緊張《きんちょう》の色が薄らいだ。

そんな少年少女を伴《ともな》って歩き始めて、ふとザガンは隣のステラに問いかける。

「そういえばステラ。お前結局、聖騎士長になったと聞いたが、実際のところはどうなっているんだ？」

「んー？　まあ、先生が聖剣置いたまま行方《ゆくえ》不明になっちゃったからねえ。なんかいつの間にかそうなってた。私、剣《けん》の扱いとか素人《しろうと》なんだけど、いいのかねえ」

あの〈魔王〉はステラに魔術を教えても、剣は教えなかったらしい。それで選択の自由を与《あた》えたように言われても困るだろうに。

なのだが、ギニアスがとんでもないと言うような声を上げる。

「ステラ殿。それは謙遜《けんそん》ではなく、事実誤認《ごにん》というものだと思いますよ」

「なんだ。剣もそれなりに使えるのか？」

「当然です。我々聖騎士は剣の腕から序列という順位付けがされていますが、ステラ殿は聖騎士長に就任してわずかひと月で二位になっています。これは先代ディークマイヤー卿と同位で、私の知る限り、現存する聖騎士でステラ殿に土を付けられる者はいません」

現存する、と付けるあたりラーファエルは勘定《かんじょう》に入っていないようだ。まあ、直接剣を振るう姿を見る機会はほとんどなかったのだ。それで実力を測ることはできまい。

――まあ、魔術師と聖騎士、両方の力を持っているんだから当然か。

アンドレアルフス＝ミヒャエルとて、それゆえ最強の名で呼ばれていたのだから。

納得《なっとく》するザガンをどう見たのか、ギニアスはどこか自慢《じまん》げに語る。

「才女と謳《うた》われたこの街のリルクヴィスト卿ですら四位なのですから、これは尋常《じんじょう》ではないことなのですよ」

シャスティルの名前が出たことで、ザガンはステラに目を向ける。

「お前、剣でシャスティルとやり合ったらどんなものなんだ？」

「うーん、剣だけだとどうかな？　いい勝負はできると思うけど」

魔術と体術を禁じられると、シャスティルと互角《ごかく》くらいということらしい。

――それで素人とか言われたら聖騎士はみんな怒《おこ》るだろ……。

呆《あき》れていると、ステラは身震《みぶる》いするように続ける。

「それよりさあ、ザガンとこの黒花って子いるでしょ？　私、全力出しても、いまのあの子にはちょっと勝てるか怪《あや》しいかな」

全力というのは、聖剣だけでなく体術も魔術も全て使って、という意味である。ステラの自己評価の低さはこれが原因のようだ。

「俺のところではなく、シャスティルのところ、だがな……。しかし、黒花はお前にそこまで言わせるほどか？」

「うん。だってザガン、あの子の目を治してあげた上に、洗礼鎧まで作ってあげたんでしょ？　となると、ちょっと手に負えないかも」

これにはギニアスも唖然《あぜん》とする。

「ステラ殿がそこまで言う相手とは、何者なのですか？」

そういえばギニアスとは面識がないわけだが、ザガンはどう説明するか迷った。

――ラーファエルの娘《むすめ》というと、問題か？

先日のラジエルの一件で、ラーファエルの枢機卿《すうききょう》殺しが明るみに出てしまった。聖騎士長たちは事情を察したようではあったが、教会としては無罪とはいかないだろう。そのラーファエルの娘と言ってしまうと、黒花に余計な災難が降りかかりかねない。ただでさえ、あの少女は不運体質だというのに……。

考えた末、ザガンはこう答えた。

「リュカオーンの剣侍《けんし》と呼ばれる騎士のひとりだ。いまはシャスティルの下にいて、教会の一員ではある」

ギニアスは小さく身震いした。

「リュカオーン……なるほど、かの国はそれほどの力を有しているがゆえに、大陸とも対等でいられるのですね」

「気になるのなら、これから会えるぞ？」

そう教えてやると、ギニアスは跳《と》び上がって震《ふる》え上がってしまった。

まあ、実際問題、リュカオーンが独立していられる理由に三種の神器の力は大きいだろう。それと、かつてのマルコシアスの加護である。

ちなみにその序列とやらの一位は聖騎士団長ギニアスで、三位はなんとヴァリヤッカらしい。【告解】を持つギニアスはともかく、あの内通者がそれほどの腕だったとは。

――始末したのはマズかったかもなあ……。

シャックスたちからヴァリヤッカの顛末《てんまつ》は報告を受けている。警告を無視して勝手に死んだのだから自殺のようなものではあるが。

話しながら目的の店が見えてきたときだった。

「いやーっ！　もうやだぁ、誰か助けてぇ！」

合流場所である防具屋から聞こえてきたのは、すっかり心の折れた悲鳴だった。ザガンはしみじみとため息をもらす。

「あー……。もう少し、早く来てやればよかったか」

◇

そのころ教会前広場にて、ネフテロスはぼんやりと空を眺《なが》めていた。

――自分を愛する……か。

別に自暴自棄《じぼうじき》になったつもりはない。ちゃんと生きようと努めてきたつもりではある。それと自分を愛するというのは違《ちが》うのだろうか。

考えても答えは出ないが、昨日のアルシエラとの会話を思い返す。

――あえていつも通りに過ごす……というのも、ありなのよね？

彼女が提示してくれた選択肢《せんたくし》の中には、そういったものもあった。こんなふうにぼうっとして無駄《むだ》に時間を費《つい》やすよりは建設的だろう。

礼拝堂横の裏口を潜《くぐ》り、シャスティルたちのいる執務室《しつむしつ》に向かう。昨日は一日ポンコツしていたが、今日は立ち直っているだろうか。そろそろ書類仕事も溜《た》まってきているはずだが。

「シャスティル？　入るわよ」

「ああ。どうぞ」

執務室の扉《とびら》を叩くと、返ってきた声はそこそこしっかりしたものだった。

入ってみると、執務机にはシャスティルの署名待ちの書類が山と積まれていた。ある程度はネフテロスも整理してあげたが、昨日は自分自身も気持ちの整理が付かなくて十全な仕事ができたとは言い難《にく》い。

赤面が抜けきらない表情を見るに、立ち直ったというよりは目の前にそびえる仕事の山が現実に引き戻したというところだろうか。

そんなシャスティルの状態を慮《おもんぱか》ってか、バルバロスの姿はない。といっても〝影《かげ》〟の中には潜《ひそ》んでいるのだろう。シャスティルの影が不自然に波打っているのが見えた。

――ちょっと私の相談までするのは無理そうね。

ザガンから寿命《じゅみょう》のことを聞かされて、真っ先に相談しようと思った相手はシャスティルだった。

だが、彼女は魔術師《まじゅつし》ではない。ホムンクルスのネフテロスを救う手段など持ち得ないし、その癖《くせ》きっとネフテロス自身よりも悩んで抱《かか》え込んでしまうだろう。

そう思ったら、声がかけられなかった。

——でも、いつも通りにしてくれるというのも、案外助かるものね。

自分はここにいてもいいのだと、いままで通りに過ごしていいのだと、なんだか安心できる。

だからネフテロスもいつも通りの苦笑《くしょう》を投げる。

「まったく、今日はちゃんと仕事してよね？」

「うう、面目《めんぼく》ない」

書類の山に手を付け、シャスティルの署名が必要なもの、確認《かくにん》が必要なもの、その必要がないものに分けていく。確認が必要なものに関しては口頭で概要《がいよう》を告げ、署名をするだけでいいようにまとめる。それ以外のものは、ネフテロスの方で確認して次へと回す。

そうして作業を始めると、ふとシャスティルが顔を上げて言った。

「そういえばネフテロス。昨日聞きそびれてしまったのだが、なにかあったのか？」

不意打ちの問いかけに、ネフテロスはびくりと身を震わせた。

「なにか……というと？」

「いや、なにもないならよいのだが、ここ数日なにか悩んでいるように見える。私でよければ相談に乗るぞ」

本当に、この子はポンコツのくせにこういうところは鋭いのだ。

ネフテロスは知っている。ここで下手に誤魔化《ごまか》すと、彼女は余計に心配するのだ。そして結局全てを知ってしまう。

少し悩んでから、ネフテロスは首を横に振った。

「悩み……と言えばそうなんだけれど、まだちょっと口にしにくい話……かしらね」

「そ、そうか……。うむ、そういう悩みも、確かにあるよな」

なにを想像したのか、シャスティルは赤面具合を増しながらひとりで納得する。

でも、これこそがいつも通りの光景なのだろう。

アルシエラが言うように、最後の瞬間《しゅんかん》は愛する者と過ごすというのなら、ここがいいような気がした。

そう考えて、ふとなにか物足りないことに気付く。

周囲をキョロキョロと見回して、答えに至った。

「あら、珍しいわね。リチャードは遅刻《ちこく》？」

リチャードはシャスティルが護衛にと手配してくれた人員だ。基本的にネフテロスといっしょに行動しているため、執務室にいないことは珍しい。

そう尋ねると、シャスティルは怪訝《けげん》そうな顔をして首を横に振った。

「リチャードなら、今日は休むと言っていたよ」

ネフテロスは首を傾げる。

──珍しいわね。いつもなら、私にもひと言くらいかけてくれるんだけど……。

抱《いだ》いたのはほんの少しの違和感《いわかん》だった、それはシャスティルの次のひと言で多大な罪悪感へと変貌《へんぼう》した。

「……彼も、なにか悩んでいるように見えたが」

「え？」

自分のことで精一杯《せいいっぱい》で、気付かなかった。

──そういえばリチャード、昨日剣の稽古《けいこ》に出てから帰ってきてないんじゃ……？

朝はいつも通り執務室に来たはずなのだ。

いまさらそんなことに気付いた自分が恥ずかしかった。

前に倒《たお》れたときだって、彼はなにも言わずに助けてくれたし、傍《そば》にいてくれた。なのにこれはさすがに薄情《はくじょう》というものではないか。

ネフテロスは大雑把《おおざっぱ》に仕分けた書類をテーブルに置く。

「シャスティル、リチャードがどこにいるかわかる？」

「えっと、すまない。さすがに把握《はあく》していないが……いや待て。バルバロス、あなたならわからないか？」

自分の足下《あしもと》にそう語りかけると〝影〟は億劫《おっくう》そうに蠢《うごめ》いた。

『ああん？　なんで俺がそんなもん……』

「頼《たの》むよ、バルバロス。部下のことだ。私も気になる」

『……チッ、仕方ねえな』

ややあって〝影〟から答えが返ってくる。

『街外れの森ん中にいやがるぞ？』

「森の中？」

詳《くわ》しい場所を聞いてみると、どうやらかつてネフテロスがシャスティルに助けられた場所のようだった。ビフロンスのキメラに襲《おそ》われ、聖騎士からも数名の死者を出してしまった事件である。

――よく考えたら、リチャードと初めて会ったのもあのときなのよね……？

彼にとっては戦友が散った場所である。突然休暇《とつぜんきゅうか》を取ってそんなところを訪《おとず》れるとは、ただ事ではないような気がする。

リチャードには、恩がある。

――困ってるなら、力になりたい。

自分のことはどうしたらいいかわからない。だからこそ、他人のためになにかしたくなるものなのかもしれない。

自分の寿命が残り少ないからこそ、ネフテロスは隣人《りんじん》をふり返った。

「あの、シャスティル……」

「ああ。こっちは気にしなくていい。昼には黒花さんも帰ってくるはずだ。行ってきてやってくれ」

「ありがとう。……そっちのもじゃもじゃも」

『誰《だれ》がもじゃもじゃだ！』

ネフテロスは森に向かって駆《か》け出した。

◇

「ひぐっ……っ、なんでアタシが……なんでアタシが……っっ」

配下との待ち合わせ場所の店に入ると、散々着《き》せ替《か》え人形にされたらしい少女が蹲《うずくま》っていた。

周囲には紐《ひも》にしか見えない下着――いや水着か――や、ウサギの耳と尻尾《しっぽ》が付いたスーツのようなもの。いつぞやネフィが着せられたようなベルトだけで構成された服や着ぐるみのようなものまで、いろんな衣服が散乱している。

一応、遊び終わったようで、いまは真っ当な衣装《いしょう》を身にまとっている。

その傍《かたわ》らには、悲惨《ひさん》なものを見たように青ざめる黒花と、そんな黒花に正面から両目を覆われているシャックスの姿がある。まあ、男には見せられないような衣服ばかり転がっているので、仕方がないだろう。

そんな光景の中で、翼人族の店員マニュエラだけがひとり満ち足りた顔をしているのが鼻持ちならない。

あまりに凄惨《せいさん》な光景にリゼットも息を呑《の》むが、そこに蹲っていた少女の顔を見て思わず声を上げた。

「え……？　私と、そっくり……？」

その声で気付いたのだろう。少女も顔を上げて、大きく目を見開いた。

「アリステラ！　アンタ、無事だったの……？」

信じられないというように立ち上がると、少女はそのまま目に涙《なみだ》さえ浮《う》かべてリゼットに抱きつく。

「よかった……。アタシ、アンタのこと助けられなかったと思って……っ！」

頬《ほお》ずりまでしかねない勢いだが、当のリゼットは困惑《こんわく》を顔に浮かべるばかりだった。

「あ、あの、ごめんなさい。たぶん、人違《ひとちが》い……。私、リゼットと言うの……」

抱きしめて、少女の方も気付いたのだろう。呆然《ぼうぜん》とした様子でリゼットを放すと、その顔を見つめる。

「違う……の？」

「ごめん……」

ようやく別人だと理解できたのだろう。少女はそのままふらりと膝を突《つ》きそうになるが、リゼットが慌《あわ》ててそれを支えた。

「だ、大丈夫《だいじょうぶ》……？」

「……うん。ごめん。アンタが妹とそっくりだったから」

そんな少女たちを見つめ、ギニアスが背中の大剣《たいけん》に手をかけるが、ザガンはそれを手で制する。首を横に振《ふ》ってみせると、ギニアスも手を下ろした。

マニュエラが、そんなふたりを慰めるように近づく。

「――それじゃあ、次はあなたもお着替《きが》えしてみようか？」

「自重しろ」

ときにはあえて空気を読まない人間も必要だとは思っているが、今回ばかりはザガンもぴしゃりと言って聞かせた。

正直、ネフィのプレゼントによさそうなものを探したい気持ちもあったのだが、いまは出直すとしよう。

いい加減、ザガンたちもこの店の常連ではある。それもあって、店の奥《おく》にある応接室を貸してもらえることになった。

一般的《いっぱんてき》な広さの部屋だ。ふたりがけのソファは向き合ってふたつ並べられており、小さなテーブルがある。壁際《かべぎわ》には防具屋らしく盾《たて》などが飾《かざ》られており、なにかの表彰《ひょうしょう》状《じょう》もかけられている。

「アタシは、デクスィアと言います。シアカーンさまの配下……でした」

なんとか落ち着きを取り戻《もど》した少女は、そう名乗った。

ザガンを筆頭にシャックス、黒花、デクスィア、リゼット、ステラとギニアスも含《ふく》めて計七人。さすがに手狭《てぜま》ではあるが、いまは十分である。

ソファにはザガン、隣にステラ。向き合ってデクスィア、リゼットが座《すわ》っている。シャックスと黒花、それとギニアスには悪いが立ってもらっている。まあ、一応は尋問《じんもん》という形のため、この配置はやむを得ないのだ。

簡単に自己紹介《しょうかい》を済ませてから、ザガンはまず黒花とシャックスに目を向ける。

「それで、付いてきているのか?」

「はい。ちゃんと付いてきています」

デクスィアという重要人物を手中に収めていながら、〈転送〉を使わず馬車などで帰還させたのにはもちろん訳がある。

——シアカーンの追手という情報源は無視できん。

シャックスと黒花がシアカーンの配下らしきふたり組と交戦した報告は、当然ザガンの耳にも入っている。目的も力量も不確定ゆえシャックスたちに追わせるのは危険だが、かと言ってみすみす見逃《のが》すのも惜《お》しい。

それゆえ、追手が追跡《ついせき》しやすいように帰還させたのだ。

街に入ってくれたのなら、もうザガンの結界の中だ。〈魔王〉の手の平から逃《に》げ出せるものなら逃げてみればいい。

早速《さっそく》結界を使って探《さぐ》ってみれば、それらしいふたりの反応を捕《つか》まえることができた。どうやら遠目にこの店を監視《かんし》しているようだ。

マニュエラの店を巻き込むつもりはないので、仕掛《しか》けてくるようならこの場からでも迎撃《げいげき》できるよう準備を済ませておく。

それを確かめてから、今度はデクスィアに目を向ける。

「で、貴様はいつぞやのシアカーンの配下か。一か月前にもこの街をうろついていたな」

「……はい」

そのとき、ザガンは初めて〈アザゼル〉と対面したのだ。

萎縮《いしゅく》しきった様子で頷《うなず》くデクスィアに、ザガンは問いかける。

「聞きたいことは山ほどあるが、まず最初に確認しておきたいことがある」

一応、心構えができるのを待ってやると、デクスィアはややあって頷いた。

「貴様は、自分を何者だと認識《にんしき》している？」

この問いに、不思議そうな顔をしたのは、リゼットとギニアスだけだった。

デクスィアは自分の胸に手を当てて答える。

「アタシはシアカーンさまに作られた使い魔よ。シアカーンさまは〈ネフェリム〉とお呼びになっていたけど、妹のアリステラもそう。体が不自由なシアカーンさまのお世話をするため、その手足となって働くのが役目……だったわ」

この答えに、リゼットが目を見開くが、そちらは後回しである。

――〈ネフェリム〉だと……？

ネフィの本名であるネフェリアとよく似た響きに、ザガンは表情を険しくした。シアカーンが直接ネフィを狙《ねら》ったことはないはずだが、なにか関係があるのだろうか。警戒しておいた方がいいかもしれない。

ともかく、デクスィアはネフテロスとは違って、自分が作りものという自覚はあるらしい。

もっとも、こうして離反《りはん》しているのだから結局は似たようなものだが。

「シアカーンに作られたと言ったな。こいつのことはなにか知っているか？」

そう言ってリゼットを視線で示すが、デクスィアは首を横に振った。

「……わからない。前任者がいたなんて聞いたことがないし。でも、過去に離反者がいたんなら、アタシはこんなふうに逃げられてないと思う……思います」

シアカーンとて〈魔王〉である。一度首輪を千切られて、なんの対策もしないなんて馬鹿な話はないだろう。

となると、デクスィアたちとは違うようだ。

――だが〈アーシエル・イメーラ〉で狙われていたのは事実だ。

そこのところが不可解だが、少なくともデクスィアには知らされていないようだ。

――考えられるのは、リゼットをモデルにデクスィアたちを作ったという可能性か？

いまある情報から推測できるのはそれくらいだろう。

「リゼット。お前はいつからあの裏路地で暮らしていた？」

「え？　ええっと、よく覚えてないけど、たぶん五年くらい……前？」

ザガンは渋面《じゅうめん》を浮かべそうになるのをなんとか堪《こら》えた。

――こいつも〝五年前〟か。

やはり、シアカーン絡《がら》みで巻き込まれているのは間違《まちが》いなさそうだ。

情報を確かめながら、もう一度デクスィアに問いかける。

「次の質問だ。貴様はいま、なにを目的にしている？」

「……アリステラを、妹を、助けたい、です」

かつて助けることができなかった少女。あのとき、辛《かろ》うじて命は繋《つな》いだようだが、アルシエラの〝天使狩《が》り〟によって、体の大半を吹《ふ》き飛ばされたのだ。

「生きているのか?」

「生きてる……と、アタシは、思ってます」

「……なるほど、では次だ」

前置きをしてから、ザガンは質問を続ける。

「シアカーンから『妹を助けてやるから戻ってこい』と言われたら、貴様はどうする?」

デクスィアは身を強張《こわば》らせた。

意地悪な質問ではあるが、必要なことである。デクスィアの処遇《しょぐう》を決めるのは、その答え次第《しだい》なのだから。

膝の上でギュッと手を握りしめ、震えるデクスィアに手を差し伸《の》べたのは、隣に座っていたリゼットだった。

指先が白くなるほど握り締めたその手を、そっと握ってやったのだ。

驚《おどろ》いたように目を丸くして、デクスィアは覚悟《かくご》を決めたようにこう答えた。

「アリステラは、泣いてた。死にたくないって。使い捨てになるのは嫌《いや》だって。なのにシアカーンさまは、そのアリステラを道具にした。だから、許さない」

ザガンを真《ま》っ直《す》ぐ見つめるその瞳《ひとみ》に、迷いはなかった。

本当にもう、それしか生きる意味がないという者の目である。

「なるほど、いいだろう。貴様を俺《おれ》の庇《ひ》護《ご》下に置く。その妹の救出にも手を貸してやる」

「……っ、本当に？」

「当然、貴様の知っている情報は洗いざらい吐《は》いてもらう。それが条件だ」

「ありがとうっ、ございます」

頭を下げるデクスィアに、リゼットが微笑《ほほえ》みかける。

「よかったね」

「う、うん」

そんなふたりを眺めて、ステラが脇腹《わきばら》を突いてきた。

「いや、本当によかったねー」

うんうんと頷いて、ザガンにだけ聞こえる声音《こわね》でつぶやく。

（ザガン、あんたあの子の回答次第じゃ殺すつもりだったでしょ）

ふんと、鼻を鳴らす。

（当たり前だ。この状況《じょうきょう》で上辺だけの台詞《せりふ》を返すようなやつを庇護する趣味《しゅみ》はない）

あいにくと、ザガンは博愛主義ではない。シャックスたちが拾ってきたから、こうして明らかに人命に勝る。


チャンスを与えているだけなのだ。

そうでなければ、シアカーンの使《つか》い魔など助ける必要はない。むしろ解剖《かいぼう》や実験から得られる情報はあまりに多いのだ。かの〈魔王〉の居所を突き止《と》めたいま、そうした情報は明らかに人命に勝る。


——まあ、結果的に助けることにはなってしまったが。

またひとつ面倒《めんどう》事が増えてしまったが、一度助けると決めた以上、ザガンはこの少女を放り出しはしない。


それから、壁に寄りかかっていたシャックスが口を開く。

「ボス、この嬢《じょう》ちゃんを逃がしたのはビフロンスだって話だ。ボスはそこんところ、どう考えてるんだい？」

人が嫌がることをすることに関して、あの〈魔王〉は天才的である。ビフロンスが関わっているなら、デクスィアにもなにが仕込まれているかわかったものではない。

だが、ザガンは首を横に振った。

「そいつは気にしなくていいだろう。ビフロンスの性格からすると、デクスィアはそれほど魅力的《みりょくてき》ではない。シアカーンへの軽《かる》い嫌がらせ以上の意味はないだろう。せいぜい、なにか面白《おもしろ》いことをしてくれたらいいな、程度のものだ」

相手がザガンにしろ、シアカーンにしろ、ビフロンスが本気で嫌がらせをするつもりなら、もっと選択肢のない状況を作る。それこそザガンが助けざるを得ないように、この街に放り込んでくるだろう。

いまザガンがデクスィアを助けると決めたのは気まぐれによる部分も大きく、ビフロンスの計画にしては確実性が低すぎる。

――まあ、ここまで逃げてきたことで興味を持たれた可能性はなくもないが。

正直、いまの時点でなにかを仕組んでいる可能性はないだろう。

その答えで納得したのか、シャックスは肩を竦《すく》めて頷いた。

「ボスがそう言うなら、俺は従うだけだぜ」

そう言いながら、次に一本の大剣を取り出す。

「で、問題はこいつなんだが……」

それを見て、ギニアスが動揺《どうよう》の声をもらす。

「聖剣《せいけん》？　いったい誰の……」

「ヴァリヤッカってやつだ。ちょいとトラブってな……」

「シアカーンの配下に殺されたらしい。奪《うば》われる危険が高かったから回収を命じた」

ザガンは躊躇《ちゅうちょ》なくシアカーンに全ての責任を押《お》しつけた。

黒花も唖然とするが、シャックスはすぐに察して沈痛《ちんつう》そうな表情を作る。

「悪いな。俺たちがもう少し早くたどり着いていたら助けられたかもしれないが、間に合わなかった。だからせめて剣だけでも、弔《とむら》ってやってくれ」

「……かたじけない。感謝を」

魔術師の言葉ではあるが、ギニアスは悼《いた》むように聖剣を受け取った。

――こいつ黒花のこと以外だと本当に有能だなあ。

やはり次期〈魔王〉に推挙したザガンの目に狂《くる》いはなかった。推挙したくないというのが本音だが、この男はすでに〈魔王〉でもやっていける。

それから、いかにも死んだ聖騎士《せいきし》に敬意を払《はら》うかのような眼差《まなざ》しで、ザガンは言う。

「ギニアス、これの処遇は貴様に任せてかまわんか？」

「それはもちろんかまわないが……しかし、あれほどの方が遅《おく》れを取るだなんて……」

仲間内では人望があったのか、本当に悔《く》やむような声だった。

――まあ、シアカーンのスパイだったことは伏《ふ》せてやるか。

微塵《みじん》も同情の気持ちはないが、生き残った者の傷に塩を塗《ぬ》る必要はない。リュカオーンで言うところの『剣侍《けんし》の情け』というものである。黒花も微妙《びみょう》な顔をしていたが、まあ話は合わせてくれた。

――このタイミングで聖騎士長に空席を作ったことが、どう響《ひび》くかだが……。

性根《しょうね》は腐《くさ》っていても腕《うで》はそれなりだったはずだ。それが教会にとってどんな影を落とすことになるかは、いまはまだわからない。

そう思いを巡《めぐ》らせていたときだった。

――む？　ネフテロスのやつ、どこへ行くつもりだ……？

街を覆《おお》う結界が、街の外へと向かう義妹《ぎまい》の反応を捉《とら》えていた。

◇

一刻ほど森の中を進むと、ネフテロスはリチャードの姿を見つけることができた。

ひとまず無事らしいことにホッとして、ネフテロスは声をかける。

「リチャード」

「ネフテロスさま……？」

ふり返ったリチャードは、休暇《きゅうか》中ということもあって洗礼鎧を着ていなかった。礼服でもない私服姿で、ネフテロスは初めて見る格好だ。手には簡素な花束を抱えていて、どうやら墓参りのようなものだとわかった。

息を乱すネフテロスに、リチャードは目を丸くして駆け寄る。

「なにかあったのですか?」

「なにかって、あなたが……」

リチャードがなんだと言うのだろう。ただ休暇を取っただけのことではないか。

改めて顔を見上げても、リチャードはいつも通りに見える。悩《なや》んでいるかどうかなど、ネフテロスにはわからない。

――でも、わからないのは、向こうも同じか。

うだうだ悩んでいる時間はないのだ。

ネフテロスはまったく整理もつかない言葉をなんとか絞《しぼ》り出す。

「あなたが、悩んでるって聞いたから……。黙《だま》って休んじゃうし、昨日も帰ってこなかったじゃない。いくら私でも、心配くらい、するわ」

そう答えると、なにやらリチャードの頬が赤く染まった。

「それはそのっ、申し訳ありません」

「いや、あなたが謝《あやま》る必要ないでしょ?」

リチャードは困ったように頭をかくと、森の中を見つめる。

「悩んだときは、ここに来ることにしているのです」

「……あの日、ビフロンスのキメラと戦った場所ね」

自分の出自を知り、主であるビフロンスの下から離反したネフテロスは、ここで力尽《ちからつ》きた。死を待つばかりだった自分は、ここで聖騎士に助けられたのだ。

「そういえば、あのとき最初に水をくれたのって、あなただったわね」

「……そんなことも、ありましたね」

「正直、聖騎士に助けられるなんて夢にも思わなかったから、びっくりしたわ」

ここにいると忘れそうになるが、本来聖騎士にとって魔術師は不倶戴天《ふぐたいてん》の敵なのだ。それを斬《き》るためならどんな大義名分だって成立する。

そのはずなのに、リチャードはなにも言わず水をわけてくれた。そのあと、たくさん辛《つら》い思いもしたが、

「あのとき、あなたが……ううん、あなたたちが助けてくれなかったら、私はいまここにいなかった」

自分なんかを助けようとしたせいで、何人も死んでしまった。助かった者の中にも、聖騎士として再起不能になってしまった者もいる。みんな、まだ若くて未来のある者たちだ

ったはずなのに。

「だから、その……ありがとう。よく考えたら私、お礼も言ってなかった」

これでは薄情だと罵《ののし》られても文句はいえない。

リチャードは小さく頷く。

「ありがとうございます。ネフテロスさまがそうおっしゃってくださると、ここで命を落としたふたりも浮かばれます」

「……仲が、よかったの？」

「ええ……。片方は私の幼馴染《おさななじ》みで、片方は聖騎士見習いのころからの親友でした。巡回《じゅんかい》が終わったあとはよく小隊のみんなで馬鹿騒《ばかさわ》ぎしていましたよ」

ネフテロスが想像した以上に、彼《かれ》らはリチャードにとってかけがえのない仲間だったらしい。

そう思うと、胸の奥がズキンと痛んだ。

「ごめ――」

「――どうか」

謝罪の言葉は、口に出す前に遮《さえぎ》られた。

「どうか、謝らないでください。彼らは、立派に職務を果たしたんです。かけられるべき言葉は謝罪ではなく、誉《ほま》れなんです。だから、褒《ほ》めてあげてください」

その心の在りように関しては、ネフテロスからはなにも言えない。ただ……。

「……でも、人が死ぬのは、やっぱり悲しいと思うわ」

口に出してから思う。

――ネフェリアも、そう思うのかしら……。

寿命のことを告げたザガンは、悩んでくれていた。本来、魔術師にとってホムンクルスなど、換《か》えの利く道具でしかないはずなのに、ネフィやフォルの命と同じように苦しんでくれた。

本当に、ネフテロスを家族として受け入れてくれているのだとわかった。

きっと、他のみんなもそうなのだろう。シャスティルや黒花、フォルやオリアス、ラーファエル、あのちょっと変なおばあちゃんなんかもそうだ。もしかしたらあのもじゃもじゃの魔術師……は、ないか。

とにかく、いまのネフテロスには悲しんでくれる人ができてしまったのだ。

――このまま死んじゃって、本当にいいのかな。生きる方法は……。

そう考えた瞬間、強烈《きょうれつ》な吐き気《け》がこみ上げた。

人間の体をメチャクチャにつなぎ合わせたキメラ。その顔は全てネフテロスと同じ顔。

運の悪かったネフテロスたち。ここにいる自分は、ほんの少しだけ運がよかっただけ。そして、それがリチャードの仲間たちを殺した。

死にたくはない。

でも、あの体を使うことだけは、無理だ。耐《た》えられない。

思わずよろめいてしまうと、リチャードが慌ててその肩《かた》を支えてくれた。

「ネフテロスさまっ？」

「だ、大丈夫。ちょっと嫌なことを思い出しただけだから……」

リチャードを心配して来たはずなのに、自分の方が心配をかけてどうするのか。

それでも、青ざめた顔がすぐ元に戻るはずもなく、リチャードには焦《あせ》りどころか絶望に似た表情が浮かんでいた。

――なにか、あったの……？

目眩《めまい》のひとつやふたつ、よくあることだ。そのはずなのに、リチャードのこの反応は過《か》剰《じょう》な気がした。

ネフテロスは、リチャードを安心させるようにその頬に触《ふ》れる。

「私は本当に平気だから。それより、あなたの方こそ、なんかあったんじゃないの？　わざわざこんなところに来るようなことが」

自分だって一大事なのに、どうしてこんなことを言っているのかはわからない。

――死ぬ前に〝いい人だった〟と思われたいのかな……。

そんな薄《うす》っぺらい感情だと言われたら、なにも反論できない。ただ、この人が困っているのに、放っておいてはいけない気がするのだ。

そう訴《うった》えると、なぜかリチャードは余計に泣き出しそうな顔になってしまう。

「力になりたいの……――ひゃっ？」

突然《とつぜん》、リチャードはネフテロスを抱きしめてきた。


「ち、ちょっと……？」

困惑の声をもらして、ネフテロスは気付いた。

「……あなた、泣いてるの？」

リチャードは声を殺して震《ふる》えていた。

「申し訳、ありません。私には、あなたをお救いする方法が、わかりません」

その言葉で、ネフテロスも気付いてしまった。

「……もしかして、私のこと聞いた？」

「……はい」

だから、彼はひとりでこんなところにいたのだ。

救うことのできないネフテロスのために、こんなにも悩んで、苦しんでくれていたのだ。

「……そっか」

どうしてそうしたのかはわからない。ネフテロスは、ギュッとリチャードを抱きしめ返していた。

「ごめんね。せっかくあなたたちが助けてくれたのに……」

「謝らないでください」

「……うん。でも、少し嬉《うれ》しい。同情でも、泣いてくれる人がいるのって」

そうつぶやくと、リチャードはネフテロスの体を離《はな》した。そして痛いくらい肩を掴《つか》んでこう吠《ほ》えた。

「同情などではありません。愛しているからです！　私が、あなたを！」

その言葉が自分に向けられたものであることを、ネフテロスはすぐには理解できなかった。

――え、リチャード、いま、なんて言ったの……？

愛してる――ザガンとネフィの関係を知って、ずっと探してきた答え。それがとうとつに目の前に提示されたのだ。

「な、なんで……。私なんて、なにも好かれるようなところなんて……」

「あなただって、私たちのために泣いてくれたではありませんか」

その言葉は、驚くほど胸の中にすとんと落ちた。

キメラに襲われたあのとき、目の前で聖騎士たちが殺されていくのを見て、ネフテロスは泣くことしかできなかった。己《おのれ》の無力さはもちろんのこと、自分なんかのために誰かが死ぬのが本当に辛く感じられたのだ。

――そうか……。自分を愛せないやつは、こんな簡単なことにも気付かないのか。

アルシエラの助言は正しかった。

ネフテロスはちゃんと自分を愛するべきだったのだ。そうすれば、彼が向けてくれていたものがただの優《やさ》しさではなく、愛してくれていたのだと気付けたはずなのに。

だから、ネフテロスは困ったように笑い返すことしかできなかった。

「ごめんね……。私、あと二、三か月で死んじゃうから……」

「なら、私が最期《さいご》までお側《そば》にいます。あなたを独りにはしません」

「……なんで？　それ、あなたは辛いだけじゃないの？」

ネフテロスが信じられないというように問いかけると、リチャードはさも不思議そうにこう答えた。

「人が人を愛するというのは、そういうことではないのでしょうか？」

ぽろりと、頬を涙が伝っていた。

そのまま、ギュッとリチャードの胸にしがみつく。

「……私は、死にたくない。もっと知りたいこと、やりたいこと、たくさんある」

「はい」

「でも、あんな方法で生き存《ながら》えるのは、耐えられない」

そんな無様なわがままに、リチャードは笑うでも怒《おこ》るでもなく、ただ優しく抱きしめ返してくれた。

「探しましょう。きっと、なにか方法があります」

ネフテロスは信じていいのか怯《おび》えるように顔を見上げる。

愛してる――そう言ってくれたリチャードに、いまはまだどう答えたらいいのかわからない。

――でも、もしも死なずにすんだら……。

寿命《じゅみょう》を延ばすことができたなら、そのときは応えてもいいだろうか。

だってこの人は、こんなにも不器用にずっと傍に寄り添《そ》ってくれたのだから。

この人となら、自分でも〝恋《こい》〟というものを知ることができるのではないだろうか。

それは初恋《はつこい》と呼ぶにはあまりに淡《あわ》く、曖昧《あいまい》なものかもしれない。それでも、ようやくその扉《とびら》の前に立てた。その瞬間《しゅんかん》だった。

「あのさ、リチャード──」

そう、語りかけたときだった。


『感心しないなあ。勝手に人のお人形に手を出すのは──』


ぶしゃっと鈍《にぶ》い音を立てて、目の前に赤い花が咲《さ》いた。

頭から生暖かい液体がしたたり落ちる。

リチャードの方も、なにが起きたかわからないという顔で硬直《こうちょく》している。

恐《おそ》る恐る視線を下げてみると、リチャードの胸から赤く濡《ぬ》れた手が突き出していた。

かつての主のそれとよく似た、小さな手。

そして、その手には未《いま》だ脈打つ心臓が握《にぎ》られていた。

まだ返事も口にしていないのに、ネフテロスを愛してると言ってくれた人の心臓は、目の前で握りつぶされる。

――まだ……。また、私なんか助けようとするから……。

絶望が、ネフテロスの中で弾《はじ》けた。

◇

「――ビフロンスッ、貴様あ！」

ネフテロスに追いついたザガンが目にしたのは、リチャードが心臓を抉《えぐ》られるその瞬間だった。

塵《ちり》から人の形へ、少年とも少女ともつかぬその姿を顕《あら》わにした〈魔王《まおう》〉は高らかに笑い声を上げる。

「あっははははっ、キミがそんな顔を見せてくれるなんて嬉しいね！」

膝《ひざ》から崩《くず》れるリチャードを、なにが起きたか理解できぬ顔で受け止めるネフテロス。そんな光景を舐《な》めるように見つめて、ビフロンスはザガンをふり返った。

それからの攻防《こうぼう》は、数秒のうちに終わることとなる。

「――〈天輪・絶影《ぜつえい》〉――」

最初に動いたのは、ザガンだった。

周囲の魔力《まりょく》を無尽蔵《むじんぞう》に吸い取り、速力に変える三番目の〈天輪〉。

リチャードの背中に貼《は》り付くビフロンスに、ザガンは一歩で追いつく。その勢いのまま拳《こぶし》を叩《たた》き付けるが、醜悪《しゅうあく》な魔術師《まじゅつし》はその身を塵に変えて直撃《ちょくげき》を逃《のが》れてしまう。

だが、それくらいはザガンの予想の範疇《はんちゅう》である。

「がっ、ハ――ッ」

拳そのものは躱《かわ》せても、そこに乗せた魔力までは凌《しの》げない。塵から人の姿に引き戻され、ビフロンスは仰《の》け反《ぞ》って地面を転がった。

「――シャックス！」

「わかってる！」

リチャードからビフロンスを引き剥《は》がさなければ治療《ちりょう》もできない。有能な配下はその意図を汲《く》み取り、すでにリチャードの下へ駆《か》け寄っていた。

それを確かめつつ、ビフロンスへ追撃《ついげき》をかけようとするが。

「――おっと、僕《ぼく》にばかり気を取られていいのかな？」

地面に叩き付けられながらも、ビフロンスはその反動のままくるりと体を後転させて立ち上がっていた。その視線は、ザガンの後ろへと向けている。

心臓を貫《つらぬ》かれたリチャードを抱《だ》き止める、ネフテロスへと。

『あああああぁっあああぁあああああッあああアアァあああッああああああっ』

この世のものとは思えぬ絶叫《ぜっきょう》にふり返ると、ネフテロスの体から真っ黒な〝闇《やみ》〟が噴《ふ》き出していた。

ザガンはそれがなんだか知っている。

──馬鹿な、〈アザゼル〉だと……っ！

かつてアリステラの体を乗っ取り、ネフテロスの体にも入り込んでいたという災厄《さいやく》。アルシエラが封印《ふういん》したはずのそれが、ネフテロスの体からあふれ始めていた。

すでに瞳から意思の光が消失した、リチャードの体ごと飲み込むように。

──ネフテロスの絶望が、トリガーになったのか？

いずれにせよ、いまのネフテロスに近づくのは危険だ。

「離れろシャックス！」

ザガンは叫《さけ》ぶが、シャックスという男はリチャードを見捨てて逃げられるほど、器用ではなかった。

逃れられない。

そう思った瞬間、シャックスにものしかかろうとする〝闇〟が、十字に引き裂《さ》かれた。

「クロスケ！」

「シャックスさん、いまのうちに！」

ザガン以上にシャックスという男を理解しているのが、黒花という少女だ。

シャックスが逃げようとしないことを見越《みこ》して、すでに短剣《たんけん》で斬りかかっていたのだ。

恐るべき双剣《そうけん》は、ネフテロスの体を傷つけず〝闇〟だけを斬り払い、そこからリチャードの体を顕わにする。

その一瞬《いっしゅん》に、シャックスはリチャードの体を引きずり出して後ろに跳《と》ぶ。

直後には、黒花が斬り裂いた場所は再び〝闇〟に覆い尽《つ》くされていた。一歩でも迷っていたら間に合わなかっただろう。

黒花とシャックスはそのまま〝闇〟から距離《きょり》を取る。

ただ、一瞬とはいえそちらに気を取られてしまったザガンは、ビフロンスから意識を外してしまっていた。

「ひひひっ、面白いいものを連れてきたじゃないか。手土産《てみやげ》にもらっていくよ！」

ビフロンスが飛びついたその先には、リゼットの姿があった。

──リゼットを、真っ先に狙うだとっ？

この少女になにがあるというのか。

「ひっ──」

悲鳴をもらすリゼットの体が、塵に包まれる。

それは、ある者の心の傷を抉る光景でもあった。

「ダメェッ！」

誰《だれ》よりも速くリゼットに飛びついたのは、デクスィアだった。

妹と同じ顔をした少女の危機に、考えるよりも先に体が動いたのだろう。

「まさか──」

目の前で獲物《えもの》を、それも自らが無価値だと気にも留《と》めていなかった存在に奪われたビフロンスは、驚愕《きょうがく》とも歓喜《かんき》ともつかぬ表情で硬直した。

一瞬の動揺。その隙《すき》を見逃すザガンではなかった。

「──〈天燐《てんりん》・紫電《しでん》〉！」

魔族《まぞく》の群れすら蹂躙《じゅうりん》した〈天燐〉の拳。鮮《あざ》やかな紫《むらさき》の軌跡《きせき》を残し、ザガンの拳はビフロンスを捉えていた。


一瞬の交錯《こうさく》。

振《ふ》り下ろされる拳。

身を反らすビフロンス。

両者がすれ違《ちが》ったそのあとに、トサッと軽いものが地に落ちた。

二《に》の腕から先の、か細い腕。

「——あっがあああああああああああっ！」

ザガンの放った〈紫電〉は、ビフロンスの右腕《みぎうで》を刈《か》り取っていた。

——駄目《だめ》だ。浅い。

〈天燐〉は瞬時《しゅんじ》にビフロンスの右腕を焼き尽くすが、ビフロンスの体までは登っていかなかった。焼かれる前に、腕だけ切り離したのだ。

見れば地面に落ちた右腕も、手首から先だけは残っている。〈魔王の刻印〉だ。

——だが、その右腕はもう再生できんぞ。

取り残された手首は、ふわりと浮《う》かんでビフロンスの左手へと収まる。

「ひひ、腕一本とは高くついたね」

「腕一本で済ますと思うのか？」

「ああ、時間切れだ。キミは戦わなければならないんだから」

戯《ざ》れ言を無視してトドメを刺《さ》そうとすると、後ろから悲鳴が聞こえた。

「お姉ちゃん！」

リゼットの声だった。

ふり返ると〝闇〟に首を鷲掴《わしづか》みにされたステラの姿があった。

背後にまだ倒《たお》れたままのリゼットとデクスィアがいるところを見ると、彼女《かのじょ》たちをかばったのだろう。

「かはっ――この……ッ」

苦悶《くもん》の表情を浮かべながらも、ステラは〝闇〟の腕を掴むと、その親指の付け根だろう部分を起点に全力でねじり返す。

首を引きちぎらんばかりの力が込められていたはずの腕は、するりと外れて〝闇〟の体は宙に放り出されていた。

そして、そのころにはビフロンスの姿は塵となって消えていた。

奪えたのは右腕一本。こちらの損害はリチャードとネフテロスという、ザガンにとって無視できないふたり。

完全に、出し抜《ぬ》かれたのだ。

それでいて、ザガンが本当に戦わなければならないのは、これからだった。

「おい……。こいつはいったい、どういうことなんだ……？」

呆然《ぼうぜん》とした声をもらしたのはシャックスだろうか。

いつの間にか、ネフテロスの体を覆う〝闇〟は消えていた。

静かに目を閉じ、宙に浮かんではいるが、その体自体に異変はないように思う。

ただ、その背には光でできた翼《つばさ》のようなものが浮かんでいた。

神々《こうごう》しくも禍々《まがまが》しい、八枚の翼が。

◇

──なんだあの翼は……！

ザガンの銀眼には、その正体が見えていた。ともすれば〈魔王の刻印〉にすら比肩《ひけん》する魔力の結晶《けっしょう》だ。

それが、八枚である。

〈魔王の刻印〉を八個宿しているようなものだが、そんな単純な話には思えない。かつてビフロンスが湖《スフラギタ》にて召喚《しょうかん》した〝泥《どろ》の魔神《まじん》〟など、本当に残り滓《かす》でしかなかったのだと痛感させられる力だった。

意識しなければ呼吸すらままならない、この強大な力はなんだというのだ。

〝ネフテロス〟が目を開く。月のごとく金色の瞳。そこに浮かんでいたのは、奈落のような暗黒だった。

パンッと、なにかが弾ける。ザガンとステラ、それにシャックスが呻《うめ》く。ただのまばたきひとつで、紡《つむ》いでいた魔術《まじゅつ》が全て消し飛ばされたのだ。

特に、リチャードの治療をしているシャックスの魔術までかき消されたのはまずい。

『嗚呼《ああ》……本当に愚《おろ》かな子たち。でも、哀《あわ》れんであげますわ』

〝ネフテロス〟は歌うように囀《さえず》る。

『此《これ》に、慈悲《じひ》を賜《たま》わすのです』

八枚の翼から、水晶《すいしょう》のような礫《つぶて》が放たれる。

――あれは、ネフテロスの〈月の牙《セレネ・カリオドウス》〉！

ネフテロスが好んで使う神霊魔法《しんれいまほう》である。

ただ、その力はネフテロスの比ではなかった。

「――〈天鱗《てんりん》・竜式《りゅうしき》〉！」

躊躇なく最大の盾《たて》を紡ぐ。

その巨大《きょだい》な翼でリゼットを始めとする非戦闘員《せんとう》たちを庇《かば》うが、ザガンは目を見開くこととなる。

〈月の牙《セレネ・カリオドウス》〉は、〈竜式〉の装甲《そうこう》を貫通《かんつう》したのだ。

オリアスの神霊魔法すら完封《かんぷう》した〈竜式〉が、瞬《また》く間《ま》に穴だらけにされる。貫かれても神霊魔法の霊力《れいりょく》を食《く》らって巨体《きょたい》を増すが、砕《くだ》かれる速度の方が速い。数秒と保たずに、崩壊《ほうかい》が始まるだろう。

だが、それでもときは稼《かせ》げた。

「口を開くなよ。舌を噛《か》むぞ」

雨のように降り注ぐ水晶の中、ザガンが真っ先に向かったのはリゼットとデクスィアのふたりだった。デクスィアはそれなりの魔術師だったはずだが、いまは丸腰《まるごし》の非戦闘員である。守らねばならない。

リチャードを抱《かか》えて身動きの取れないシャックスの方はというと、黒花が盾となって降り注ぐ水晶を斬り払っている。

貫かれたとはいえ、〈竜式〉も水晶の威力《いりょく》を削《けず》っていたのだろうが、さすがはステラに戦いたくないとまで言わせた少女である。〈天無月《あまのむつき》〉の双剣は水晶を砕いていた。

ステラとギニアスもそれぞれ聖剣を抜いて防御《ぼうぎょ》に回っている。

――だが、シャックスに近づけん。

先ほどのまばたきで治癒《ちゆ》魔術《まじゅつ》までかき消されたはずだ。

心臓を貫かれたリチャードの手当ては、シャックスでもひとりでは手に余る。なのにこの水晶の雨の中、ふたりも抱えた状態では近づくことすらできなかった。

そこで動いたのは、ギニアスだった。

「――天使【告解】〈ラジエル〉――」

聖騎士団長の呼びかけに、大剣《たいけん》を掲《かか》げた騎士の甲冑《かっちゅう》が紡ぎ上げられる。

「行け！　貴公なら救えるのだろう？」

かつて己を騙《だま》し、なぶり、屈辱《くつじょく》の限りを与《あた》えた相手に少年はそう告げた。

「……借りておく。死ぬなよ」

一度は〝面倒だから〟という理由で殺そうとした少年に、ザガンはそう答えた。

水晶の雨の中から飛び出し、緑の【告解】が〝ネフテロス〟へと斬りかかる。

それを尻目《しりめ》にシャックスの下に駆け寄ると、リチャードの胸にはぽっかりと穴が空いたままだった。ひとまず失血を止めて、失った心臓の代わりに魔力で血流を操作しているようだ。応急処置としてはこれ以上望むべくもないものだが、治療はできていない。

リゼットとデクスィアを地面に下ろし、ザガンは問いかける。

「なにをしている。治療できんのか？」

「無理言わねえでくれボス。失った臓器を再生させるなんて、一朝一夕《いっちょういっせき》でできるものじゃねえんだ。心臓を作り直すまで、こいつの体は保たない」

臓器を傷つけられただけなら、シャックスほどの男に治療できない理由はない。だがビフロンスはリチャードの心臓を綺麗《きれい》に抜き取ってしまったのだ。

丸々なくなってしまった臓器の再生は、治癒《ちゆ》ではなく創造である。

「……わかった。そっちは俺《おれ》がなんとかする。黒花、背中は任せるぞ」

「――っ、はい！」

この場から逃《に》げることすら困難な絶望を前に、黒花は高揚《こうよう》さえ滲《にじ》んだ声で応えた。

それはネフテロスに使うつもりで作り始めた魔術だった。

未完成で十全に効果を発するかはザガンにもわからない。なにより、こんな泥まみれの雑菌《ざっきん》だらけの状態で行うなど、救える者も救えない愚行《ぐこう》である。

それでも、王としてそう応える。

〈魔王の刻印〉から魔力を流し込み、それを物質化させて細胞《さいぼう》の一片《いっぺん》、血管の一本から紡ぎ上げていく。常人なら処理能力に耐えきれず脳が破裂《はれつ》しかねない、緻密《ちみつ》にして繊細《せんさい》な魔術だった。

その背中で、ギニアスは【告解】を駆使《くし》して〝ネフテロス〟に挑《いど》むが、それは戦いにすらなっていなかった。

ギニアスの【告解】は決して稚拙《ちせつ》ではなかったが、水晶の雨を防ぐのが精一杯《せいいっぱい》で、ただのひと太刀《たち》も斬り込むことができないでいる。

そうして耐え忍《しの》んでいると、不意に水晶の雨が止《や》んだ。

「――ッ、いまだ！」

ギニアスが【告解】を立て直し、斬りかかろうとしたそのときだった。

〝ネフテロス〟の手に、光でできた槍《やり》が紡がれた。

「避《よ》けろギニアス！」

そう叫んだのはステラだった。

「え――」

槍が手から離れた瞬間、【告解】の胴《どう》に巨大な穴が穿《うが》たれる。

それが槍の一撃《いちげき》だと気付いたときには、地平線の彼方《かなた》まで光の帯が駆け抜けていた。

一瞬《いっしゅんおく》遅れて、炎《ほのお》が柱となって立ち上がる。

もしもこれがキュアノエイデスに向かって放たれていたら、街はなくなっていたかもしれない。

「ぐ、う、うっ……っ」

ステラの声に反応できたのだろう。ギニアスはなんとかその範囲《はんい》から逃れるが、【告解】はひとたまりもなく砕け散っていた。

地に投げ出されたギニアスが血を吐《は》く。洗礼鎧がボロボロに崩れ、立ち上がることすら敵《かな》わない。かすめただけでこの打撃《だげき》である。

そして〝ネフテロス〟は静かに目を閉じ、唇《くちびる》を震わせる。

『――其は星のごとく輝《かがや》く者。天秤《てんびん》をいだき、善悪を調停する者なり――』

ザガンは顔を強張《こわば》らせた。

――神霊魔法……それも〈破滅の流星《アステル・エクリクシス》〉だと？

その破壊力《はかいりょく》は〝泥の魔神〟さえ一掃《いっそう》するほどのものである。いまの〝ネフテロス〟が放てば、この距離でもキュアノエイデスごとなくなるかもしれない。

だが、ザガンが硬直したのは、かつてこれを放とうとしたネフテロスがその威力に耐えきれず、逆に倒れてしまったからである。

──これ以上、その体で神霊魔法なんぞ使われたら、ネフテロスが耐えられん！

神霊《しんれい》言語の祈《いの》りが始まったことで、周囲に攻撃的《こうげきてき》な光が降り始める。

だが、いまザガンが動くことはできない。ここで手を放してしまったら、リチャードはもう助からないのだ。

ザガンはリチャードの治療を続けたまま、手を伸《の》ばす。

リチャードは見捨てない。配下も守る。街も壊《こわ》させない。

それがザガンの信じる王道である。

そうして手を伸ばし、守りの〈天鱗〉を紡ごうとすると、その手をステラが押《お》さえた。

「ザガン。こういうときくらい、お姉ちゃんを頼《たよ》りなさい」

そう言って微笑《ほほえ》むその横顔は、かつて裏路地で悪さをしていたころと同じものだった。

「お前──」

「さあて、ひと踏《ふ》ん張りがんばるよ〈ザラキエル〉──【告解】」

聖剣《せいけん》の刃《やいば》を素手《すで》で握ると、その刀身に血が伝う。

そして、槍と盾を携《たずさ》えた漆黒《しっこく》の騎士《きし》が紡ぎ上げられる。かつて〈魔王〉アンドレアルフスが見せた天使【告解】である。

ギニアスとミヒャエルという前例がいるのだ。すでにステラは【告解】まで手にしていたらしい。

「行け」

ステラが聖剣を掲げると、黒い【告解】は〝ネフテロス〟に向かって疾駆《しっく》する。

だが、アンドレアルフスと違うのは、その背にステラ自身が飛び乗ったことだった。

「兄貴もがんばってよね――」

銀色の義眼に手をかざすと、ステラは吠えた。

「――〈対極旋波《せんは》〉！」

それは、かつてステラの兄デカラビアが放った魔術――〈旋波〉に似ていた。強大な魔力で渦《うず》を生み出し、全てを揉《も》み潰《つぶ》すというものである。

だが、ステラが放ったそれには、荒《あら》ぶる魔力の中に聖剣の霊力が合わさっていた。

魔力と霊力が荒《あ》れ狂《くる》う竜巻《たつまき》。〈王の銀眼〉と聖剣を持つステラだから許された力。これはザガンですら破ることはできないだろう。

【告解】の槍を中心に紡がれたそれは、神霊魔法の光さえも呑《の》み込んでいった。

その究極とも言える一撃を前に、〝ネフテロス〟は祈りを続けながら右腕を掲げる。

『――されど天秤は砕かれた。秩序《ちつじょ》は失われ、大地は緋《ひ》に染まるだろう。なればこれは罰《ばつ》なり。罪を贖《あがな》う赦《ゆる》しの鉄鎚《てっつい》なり――』

〈破滅の流星〉の光が、槍となって集う。

かすめただけで、ギニアスほどの男が立ち上がれなくなっているのだ。それに神霊魔法まで乗せられてはどれほどの破壊《はかい》を生むのか。

「――ッ、もう一度だけ、耐えてくれラジエル――【告解】！」

ステラを守るように、再び緑の【告解】が紡がれる。その甲冑はひび割れ、いまにも崩れそうではあるが、黒い【告解】と共に〝ネフテロス〟へと挑む。

そして、光の槍とふたつの【告解】が衝突《しょうとつ》する。

かくして、儚《はかな》く打ち砕かれたのは【告解】だった。

「ステラ！」

黒い【告解】の背に乗っていたステラは、その衝撃《しょうげき》をまともに浴びることとなった。

鮮血《せんけつ》と共に宙に投げ出されたその体を、人影《ひとかげ》がふわりと受け止める。

「……ったく、あのシアカーンってやつ絶対性格悪いだろ。こうなるのわかってて、俺たちをよこしやがったな」

それは、緋《ひ》色《いろ》の髪《かみ》と瞳《ひとみ》をした少年だった。

「あなたたち……」

黒花が驚《おどろ》いたような声をもらす。

「……よう、また会ったな」

少年は黒花に困ったような顔を向けて、ステラを地面に横たわらせる。気を失いボロボロではあるが、息はしている。

それを確かめて、少しだけホッとする。

——これ以上は、手に負えんぞ……。

リチャードの手当てだって終わっていないのだ。ザガンもシャックスもここで手を放すわけにはいかない。これ以上の深手を負った者が出たら、助けられない。

緋色の少年の隣《となり》に、今度は目の細い剣士《けんし》が並ぶ。

「どなたかは存じませんが、どうやら我らと因縁《いんねん》のある敵のようでございます。ご助力いたしましょう」

そう言ってふり返り――剣士は愕然《がくぜん》としたように目を大きく開いた。

「あなたは、まさかザガンか？」

その言葉に込められたのはいかなる意味だったのだろう。千年前の英雄《えいゆう》は、なぜかザガンを見てその名を呼んだ。

「……誰だ貴様は？」

怪訝《けげん》そうに眉《まゆ》をひそめると、剣士は死を覚悟《かくご》したように頷《うなず》いた。

「アスラ殿《どの》。私は死地を見つけました。ひと足先に冥途《めいど》へ戻《もど》ることになりそうです」

「……なんだか知らねえが、天使はぶっ殺す。そのついでだ。付き合ってやるよ」

少年は〝ネフテロス〟を見て、そう断言した。

――〈アザゼル〉は、やはり天使なのか？

剣士が手にしているのは折れた剣《けん》だった。その柄《つか》から、刀身がするりと抜ける。カシャンと音を立てるころには、刀身を失ったその柄から光があふれていた。

そうして紡がれたのは、形なき光で紡がれた刃だった。魔術というより、聖剣の霊力に近いだろうか。

少年の方も、その右腕に光でできた甲冑をまとっていた。

「いいか。天使ってのは〈呪翼《じゆよく》〉から潰すのがセオリーだ。あれがある限り、人間じゃ歯が立たねえからな」

「とは言え、たったふたりでは一枚削れれば御《おん》の字《じ》といったところですかね」

それは、もしかするとザガンに向かって言っていたのかもしれない。

彼《かれ》らにもそれなりの力がありそうだが、とうてい〝ネフテロス〟を止められるとは思えない。ならば、その知識をあとに託《たく》すための言葉だったのではないか。

そんな覚悟さえ踏みにじるように〝ネフテロス〟の祈りは最後の詞《ことば》を紡ぎ終える。

『――天の光はすべて星。あまねく輝き堕《お》ちゆく劫火《ごうか》。慈悲はなく、嘆《なげ》きもなく、裁きのままに滅《ほろ》びよう。これは償《つぐな》いの祈り――破滅の流星《アステル・エクリクシス》』

そして、破滅の光が降り注ぐ――はず、だった。

ドンッと、鈍い発砲音《はっぽうおん》。

〝ネフテロス〟の周囲にいくつもの黒い球体が弾け、なにもかもが消えた。

一瞬遅れて、カランカランと軽い音を立てていくつもの金属の筒《つつ》が地面に落ちる。

そこには黒いドレスをまとった吸血鬼《きゅうけつき》の姿があった。その手には白と黒、二挺《ちょう》の〝天使《てんし》狩《が》り〟が握られている。

地面に転がった薬莢《やっきょう》を見るに、撃《う》ったのは六発だろうか。その弾丸《だんがん》が、〈破滅の流星〉をかき消したらしい。

「アルシエラ」

「遅《おそ》くなって申し訳ありませんわ」

この〝ネフテロス〟の中にいるのが〈アザゼル〉だとするなら、これは宿敵との邂逅《かいこう》だったのだろう。

〝ネフテロス〟が目を細める。

『嗚呼、またわたくしの邪魔《じゃま》をするのですわね。本当に悪い子。本当に愛《いと》しい子。でも、もう終わり。もう許してあげない』

「クスクス、そういう台詞《せりふ》は一度くらいあたくしに勝ってから口にするものですわ」

苛烈《かれつ》な挑発《ちょうはつ》。

そんな姿に、アスラと呼ばれた少年が信じられないようにつぶやく。

「お前、アーシェ……なのか？」

「話は、あとなのですわ。おふたりとも、合わせられますわね？」

「任せろ！」

「……御心《みこころ》のままに」

その答えに、アルシエラの顔にも懐《なつ》かしそうな笑《え》みが浮かんだ。


「さあ、千年ぶりに天使狩りなのですわ」


三人は同時に飛び出す。

〝ネフテロス〟の八枚の翼から、再び水晶の雨が放たれる。

「遅い、のですわ」

八枚全ての翼の前で、黒球が弾ける。

——力の発現と同時に押さえ込んでいる！

ザガンは知っている。あの少女が〝天使狩り〟を抜く速度は、魔術のそれすら凌駕《りょうが》する。

千年の研鑽《けんさん》が築き上げた〝技〟の極致《きょくち》である。

一撃を放つことすら許されなかった〝ネフテロス〟に、左右からアスラと剣士が飛びかかる。

「まずは一枚！」

「取らせていただく！」

少年の光の手甲《てつこう》の肘《ひじ》から魔力が噴出《ふんしゅつ》し、爆発的《ばくはつてき》に加速する。腕《うで》そのものを一条《ひとすじ》の矢と変え、右翼《うよく》の一枚を貫いた。

その反対側からは、細目の剣士が掬《すく》い上げるように光の剣を放ち、左翼《さよく》の一枚を斬《き》り裂く。少年が剛《ごう》の動きなのに対し、こちらは静の動きだった。

両脇《りようわき》から迫《せま》ったふたりは、光の翼のうち二枚を破壊していた。

『チイィッ』

舌打ちをもらして〝ネフテロス〟は後退する。

その隙に、アルシエラは〝天使狩り〟から空になった弾倉《だんそう》を落とす。両手に〝天使狩り〟を握ったままどうするのかと思えば、袖《そで》の中から黒い鎖《くさり》が這《は》い出し、スカートの中から新たな弾倉を取り出していた。

鎖によって、弾倉の装填《そうてん》が完了《かんりよう》する。

それはつまり、再び人知を超《こ》えた早撃《はやう》ちが襲《おそ》うということである。

止まっていては的だと理解したのだろう。〝ネフテロス〟は浮遊《ふゆう》したまま回り込むように飛翔《ひしよう》するが、アルシエラはぴたりとその動きについて行く。

『きひひひっ、相変わらず甘《あま》えん坊《ぼう》の子鹿なのですわ。少しは離《はな》れることを覚えるとよいのです！』

「おかげで千年、寂《さび》しくはなかったでしょう？」

嘲笑《ちょうしょう》する〝ネフテロス〟に、アルシエラは慈《いつく》しみさえ込めてそう返す。

『――其は死出の旅路を司《つかさど》る者――葦草《あしくさ》を吹《ふ》き、英知と謀《はかりごと》を伝える者――』

次に〝ネフテロス〟が歌ったのは〈時空《じくう》の大鎌《おおがま》〉だった。破壊力では〈破滅の流星〉に劣《おと》るが、形なき音ゆえ防ぐことも叶《かな》わない。

音の障壁《しょうへき》が〝ネフテロス〟の姿までかき消していく。

アルシエラは音に対しても躊躇《ちゅうちょ》なく〝天使狩り〟を放つ。

ただ、その軌跡は二発とも〝ネフテロス〟をわずかに逸れていた。

『どこを狙《ねら》っているのですわ――ッ？』

〝ネフテロス〟を逸れたふたつの弾丸は、その目の前で衝突していた。互《たが》いの破壊力に耐《た》えきれず、砕ける弾丸は耳をつんざくような破壊音を響《ひび》かせる。

その音は〈時空の大鎌〉にさえ亀裂《きれつ》を走らせていた。

完全には破れなかった。それでも、天使狩りの英雄にとっては十分な隙である。

「二枚目！」

少年の手甲と剣士の剣がまたしても光の翼を打ち砕く。

残る翼は四枚。

ザガンは目を見張った。

――〈呪翼〉から狙えとは、そういうことか。

一枚減らされるごとに、劇的に力が失われていくのがわかる。

翼の半数を失った〝ネフテロス〟の力は、最初の半分どころではなかった。それでも、強大であることに変わりはないが。

――これが、千年前の戦い方というわけか。

アルシエラは決着を急ぐように距離を詰《つ》める。

力の減退したいまの〝ネフテロス〟が相手なら、アルシエラの早撃ちで残り四枚撃ち抜くのは造作もない。

その、はずだった。

「――お願い、助けて、アルシエラ……」

それは、ネフテロスの声だった。

「――ッ」

反射的に、アルシエラは〝天使狩り〟の銃口《じゅうこう》を空に向けて逸らしてしまう。

決定的な隙に、〝ネフテロス〟の膝蹴《ひざげ》りがアルシエラの脇腹《わきばら》を抉《えぐ》った。不死の少女から力と寿命《じゅみょう》を奪《うば》った古傷。それを抉られ、アルシエラの口からも苦悶の声がこぼれる。

「ぐっ――うぅ……ッ！」

「不用意に近づくなアーシェ！」

堪《たま》らず吹き飛ばされるアルシエラの背中を、アスラが受け止める。

だが、そのときにはもう〝ネフテロス〟は〝天使狩り〟の射程範囲の外に逃げていた。

『うふふ……きひひっ、あははは、ずいぶんと甘くなったのですわ。前の子鹿ならこんな手に引っかかりはしませんでしたのに』

〝天使狩り〟を構えながらも膝《ひざ》を突《つ》くアルシエラに〝ネフテロス〟が哄笑《こうしょう》を上げる。

そう言い残し〝ネフテロス〟は空へと昇《のぼ》っていく。

「待つの、です……！」

『可愛《かわい》い、愛しい、わたくしのアーシェ。力を失っても、とても強い子。この体でもまだ分が悪いのですわ』

そして、悪夢ような笑みを浮かべる。

『追ってくるといいのです。わたくしが世界を滅ぼすまで。あっははははっ』

その言葉を最後に〝ネフテロス〟の姿は消えていた。大切な義妹《ぎまい》の体を使ったまま。

奪われたものはあまりに多く、ザガンは奥歯《おくば》がへし折れるほど歯を食いしばることしかできなかった。

「ふふふ……。本当に、ザガンは容赦《ようしゃ》がない」

ビフロンスは、よろよろと薄暗《うすぐら》い路地を歩いていた。

右腕はない。〈魔王の刻印《まおう》〉を失うわけにはいかなかったため手首から先だけは抱えているが、もう動かすこともできない。

その手首を宙に放る。肩口《かたぐち》から繊維状《せんいじょう》の金属が延びて右手首と繋《つな》がる。魔術で即興《そっきょう》の義手を紡ぐが……。

安定したと思った瞬間《しゅんかん》、それは肩《かた》からぼろりともげてしまう。

――切り離したくらいじゃ、防ぎきれないか……。

あのザガンが〈魔王〉を殺すために生み出した禁呪である。

咄嗟《とっさ》に腕を切り離して即死《そくし》は免《まぬが》れたが、〈天燐〉はいまなおじわじわと傷口から体を上り続けていた。これが触《ふ》れたもの全てを瞬時に浸蝕《しんしょく》してしまうため、義手を付けることすら叶わない。

直前に、あのアルシエラから打撃を受けたのが失敗だった。あれさえなければこれほどの深手を負うことはなかっただろう。

――いや、ザガンは執拗《しつよう》だからね。身内を殺った相手をただで帰しはしないだろう。結局はなにかしらの傷を負わされていただろう。むしろアルシエラの介入《かいにゅう》を未然に防げた分、最良の結果だったのかもしれない。

保って数日。これが心臓に届いたとき、ビフロンスは死ぬ。

「ひひっ、〈魔王〉すら殺す毒ってわけか……。キミは本当に、ひとりで十三人の〈魔王〉全員を殺すつもりなんだね」

その力は、確かに理想に届いてしまっている。

悔《くや》しいがいまのビフロンスにこれを破る手段はなかった。

――でも、まだだ。まだ死ねない……。

地べたを這いずりながらビフロンスが追っているのは、姿を消した〝ネフテロス〟である。〈アザゼル〉と言い換《か》えてもいいが、あれを見失うわけにはいかない。

無様に息を切らし、命さえも蝕《むしば》まれながら、それでもビフロンスの顔にあったのは歪《ゆが》んだ笑みだった。

全ては順調。一度として、ビフロンスの意志から外れたことはない。自らの死さえも含めて、なにもかもが計画通りなのだ。

「……いや、計画にないことが、ひとつあった」

デクスィアと言っただろうか。

シアカーンのおもちゃのひとつとしか思っていなかったそれが、まさかビフロンスの行動を阻《はば》んだのだ。

　自分で埋《う》めたことをすっかり忘れていた宝物でも、掘《ほ》り当てたような気分だった。

　なにもかもが思い通りの世界は、ひどく退屈《たいくつ》でつまらない。

　だから、そこにわずかでも予期せぬ奇跡《きせき》を見せてくれる人間は尊く美しい。

　──嗚呼、そうか。僕《ぼく》は人間が好きだったんだ……。

　愛しくて堪らないから、奇跡が見たくて人々を絶望のどん底に突き落とすのだ。

　三百年も魔術師《まじゅつし》をやっていて、ようやく答えを見つけた気がする。

　だからこそ、ビフロンスは崩《くず》れゆく体を引っ張って前に進む。

　最高の奇跡が見たいから。

　自分が作った道具が、道具を超えて奇跡を起こす様が見たいから。

　この〈魔王〉はどうしようもなく醜悪《しゅうあく》で、しかし誰《だれ》よりも純粋《じゅんすい》だったのかもしれない。

　フラフラとおぼつかない足取りで、少年とも少女ともつかぬ〈魔王〉はお気に入りの人形を追いかけていった。

◇

「アニキたち、大丈夫《だいじょうぶ》かな？　なんか街の方ですごい爆発《ばくはつ》があったみたいだけど」

ザガン城にて、フルカスは森の向こうを見つめてつぶやいた。

書庫で魔道書《まどうしょ》を読んでいたのだが、ただならぬ気配を感じて廊下《ろうか》に出てきたのだった。

リリスたちの姿はない。そろそろ夕餉《ゆうげ》の支度《したく》が始まっているころだろう。

できればフルカスも手伝いに行きたいのだが、厨房《ちゅうぼう》に入ろうとするとあのセイレーンの少女からすごい笑顔《えがお》で睨《にら》まれるため、踏み込むことができないでいた。

――もしかして俺、あの人魚に嫌《きら》われてるのかな……？

しかしなにか嫌われるようなことなどしただろうか。

腕を組んで頭を捻《ひね》っていると、キメリエスが厳しい表情で空を見据《みす》えていた。

「あれが、ザガンさんの言っていた〈アザゼル〉……？」

キメリエスは時間があるとフルカスの様子を見に来てくれる。だから、フルカスも自然と彼に懐くようになっていた。

しかし……。

——キメリがこんな怖《こわ》い顔をしてるの、初めて見たな。

怒《おこ》っているというより、不安そうな顔だろうか。獅子獣人《ワーライオン》の表情というのはまだよくわからないが、フルカスにはそう感じられた。

だから、よくわからないなりにフルカスは元気づけるように言う。

「だ、大丈夫だよ。ザガンのアニキなら絶対負けないし、みんな守ってくれるさ」

「……ええ。そうですね」

獅子《しし》の顔で笑い返すが、それでもキメリエスの表情が晴れることはなかった。

なんと声をかけたらいいかわからず、フルカスが右往左往しているとキメリエスも気付いたらしい。困ったように口を開いた。

「ザガンさんたちの方はそれほど心配していませんよ。ただ、ゴメリさんの帰りが遅いのが気がかりで……」

「ゴメリって、アニキの仲間……なんだよな？」

フルカスはまだ面識がないが、ザガンからの信頼《しんらい》も厚いようでその名前は何度も耳にしている。

「はい。僕にとっては、恩人であり、大切な人です」

しして返す。


「た、大切な人……！」

それはどういう意味で大切なのだろう。フルカスが問いかける前に、キメリエスは苦笑《くしょう》して返す。

「フルカスさんにとっての、リリスさんのような人だということです」

その答えに、フルカスは目を見開いた。

「そ、それは心配だよな！　なにか連絡《れんらく》くらいあるといいのにな……」

我《わ》が身《み》のことのように共感してしまい、フルカスは思わず涙《なみだ》ぐんでしまった。キメリエスも困ったように微笑む。

「ゴメリさんはあれで、僕なんて足下《あしもと》にも及《およ》ばないような優秀《ゆうしゅう》な魔術師です。だから大丈夫ですよ」

その言葉の中に、なぜか鋼のように強靱《きょうじん》な意志が感じられた。

──ああ、この人は〝大丈夫〟じゃなかったら自分で〝大丈夫〟にしに行くんだな。

その歩みは、きっと〈魔王〉でも止められはしないだろう。

思わず戦《おのの》いていると、不意に後ろに気配を感じた。

「あれ？　キミ、確かアルシエラ……さん、だよね？」

誰もいなかったはずの書庫に、不気味なぬいぐるみを抱えた少女が佇《たたず》んでいた。

「ええ。ごきげんようフルカス。それにキメリエスも」

「僕は席を外しましょうか？」

キメリエスが紳士的《しんしてき》に腰《こし》を折ると、アルシエラは大げさに目を丸くする。

「まさか。すぐに終わる話なのですわ」

そう言うと、アルシエラはフルカスに目を向けてきた。

この少女を見ていると、なぜかとても悲しいような気持ちになる。きっと、自分は彼女《かのじょ》のことを知っていたはずなのに、わからないのだ。

思い返そうとしていると、少女はそっと人差し指を立てた。

「フルカス、意中の相手がいるのに他の女の過去を思うのは、殿方《とのがた》として不誠実というものなのですわ」

「お、俺は別に、そういうつもりじゃ……」

図星を突かれたような気がしてたじろぐと、少女はクスクスと笑い声を上げる。

「冗談《じょうだん》はこのあたりにするのです。実は、少しここを離れることになったのです」

「え、どこかに行っちゃうのか？」

「ええ。少々銀眼の王さまの機嫌《きげん》を損《そこ》ねてしまいましたから。機嫌が直るまで遠くに行くことにしますわ」

銀眼の王――ザガンは慈悲《じひ》深《ぶか》く紳士《しんし》な王だが、ひとたび逆鱗《げきりん》に触れれば容赦がないことは、フルカスも知っていた。

「その、大丈夫かい？　なにがあったかは知らないけど、ザガンのアニキならちゃんと謝《あやま》ったら許してくれると思うぜ。なんだったら、俺もいっしょに謝ってやるからさ」

励《はげ》ますつもりでそう言うと、少女はおかしそうに笑うばかりだった。

「そうそう。お別れの前に、これを渡《わた》しておこうと思って来たのですわ」

そう言って差し出されたのは、あの夢の中で使った〝天使狩り〟という武器だった。

「近接戦用〝天使狩り〟〈シュテルン〉。威力《いりょく》は貴兄《きけい》も知っていると思いますけれど、弾薬《だんやく》は七発きりですから、残弾《ざんだん》には気をつけてくださいな」

「気をつけてって、これ大事なものじゃないのか？」

「あたくしには〈モーント〉がありますから、大丈夫なのですわ」

そう言って黒い〝天使狩り〟を見せて、少女は微笑む。

「どうか、リリスのことを守ってくださいまし」

「……ッ、ああ、任せてくれ！」

胸を叩《たた》いて答えると、少女は愛しそうに頭を撫《な》でてきた。

「うわ、ちょっ……」

思わずうろたえた声を上げてしまうが、不思議と嫌《いや》な気持ちはしなかった。頭を撫でられるなど、子供扱《あつか》いみたいなのに。

「もう、道は間違《まちが》えませんわね？」

「よくわからないけど、大丈夫だよ」

そう答えると、少女は安心したように微笑んだ。

「では、ごきげんよう」

少女の体は無数のコウモリになって、消えていった。

◇

「おう。野暮用《やぼよう》はもういいのか？」

キュアノエイデスを少し離れた街道《かいどう》の外れ。そこにアスラとバトーが待っていた。

コウモリから少女の姿に戻ると、アスラが沈痛《ちんつう》な表情で問いかけてくる。

「アーシェ……お前、その体、なにがあったんだ？」

アルシエラは曖昧《あいまい》に笑い返す。

「貴兄が死んでから、色々あったのです」

そう返すと、アスラは吸血鬼の冷たい体をそっと抱《だ》き寄せた。

「……ごめんな。約束、守れなくて」

「いつも貴兄が勝手に押しつけていただけなのですわ」

それでも、あのころのアルシエラはきっとその〝約束〟に救われていたのだ。だから、許してあげることにした。

続いて信じられないような声を上げたのは、バトーだった。

「あなたは、やはりアルシエラ殿……なのですね？」

「ええ。貴兄のよく知っている、あたくしなのですわ」

そう答えると、バトーは傅《かしず》いて〈呪剣〉を差し出した。

「……なんのつもりですの？」

「私は、あなたに裁かれねばなりません」

その言葉に、アスラが戸惑《とまど》いの声をもらす。

「お、おいバトー。どういうことだ？」

バトーは答えず、呻《うめ》くようにつぶやいた。

「あのとき、マルコシアスにザガンを生け贄にするよう提案したのは、私なのです」

耳が痛くなるような静寂《せいじゃく》が広がった。

風すらも呼吸を忘れたようにピタリと止まる。

その沈黙《ちんもく》に耐えかねたように口を開いたのは、アスラだった。

「お前、さっきのやつを見て〝ザガン〟と呼んだな。誰なんだ？　そのザガンってのは」

バトーはとうてい答えられないというように沈黙する。

仕方なく、アルシエラは答える。

「ザガンはあたくしの――――」

その答えに、アスラは目玉がこぼれ落ちそうなほど目を見開いた。

「え、嘘《うそ》だろ……？　お前が……えええぇ……」

気の毒なくらい肩を落として、アスラはがっくりと膝を突いてしまった。

アルシエラは仕方なさそうに微笑む。

「あたくしが不幸な女ではなかった証なのです。そう嘆く者がいますか」

「いや、だってよぉ……。はあ……。いやまあ、勝手に死んだ俺《おれ》が悪いんだけど……」

なにやら心の整理が付かないようにぶつぶつとつぶやくアスラを横目に、アルシエラはバトーに向き直る。

「貴兄がやったことは、全部知っているのですわ」

「ならば！」

「だから、もうよいのです」

ポンと肩に手を乗せて、アルシエラは首を横に振《ふ》る。

「貴兄がなにも言わなくとも、マルコシアスはやっていたのですわ」

「ですが、それでも駄目《だめ》だったから、あなたはそのようなお体になってしまわれたのでしょう？」

アルシエラは自分の手の平を見つめる。

千年前の戦いで、銀眼の王は確かに勝利した。だがそれでも戦いは終わらなかった。天使との戦いで世界は疲弊《ひへい》し、誰かが犠牲《ぎせい》にならなければ滅びるしかなかったのだ。

――マルコシアスはあたくしを守るために、あの子を犠牲にした。

あの〈魔王〉の千年は、贖罪《しょくざい》の千年だった。だからこそ銀眼の王の血族を守り、リュカオーンを庇護《ひご》してきた。

だがそれでも結局アルシエラは生け贄となり、全ては元《もと》の木阿弥《もくあみ》となった。

それゆえに、アルシエラは笑う。

「貴兄は知らぬでしょうけれど、あたくしは千年も謝り続けられたのです。いい加減、謝罪の言葉を聞くのも疲《つか》れたのですわ」

先代〈魔王〉マルコシアスは、失意のうちに死んでいった。これ以上、誰をどう責めろというのだ。

「……では、私はどう償えばよいのですか」

その言葉に、アルシエラは意地の悪い笑みを返した。


「あの子の、誕生日を祝ってやりたいのです」


とうとつな告白に、バトーは糸のような目を大きく開いた。

「……と、申しますと？」

「あの子の誕生日が、四日後に迫っているのです。だからあたくし、それを祝ってやりたいのです。それがいまの、たったひとつの望みなのです」

全てはそのために用意してきたことなのだ。

「だから、そのために働いてくれれば、それでいいのです」

バトーは、なおのこと苦渋《くじゅう》の滲《にじ》んだ表情をする。

「では、なぜあなたはザガンと決別してしまわれたのですか」

アルシエラは数刻前を思い返す。

ザガンと別れた、最後の会話を。

◇

「――次は、あの子を殺すのですわ」

〝ネフテロス〟を見失ったアルシエラは、そう告げた。

「俺が、それを許すとでも思うのか？」

「……ええ。ですので、ここでお別れなのですわ」

ネフテロスを救いたいなら、ここでアルシエラを始末すべきなのだろう。

なのに、ザガンの手はそうできなかった。

力の差を感じたからではない。

――この俺が、こんなやつを殺すことを、躊躇《ためら》っているというのか？

半年近くも城に居座《いすわ》り、散々迷惑《めいわく》をかけられた。

にも拘《かか》わらず、拳《こぶし》を握《にぎ》ろうとするとくだらないことばかり思い出すのだ。

大浴場を作ろうと振り回したこと。フォルとふたりであちこち出かけていく後ろ姿。なにより、ふと気付くと仕方なさそうな微笑《びしょう》で見つめている寂しそうな顔を。

手を出せないでいるうちに、アルシエラは消えてしまった。

「……クソ」

ネフテロスは〈アザゼル〉に飲まれ、姿を消してしまった。

それを追って、アルシエラもいなくなった。ステラとギニアスもボロボロで、目の前にいたのに全て取りこぼしてしまった。

――いや、全てじゃない。

黒花もシャックスも無事で、リゼットとデクスィアは奪われずに済んだ。

なにより――

「ボス、もう十分だ。リチャードは乗り越《こ》えた」

リチャードの胸には、魔力《まりょく》で紡《つむ》いだ心臓が鼓動《こどう》を打っていた。作りものの心臓は血液を巡《めぐ》らせ、息は細いが呼吸もしている。

ザガンはゴツンとリチャードの頭を叩く。

「ボス、怪我人《けがにん》なんだから手加減ってものをだな……」

「知らん。こいつのおかげで散々な出費だ」

この男さえ見捨てておけば、結果は違《ちが》ったかもしれない。

――だが、こいつならネフテロスを連れ戻せるかもしれない。

この男の死で絶望したのなら、それを連れ戻せるのもこの男の役目だろう。

まだ取り戻せる。

ただ、それでも事態はザガンの知らないところで悪化の一途《いっと》を辿《たど》っていた。

◇

「妾《わらわ》としたことが、これは、しくじったのう……」

いつもの脳天気な余裕《よゆう》のない声をもらしたのは、《妖婦《ようふ》》ゴメリだった。

シアカーンが取り寄せた大量の物資。その輸送を阻むのが彼女の役目だった。

特に難しいことはない。ただ教会の輸送路を進む荷馬車から、積み荷を気付かれずに処分するだけの話だったのだ。

なのに、ゴメリはいま自分の血液で作られた水たまりの上に横たわっていた。

目の前には、ひとりの男が佇んでいる。

身に着けているのはボロボロの鎧《よろい》だ。どれほどの力が残っているのかは怪《あや》しいが、教会の洗礼鎧である。その瞳《ひとみ》は虚《うつ》ろで、どこを見ているのかも定かではない。

ただ、剣《けん》を握るその右手には、見覚えのある紋章《もんしょう》が浮《う》かんでいた。

――〈魔王の刻印〉――

それが〈魔王の肺〉を意味するものだと、ゴメリは知っている。

「ごぼっ……」

胸が焼けるように熱い。傷の治癒《ちゆ》がまったく働かない。

剣には教会の祝福が施《ほどこ》されていた。聖剣《せいけん》ほどではないにしろ、あれに斬られては魔術《まじゅつ》での治療《ちりょう》は困難である。

それが誰なのかは、遠目にも理解できたのだ。

間違っても、近づきはしなかった。

そのはずなのに、踵《きびす》を返そうとしたときには、もう斬られていた。

――このことを、王に伝えねば……。

なんとか魔術を紡ごうとするゴメリが最後に見たのは、自分に向かって剣を振り上げる最強の聖騎士《せいきし》にして〈魔王〉の姿だった。

あとがき

みなさまご無沙汰しております。『魔王の俺が奴隷エルフを嫁にしたんだが、どう愛でればいい？』十二巻をお届けに参りました手島史詞でございます。今回は間隔空いてしまって申し訳ないです。

今回はザガンとネフィの誕生日が発覚！　お互い祝いたいけどサプライズにしたくて右往左往したり、黒花がいつの間にか成人年齢になっていたり、バルバロスの誕生日を知りたいシャスティルが災難を被ったりと、みんなの誕生日編！

その裏で、ネフテロスの身には危機が迫っていた。

とまあ、そんな感じのお話になります。

……はい。今回も分厚くてまことに申し訳ありません。次こそは……次こそは薄くできそうにありません！　本当に申し訳ない。

いや実は今回上下巻構成となっておりまして、どうがんばっても後編の方が密度高いのです。

おかげでこの作品ラブコメなのに、シャッ黒やバルシャスも外せない部分は入れてありますがカットされがちになっていたり。

ちなみにそのカットされたシャッ黒やバルシャスの一部は、作者のＦＡＮＢＯＸなんかで公開していたりします。ご興味のある方は覗いていただければ。

あとそういう形式ですので、カバーにも少し仕掛けをしてもらったり。

そう、カバーです！　ビフネフです。ものっそい不穏な感じです。

ネフテロスがピンチなのに、どうしてビフロンスはそんな悪そうな顔できるの？　本当に最高でしたありがとうございますＣＯＭＴＡさん！

毎回なに考えてるかわからないビフロンスですが、今回は常人には理解しがたい内面もちょこっと描写できたので満足です。

さて、書いとかなきゃいけないのはこのあたりまでかな。

今回はページもけっこうあるので久しぶりに近況なんて綴ってみましょうか。

実は新しく家を買いました！　なのでこの巻が出るころには引っ越し作業でバタバタしてると思います。

おかげで昨年夏くらいから刊行物を出してないにも関わらず、現在進行形でずっとバタバタしていますね。

でも今度の家は大きいので書斎も広く取れた上に、自分用の寝室なんてものも用意できました。これでプラモデルなんかも大量に飾ったりできますね。

空気洗浄機があればホコリも出なくなるという話を聞いたので、いまはそれを導入しようか迷っているところです。

あとは、久しぶりに作家名義でプラモデル作ったりしましたね。

普段は別名義でモデラー活動しているのですが、縁があって光栄にもとあるお店に並べてもらえたという。この巻が出るころにはもう展示終わってるとは思いますが。

他には……そうそう、忙しくても基本ＰＣや書類とにらめっこするばかりなので、実はけっこう体重が増えてしまったのですよね。

さすがに危機感を覚える数字になってしまったので秋ごろからひたすらサイクリングマシンを漕ぐようになったのですが、酷使しすぎて年末に壊れてしまったという。

ええっと、確か二か月で四キロ減量できたはず。食事制限まったくしていなかったというか、むしろ外食そこそこ多かったわりにちゃんと減らせたので、本当によくがんばってくれたなと。

年が明けたら次のサイクリングマシンが届くはずなので、また付き合ってもらおうと思っています。

それではページもよいころなので、今回もお世話になりました各方面へ謝辞。

今回も色々ご迷惑をおかけしました担当Kさま。大変な時期に最高のイラストを仕上げてくださいましたイラストレーターCOMTAさま。ウェブで支援絵まで描いてくださってるコミカライズ板垣ハコさま。コミック担当さま。他、カバーデザイン、校正、広報等に携わってくださいましたみなさま。冬休みにあれこれ家事手伝ってくれた子供たち。そして本書を手に取ってくださいましたあなたさま。

ありがとうございました！

次回予告。

まさかのトラブルメーカーゴメリばあちゃんが囚われのお姫さま！　大変なことになったリチャネフの行方は？　かってない強大な敵を前にフルリリに明日はあるのか？　なによりザガネフィの誕生日はちゃんと祝うことができるのか？　そういえば一万の軍勢とかも迫ってたよねシアカーン編完結の十三巻もよろしくお願いいたします！

二〇二〇年十二月　年末の慌ただしい喫茶店にて　手島史詞

Twitter：https://twitter.com/ironimuf8

HJ文庫 http://www.hobbyjapan.co.jp/hjbunko/
916

魔王の俺が奴隷エルフを嫁にしたんだが、どう愛でればいい？12

2021年4月1日　初版発行

著者――手島史詞

発行者―松下大介
発行所―株式会社ホビージャパン

〒151-0053
東京都渋谷区代々木2-15-8
電話　03(5304)7604（編集）
　　　03(5304)9112（営業）

印刷所――大日本印刷株式会社

装丁――世古口敦志（coil）／株式会社エストール

ISBN978-4-7986-2394-8　C0193

ファンレター、作品のご感想お待ちしております

〒151－0053　東京都渋谷区代々木2－15－8
(株)ホビージャパン HJ文庫編集部 気付
手島史詞 先生／COMTA 先生